*

在上帝之城与魔鬼共舞
危机中的里约热内卢

[美]朱莉安娜·巴尔巴萨 著
吴纬疆 译

Dancing with the Devil in the City of God
Rio de Janeiro on the Brink
Juliana Barbassa

山西人民出版社

图书在版编目（CIP）数据

在上帝之城与魔鬼共舞：危机中的里约热内卢 /（美）朱莉安娜·芭芭莎著；吴纬疆译. ——太原：山西人民出版社，2018.5
ISBN 978-7-203-10367-7

Ⅰ. ①在… Ⅱ. ①朱… ②吴… Ⅲ. ①纪实文学—美国—现代 Ⅳ. ① I712.55

中国版本图书馆 CIP 数据核字 (2018) 第 051976 号

DANCING WITH THE DEVIL IN THE CITY OF GOD
Copyright © 2015 by Juliana Barbassa
Published by arrangement with The Robbins Office, Inc. and Aitken Alexander Associates Ltd through Bardon-Chinese Media Agency
The original text has been abridged for this Chinese edition

山西省版权局著作权合同登记号：图字 04-2018-017

在上帝之城与魔鬼共舞：危机中的里约热内卢

著　者：[美] 朱莉安娜·芭芭莎
译　者：吴纬疆

出 版 者：山西出版传媒集团·山西人民出版社
地　　址：太原市建设南路21号
邮　　编：030012
发行营销：0351 - 4922220　4955996　4956039　4922127（传真）
天猫官网：http://sxrmcbs.tmall.com　电话：0351-4922159
E - mail：sxskcb@163.com　发行部
　　　　　sxskcb@126.com　总编室
网　　址：www.sxskcb.com

经 销 者：山西出版传媒集团·山西人民出版社
承 印 厂：山西出版传媒集团·山西人民印刷有限责任公司

开　　本：890mm×1240mm　1/32
印　　张：8.75
字　　数：230千字
印　　数：1-5000册
版　　次：2018年5月 第1版
印　　次：2018年5月 第1次印刷
书　　号：ISBN 978-7-203-10367-7
定　　价：68.00元

如有印装质量问题请与本社联系调换

献给我的卡里欧卡——

盖布瑞尔、克蕾拉、玛琳娜、恩里克,以及拉斐尔。

鼓如轰雷，在震颤时刻咚咚敲响。

——费尔南多·佩索阿（Fernando Pessoa），
《惶然录》（The Book of Disquiet）

里约热内卢

圣玛利亚贫民窟　　■ 科斯摩斯

雅卡雷帕瓜
维拉奥托多摩
奥运村
奥运公园
巴拉达帝茹

往
特雷索波利斯
格拉马绍
国际机场
瓜纳巴拉湾
佩尼亚
克鲁塞罗贫民窟
阿莱芒街区
卡茹
梅特罗贫民窟
市中心
拉帕
马拉卡纳
帝茹卡
国家公园
卡里欧卡河口
弗拉明戈
甜面包山
基督像
乌迈塔
拉各亚潟湖
科帕卡巴纳
两兄弟山
阿帕多
伊帕内玛
大西洋
0
5英里
0
5千米

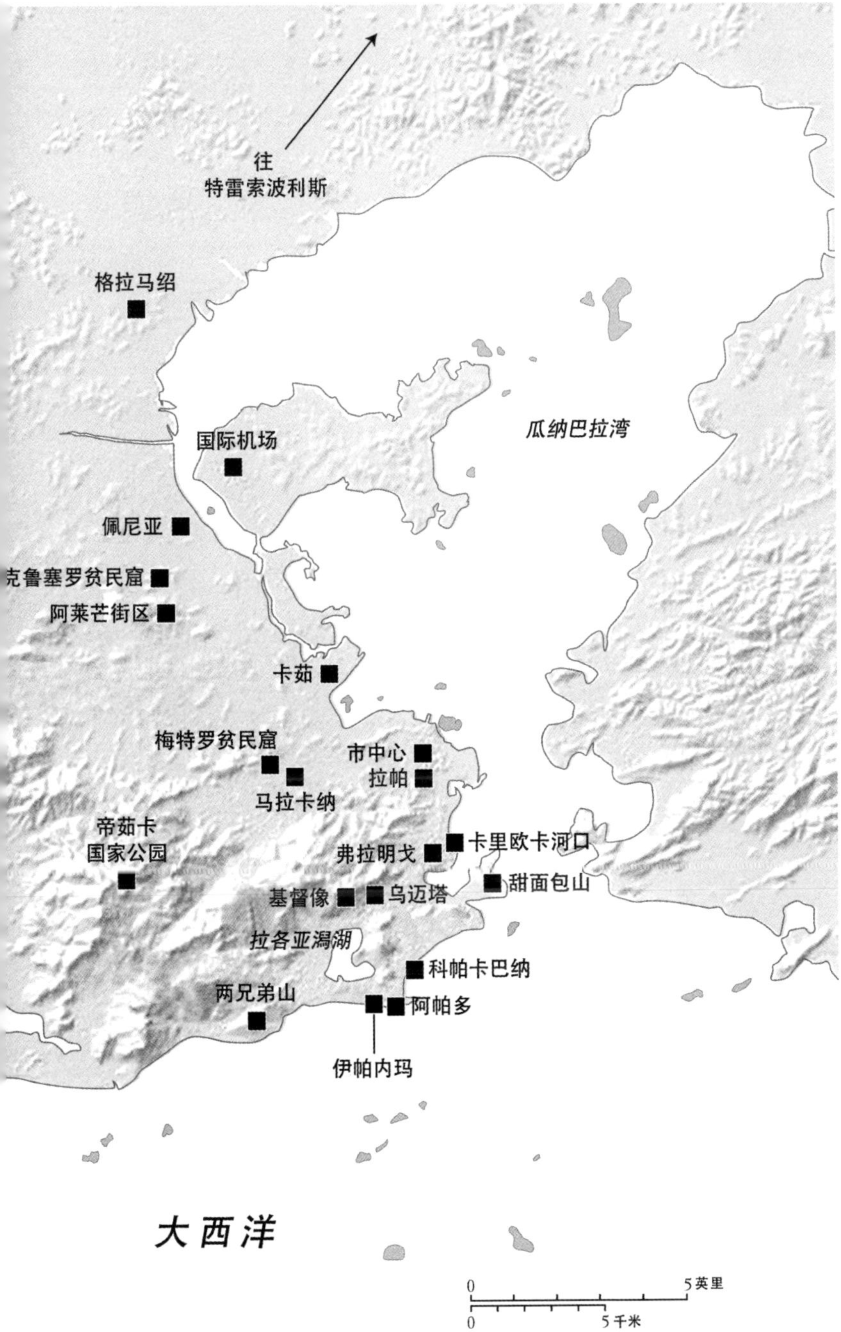

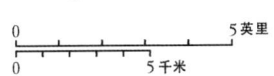

目　录 Contents

前　言　或者，上帝是巴西人？ / 001

第一章　里约，家乡 / 011

第二章　红色指令崛起 / 021

第三章　割除杂草 / 033

第四章　恐惧与炙热 / 047

第五章　邪恶的中心 / 061

第六章　菜鸟不宜 / 073

第七章　亲爱的，这说来复杂 / 087

第八章　自救 / 101

第九章　美丽，却也残缺 / 111

第十章　第一个卡里欧卡 / 123

第十一章　工程万岁 / 137

第十二章　皮肉生意 / 153

第十三章　爱是唯一　/　169

第十四章　像样的生活条件　/　183

第十五章　我们打造了这座城市　/　201

第十六章　世界掌握在无畏者手中　/　211

第十七章　足球王国　/　227

第十八章　世界杯中的世界杯　/　241

致谢　/　255

专有名词　/　258

参考文献　/　261

前言

或者，上帝是巴西人？

一开始是反复不断的敲叩声，好像手指头不耐烦地在桌面上敲打：嗒咔嗒、嗒咔嗒、嗒咔嗒。

我弓身坐在我位于旧金山美联社（Associated Press）新闻编辑部的办公桌前，赶着截稿，努力将不绝于耳的电话铃声和记者谈话声当成耳边风。那是2009年10月。当天的大新闻是美国总统奥巴马（Barack Obama）的医改，纽约的编辑要我写一篇文章，探讨此举对移民有何影响。我还有几个小时，根据散落在办公桌上的那些报道写出一篇相关文章。

在我的电脑屏幕上，不同的句子就是无法构成完整的段落。在办公室的喧嚣中，我听见那个微弱但持续不断的节奏：嗒咔嗒、嗒咔嗒、嗒咔嗒……嗒嗒，嗒嗒。接着又是一个咔嗒声。我知道那个模式：它是苏多（*surdo**）的声音，这种低音鼓能击出巴西的桑巴节奏。那个声音在开着空调的新闻编辑部里实在非常突兀，我的目光不由得飘向那排吊在天花板上，正播放新闻的电视机。我走了过去。

有一位科技作者已经在那里伸长脖子看着电视，他对那个喧闹声也很好奇。电视上出现蜿蜒漫长的科帕卡巴纳海滩（Copacabana Beach），以及深蓝色的大西洋。厚厚的白沙滩上挤满数万人，个个肤色闪闪发亮，男人

---

* 斜体字为葡萄牙语，全书同。——编者注

在温暖的春日下脱去上衣，女人则张开双臂热舞，整片人群身穿巴西招牌式的绿色与黄色服装，跟着切分节奏起伏摆动。

就是这一天，巴西的里约热内卢角逐2016年奥林匹克运动会的主办权，竞争对手还有东京、马德里，以及芝加哥。海滩上架起的超大屏幕将现场直播公布奥运会主办城市花落谁家的实况。

这不是巴西首次争取奥运会主办权。它曾经角逐过两次，却都铩羽而归。不过，这次不一样。巴西变了。我办公桌上的体检报告底下放着一本打开的《经济学人》杂志，杂志中那篇文章谈到在里约外海发现的庞大石油储量。近期还有其他耐人寻味的头条新闻。多年来均无法清偿债务的巴西，竟然要借款给国际货币基金组织（International Monetary Fund）。不到十年时间，巴西中产阶级增加的人数相当于加利福尼亚州的人口。这个南方巨人有了惊人的转变。尽管对大多数外国人而言，巴西依旧是一个以贫穷、狂欢、桑巴、足球与贫民窟著称的地方，但财经报刊已经注意到了巴西的转变。

身为记者，我很清楚，巴西近期的好运，争夺奥运会主办权，这些都是写作的好题材。但是，引起我兴趣的不只是职业敏感。我在巴西出生，不过人生大部分时间都在各国之间漂移；最初是身为石油公司主管的女儿，后来成为记者，喜欢在不同的地方居住。时间一久，连我和祖国的根已经变得又细又长，但我每年都会返回巴西，搜集新闻报道，例如散置在我办公桌上的那些文章，借以维持这些根的活力。

最近，我注意到这些文章有一个变化。过去，大多数文章原本都是报道暴力冲突或总统选举，过去偶尔才看得到巴西的报道，可如今不但文章出现频率提高，也更具深度。世人已经开始对巴西投以更多注目眼光。争取奥运主办权可能进一步将它推到聚光灯下。

我看着电视镜头慢慢转向体格矮壮的巴西总统路易斯·伊纳西奥·卢拉·达席尔瓦（Luis Inácio Lula da Silva）。趁着各候选城市在哥本哈根向国际奥委会提出最后的报告之前，他把握时间，多握几双手。巴西人亲切地称他卢拉，仿佛这位总统是自己的家人。获得奥运主办权会为在他任内改头换面的巴西注入前所未有的自信心，显示这个永远的新兴国家地位提升，终于得到国际认可。国际奥委会以前就扮演过相同的角色：日本从第二次世界大战战败中复苏之际，东京也赢得1964年的奥运会主办权。首尔主办1988年奥运会时，正值韩国经济起飞，而中国取得2008年奥运会主办权时，也开始在国际舞台上展现其强大的实力。

在国际奥委会决定主办城市之前的那一周，各候选国分别举办了多场总统记者会和造势活动，使得决选阶段就像是高中人气大赛和政治高峰会的综合体。马德里团队搭乘一架漆上特殊图案的飞机前往。美国知名电视主持人奥普拉（Oprah Winfrey）则为芝加哥站台。

不过，当国际奥委会委员齐聚哥本哈根时，还未见哪个城市明显领先。东京是一个安全、可行的候选者。马德里大部分的竞赛场地都已经兴建完成。结果在最后一刻出现了转折，奥巴马表示，他会现身为美国宣传，因而成为第一位向国际奥委会发表演说的美国总统。他这趟时机拿捏得恰到好处的宣传行程改变了赌势。在投票当天，绝大多数的赌客都下注芝加哥，认为其将夺得主办权。

西班牙与美国深陷全球性的经济衰退中，日本经济同样积弱不振。然而，这场主办权之争的战况却是空前激烈。主办全世界最盛大的运动赛事耗资巨大，但是选民却热爱这件事；它也赋予主办国极大的权力去推动特定计划，无论是加速都市更新、振兴死气沉沉的经济，抑或炫耀新的政治与经济实力。

里约显然将面临更深层的问题。先是治安，接着是交通。里约不但机场老旧，道路也是每逢大雨必淹，遇上高峰期更是严重堵塞。旅馆房间不足，无法接待预计数以百万的观光客，而在破烂的港口区大肆兴建旅馆的提案，更暴露出整个计划的仓促程度。根据官方估计，里约筹备奥运会耗资将超过110亿美元。这个数字比那一年预估经费第二高的候选城市马德里还多三倍。

不过，奥运会过去从来没有在南美洲举行过，巴西的卢拉总统也已经全身心投入宣传活动。他造访伦敦的奥林匹克公园，连续几个月谈论这个主题，表明里约争取主办权是全国的大事，中央政府绝对全力支持，并且提供经费。芝加哥已经出现抗议活动，居民担心主办奥运会将造成预算超支、贪腐，或是小区因为奥运场馆工程而被拆除。另一方面，卢拉则表示巴西人迫不及待想要主办这场盛事。

卢拉总统的个人魅力让他成为巴西的超级推销员。但是，比起任何一场演说，他的人生故事更具说服力，能为这个国家做最好的宣传。身穿剪裁精美的西装的他，代表巴西历史上前所未闻之事：出身赤贫，最后却掌握最高权力。他突破了各种困境——出生于干热的东北部，童年在街头擦鞋、卖花生，后来当钢铁工人，继而成为全巴西核心产业的工会领袖——最终攀上权力高峰。

在一个社会阶级根深蒂固的国家，这样的成就着实惊人。在巴西，一个人的社会地位由各种复杂的因素来决定，包括阶级、种族、地理区域，以及收入。若依照这些标准来看，卢拉原本是没有机会脱离工厂的。然而，他却出现在哥本哈根，与世界上几个最强大国家的总统平起平坐。

经过劳工运动的洗礼之后，他协助创立维护穷人与工人阶级权益的劳工党（Workers' Party）。他三度参选总统都以落选收场，到了2002年第四次参选时，他将放荡不羁的革命式浓密胡须修短。原本盖到眉毛的乌黑头发变成柔和的灰白色，往后梳成波浪状；他的西装不再像是借来的那般不合身。他挑选一位商人担任竞选搭档，好向上层阶级以及外国投资者保证，他极端激进的岁月已成过往。这一次，他赢得大选。四年后，由于经济稳定，中产阶级增加，他顺利连任成功。

前往哥本哈根的卢拉是一个这样的人：他将自己的平民背景转化为魅力，行事作风亲切不造作，有时虽令各国元首惊奇，但是也真挚、容易让人信赖，而且是个非常典型的巴西人。卢拉宣传的巴西是一个有利可图的投资地点、一个日渐成长的力量，也是一个真正的民主国家，像他这样的人也能当上总统。

那个十月天，当穿着深色西装，蓄着灰白胡须的他坐着等待结果公布时，国际奥委会并没有忘记这些。

经过正式的欢迎与握手之后，候选城市开始作陈述。芝加哥率先登场。身穿黄色服装，顶着时髦发型的美国第一夫人米歇尔·奥巴马（Michelle Obama）表示："我在芝加哥南区出生长大……"她谈到家人和她的父亲，后者教她"使出强而有力的右勾拳"。奥巴马总统从这里接话：他想欢迎全世界"光临我的小区"。两人的演说珠联璧合——优雅、圆滑。他们表现得可圈可点。芝加哥俨然一副赢家姿态。下一个登场的是东京，他们大谈绿色奥运。我回到自己的办公桌，继续赶我的医改稿子。看完芝加哥的陈述之后，我对里约获选几乎不抱希望。

接着，鼓声再度响起——而且更大声。我头一抬，看到科帕卡巴纳海滩，密密麻麻的人群，群众之间响起奥运会歌。国际奥委会主席雅克·罗格（Jacques Rogge）站在讲台上，纤瘦、稳重的他浑身散发着贵族气息，一派欧洲人的模样。卢拉坐在观众席的前排，显得坐立不安，他在胸前画了十字祈求好运。

主导全球足球运动的国际足联主席约瑟夫·"塞普"·布拉特（Joseph "Sepp" Blatter）也是奥委会委员，他坐在巴西总统对面，盯着他瞧。他戳戳其他国际奥委会代表，还模仿起卢拉迷信的手势，然后摇摇头，露齿而笑，仿佛是在说："你们看这家伙有多夸张。"

罗格感谢各个候选城市。他拿起印有奥运五环标志的信封，费了一番工夫打开，抽出里面的纸卡。

"里约热内卢。"他说。看见不容易发音的葡萄牙文，他有点结巴，念成了柔软、有气音的西班牙文：里约汉内罗。

无所谓。卢拉、巴西足球球王贝利（Pelé），以及全国上下的巴西人都从椅子上跳了起来，兴奋互拥，好像他们刚在世界杯足球赛的冠军决赛中抢得制胜的一分。他们哭泣、亲吻，像爆米花一样蹦蹦跳跳，雀跃不已。卢拉弯下身子向西班牙代表团致意。在一片混乱中，89岁的前国际奥委会主席胡安·安东尼奥·萨马兰奇（Juan Antonio Samaranch）始终静静坐着，他可是一直大力为马德里拉票。卢拉一把将他拉过来，用力在他额头上亲了一下。

接下来，他去找西班牙总理何塞·路易斯·萨巴德洛（José Luis Zapatero）。卢拉紧紧地拥抱他，在他耳边喊了几句话，然后转身，手上拿着一面黄绿相间的巴西国旗，往人潮的反方向走。有人开始唱起"美妙之城……"，卢拉也带领现场的巴西人齐唱这首里约的非正式市歌，大声表达他对"这座恩典满盈之城、巴西之心"的热爱，丝毫不在乎应有的礼节。国际奥委会主席罗格显得相当不自在。

但是，卢拉停不下来。这时他将国旗披在肩上，宛如来自南半球的超级英雄，摄影记者蜂拥而上捕捉画面。当他的保镖围在他身边，为他在人群中开道时，镁光灯也照亮了卢拉的路。

镜头转到科帕卡巴纳。巴西国旗、翻飞的五彩碎纸以及烟火让气氛无比欢乐，热力十足。CNN 记者莎丝塔·达灵顿（Shasta Darlington）在海滩上报道，试图在喧嚣声中说话。她表示这场狂欢预计持续整个夜晚。

看着电视上喧闹的庆祝活动，我明白，那样的兴奋之情不单是由夏季奥运会激发出来的。巴西即将晋身大国之林。

其他国家承受过血腥的独立战争、内战、革命——这些都是能够改变国家性格的那种重大历史关头。巴西却很少经历严重的决裂。它未经战争就获得独立，没有动乱便终结奴隶制度，也没有出现暴动。支撑其财富与权力阶级的社会架构始终没有受到挑战。这些架构就像存放在地表下的骨头，千百年来日渐硬化，将巴西塑造成全世界最不平等的国家之一。

现在，地方与国际、社会、政治及经济上各种同时发生的强大趋势逼迫那些老骨头让位，或许还得适应新结构。许多世代以来，可能是史上第一次，巴西拥有了变革所需的经费与政治决心。各种可能性让人充满希望。

卢拉本身就是这种可能性的一个象征。他 18 岁在一家钢铁工厂值大夜班时，一根手指头被车床辗断。他经常利用手势来加强自己想表达的重点，只要看到他的手，大家就会想起他这一路走来的惊人成就。此时一切似乎都有可能，而卢拉自己也象征着这一点，那也正是海滩上的群众大肆庆祝的原因。这次轮到巴西了。里约奥运会将为它搭起舞台，点亮聚光灯。

这时候我才想到：该是回去的时候了。

我在三岁时跟着家人第一次离开巴西，因为我父亲的工作临时外调。接下来七年左右，我们在中东和地中海各地迁徙，更换居住城市的频率比大多数家庭换车的频率还高。这种四处迁居的生活让我始终像个异乡人。我戴着眼镜，顶着一头卷发，看起来像个书呆子，还操着一口家乡的葡萄牙语，不时夹杂英语和阿拉伯语。除了图书馆之外，我在哪里都觉得格格不入。对于印在护照上的那个国家，我对它的印象是通过交谈、收到的过期杂志，以及每年拜访庞大家族的经验拼凑而成的。探亲时置身于几十个表亲之间，我只能观察与倾听，试图理解身为巴西人的意义。

每次在里约降落，在离开机场之后的某个时刻，我都会摇下出租车车窗，让这座城市的潮湿空气飘进车里。那是我回到家的第一个讯号。

在那些探亲行程中，我都会尽情享受那种温室般的氛围，让它灌入我的感官。受够了中东贫乏单调的景观，看腻了沙、石与天空有限的色彩组合之后，我总是渴望再回到里约。在这里，青绿嫩芽从每个裂缝中冒出头来，花瓣厚实的花朵终年盛开，放出鲜艳色彩与浓郁芬芳。街道挤满人群，袒胸露乳的男男女女穿着各式短到不能再短的紧身服装，踏着流畅的步伐，好似关节上满了油。他们喋喋不休、放声大笑，巴西葡萄牙语的圆润元音如弹珠般脱口而出。

一整年的时间，我身边都围绕着穿朴素单调的包裹式罩袍（chador）的穆斯林妇女，穿宽松的阿拉伯长袍（jalabiyah）的男性，巴西人外表的丰富多样与轻松悠闲一开始总是令人震惊。这个地方的生活就发生在咫尺之间。这里的公寓很小，住了太多亲戚，炎热的下午让人喘不过气，许多在其他地方属于隐私的事情，在里约都在光天化日之下进行：人们大大咧咧地公开接吻、喝酒、跳舞，甚至梳洗打扮。我习惯了穆斯林社会的高墙和端庄，而里约热内卢人（他们被称为Carioca——卡里欧卡）看起来近乎淫荡，却又十足迷人。不过，我们的拜访时间总是太短暂，我还来不及体会这个地方的本色，就又要前往机场了。

如今，这座因为私人原因而让我魂牵梦萦的城市，逐渐吸引了另一种目光；世界上的权力平衡现在开始转向，使得新兴国家多了一些发展空间。

此时的巴西正处于历史上的独特时刻。它实行独立的外交政策，强化与其他新兴国家的关系，并要求在世界性的重要会议上发声，包括在联合国安理会取得常任理事国的席位。不过，最令人耳目一新的是经济。巴西的主要出口产品为铁矿、大豆、糖、肉，而中国对这些资源的需求似乎永无止境。外资大举涌入。随着巴西人摆脱贫穷，他们也开始到国外采购各种商品，从炉子、汽车到飞机都有。突然间坐拥大量现金与信用，他们也开始在纽约和迈阿密大肆消费。在萧条年代移民其他国家的那些人如今开始返乡，导致工程师、建筑师和会计师短缺，无法满足市场需求。巴西正朝成为世界第六大经济体的目标迈进。

石油是这波繁荣经济的重要一部分。一项庞大的新发现显示，里约外海180英里处的海底所蕴藏的石油，足以让巴西的地缘政治等级更上一层楼。美联社一名商业编辑将一份《华尔街日报》拿到我办公桌上，大大的跨页报道上写着：巴西长期以来总是面临能源难以自足的窘境，但是这次的发现可能让该国跃升为一级的能源生产者，变成出口国——同时也成为公认的国际力量。

"上帝是巴西人。"卢拉在庆祝这项石油发现时如此表示。这句谚语传达了巴西拥有的天然资源是何等丰富。

巴西当时已经被选为2014年世界杯足球赛的主办国。如今又拿下2016奥运会的主办权。他们的热情极具感染力，连我在加利福尼亚都感觉得到。

可是，这一切代表什么？客观来看，整件事似乎像是一种理由充分的乐观态度，有时又像是兴奋到晕头转向。每天都有不少好消息传来。几个世代以来，巴西首次出现推动重大改革的财力与政治意愿。世界杯和奥运会给了巴西尤其是里约确切的期限,以及一长串的待办事项;社会与经济变化逐渐改变了景象以及人民的期望。

这是一项特殊的实验。它的结果相当重要——不只是对于身为巴西人的我,对于身为记者的我亦是如此。都市乱象、贫穷、污染以及政府效率低下,这些并非里约独有的现象,发展中国家的其他大型都市一样面临这些挑战。在接下来几年的高压严峻考验中,里约能够找到独创性的答案吗?还是它会以无法预料的方式崩解?

巴西有一种说法,用来形容纯属表面功夫的事物:*para inglês ver*,意即"给英国人看的"。它源自英格兰废除奴隶制度,推动终止人口交易之后的那些年。巴西签署一项国际条约,通过了承诺终止奴隶交易的法律,可是人口买卖还是持续进行。那些法律是给英国人看的——想给外国人留下好印象。如今接下来几年的改变会只是"给英国人看的",还是世人将看见一次直捣核心的彻底转变,改革长久以来阻碍里约进步的暴力与不平等?无论如何,我都不想只从新闻中看到。

我申请担任美联社的里约热内卢特派记者,并顺利获得这项职务。三个星期之内,我租出了自己的公寓,卖掉汽车,送出藏书。2010年1月4日,我带着一张前往巴西的单程机票来到旧金山的联合航空柜台办理登机手续。经过21年,我终于要回家了。

第一章

里约,家乡

飞机开始倾斜飞行,准备下降。我的额头靠在狭小的窗户上,底下广大的海湾映入眼帘,湾面上四散着点点小岛。当葡萄牙探险家最早于16世纪初在这里发现避难处时,他们以为自己来到了一条大河的河口——那就是"Rio de Janeiro——一月之河"。

这个名字最后成了这座城市的称呼。里约蔓延在海湾西侧,从飞机上看显得轻柔缥缈:一抹泾渭分明的白色天空与水域,由宛如铺上翠绿毛毯的巨大花岗岩山脉连结起来。没有噪音、没有气味、没有人,只有山光水色,满满的可能性与阳光。

底下的抽象元素自行编排成熟悉的形态——海滩与建筑物、公路、小屋构成的交叉线,然后是最大岛上的国际机场。我感受到这座明信片城市的魅力,它有棕榈树与白沙,令人慵懒的高温。多年来,我始终将这幅景象留在脑海中,每当我精疲力竭、感到寒冷、局促不安时,就躲进这幅景象里。

一旦踏出有空调的机场,开上公路,真实的里约便倏忽迎面袭来,强烈冲击着我的感官。

左边是瓜纳巴拉湾(Guanabara Bay)。浓密的植被簇在水边缠绕。岸上覆盖着里约中心区1 300万人口所丢弃的垃圾:旧沙发、破碎的电视机,还有缠在快要腐烂的塑料袋里的不明塑料物品。我摇下车窗,车内随即充满了令人作呕的臭水沟味。

右边是犬牙交错的庞大贫民窟。尚未完工的箱形红砖屋像小朋友的积木一样堆叠起来，上面满是裸露的钢筋，密密麻麻，全挤在公路路肩上。高速公路两侧架起高耸的亚克力隔音墙，墙上的装饰板以迷人的里约风情取代贫民窟景象：桑巴乐手演奏铃鼓，小孩子放风筝，还有甜面包山（Sugarloaf Mountain）优美的轮廓。有些亚克力板上满是弹孔痕迹。

许多离开机场的旅客都在这里锁上车门，摇起车窗，乖乖遵照旅游指南上的警告——这些警告都以"为了降低您沦为受害者的几率……"作为开场。接着，他们便安坐在开着空调的车厢里，心思快转到自己心中的明信片美景，也就是他们的目的地：科帕卡巴纳、伊帕内马（Ipanema）、拉帕（Lapa）、莱布隆（Leblon）。这些地名充满律动节奏，让人联想到夏日、阳光与欢乐时光。

可是那天离开机场时，我要全部的里约，它炎热潮湿的气息、它的极端。我到家了。我试着在脑中回想这几个字：里约，家乡。

我住进伊帕内马的某间旅馆，距离海边只有几个街区。这是大多数外国人前来探寻的里约：高档却悠闲，气氛活泼的街道上开着一家家营业区域延伸到人行道上的小餐馆。旅馆所在的街角有一家酒吧。1963年，一位诗人和一位作曲家在那里谈论音乐、啜饮威士忌，看着一个当地女孩走过时让阳光更加闪亮，"高挑、黝黑、年轻、可爱"，一路向大海而去。这两人分别是音乐家汤姆·乔宾（Tom Jobim）以及诗人费尼希斯·迪·摩赖斯（Vinícius de Moraes）。他们在那些漫长闷热的午后聆听动人的巴萨诺瓦（Bossa nova）音乐，从那个年轻女孩诱人的简单步伐中寻得灵感，精心创作出经典的里约歌曲《伊帕内马女孩》。

伊帕内马依然具有那种轻松安逸的魅力，总是有办法吸引人们的目光。无论是在那音乐家曾经在餐巾背面潦草写出歌词的露天酒吧旁停下来，喷出尾气的公交车，或是一批批打着赤膊的年轻男子趁着汽车等红灯时用吉他快速弹首歌，表演巴西战舞的后空翻，希望观光客赏点零钱，都表现出那种特殊的吸引力。伊帕内马依然拥有那种轻浮、不羁的特质，就像那个女孩的目光曾经让这世界，或至少一家脏兮兮的街角酒吧，充满优美的气息。

我在11月抵达，南美洲的夏天此时即将开始。每逢周日，那条滨海道路禁止汽车通行，大批人潮会随之涌入。我在旅馆放下行李，走在种了棕榈树的车道上，路上挤满骑单车的小孩、滑板玩家、情侣、健身人士、戴着宽边帽的老奶奶，一条人河在金黄阳光下摩肩接踵。里约的居民，卡里欧卡，很习惯身处人群当中，不介意与陌生人擦肩而过。这种对于近距离的自在感，让我裸露的手臂与肩膀上留下薄薄一层别人的汗水。

伊帕内马在中间的区域较为狭长，仅有7个街区将南边的大西洋与北边的拉各亚潟湖（Lagoa）隔开。林木茂密的山脉耸立在湖面如镜的深色潟湖后方，山顶矗立着以白色石材雕刻而成的张臂基督像（Christo Redentor），卡里欧卡一般称之为基督（Cristo）。

尽管这一小块美丽的土地上有些难看的建筑物，但城市的狂热喧嚣却在此慢了下来。一踏出旅馆，我就感受到那种气氛。当地人穿着人字拖、沙滩裤，外衣底下的比基尼还没干，单薄的上衣从古铜色肩膀滑下，在这样的气氛中要严肃看待生活可不容易。

我在人行道边缘观察海滩。在我右手边，沙滩末尾是一片庞大露岩的侧面，看得出来是花岗岩。在那面高居大海上方的山坡上，是维迪加尔（Vidigal）贫民窟。它后方有两个突出的超大巨石：两兄弟山（Dois Irmãos），因为彼此相距甚近而得名。左边是阿帕多（Arpoador），一座广大的花岗岩地形公园，岩石一路延伸入海，卡里欧卡们喜欢在夕阳西下时聚在这里喝啤酒。它的名字源自他们在这片近海用鱼叉捕杀鲸鱼的那个时代。如今，渔民从岩石底部抛出钓鱼线，冲浪者也在海上如鲨鱼般乘风破浪。

人行道与大海之间的区域挤满了被编上号码的摊贩棚子，也就是巴拉卡（barraca）。这些人在太阳底下讨生活几十年，他们紧盯着自己的地盘，为顾客供应遮阳伞或海滩椅，冰水或啤酒。一段时间过后，我已经在海滩上挑了一个最喜欢的地点，知道了这些小贩的名字，他们也同样认得出我。

我买了一颗新鲜椰子。小贩从泡沫冷藏箱里拿出椰子，用大砍刀利落地砍了三下，椰子随即剖开。里面的椰子汁清凉香甜，正好平衡一下白天的热气，以及汗水与海浪的气味。我坐在面向大海的水泥长椅上，沉醉在椰汁、阳光和海洋微风之中。

这是我梦想多年的里约，感受到和我记忆中相符的那些点点滴滴，更让我甚为满足。排球手在网前一跃而起，身体弓成完美的弧线，在蜜糖般的阳光下显得柔软优雅。在靠近海水的地方，一群群围着纱笼的女孩肩并肩、脸朝下趴着，一排排美臀就这么朝着天空，做着日光浴。叫卖小贩身上挂着冰桶、冷藏箱、烤架以及其他装备，一边吃力地走着，一边大喊贩卖的商品：花生、汽水、啤酒、卡布琳娜鸡尾酒（Caipirinhas）、鲜虾、烤干酪三明治。

我根本不在意自己的腿苍白得像是两根白芦笋，孤单一人，没有一堆熟识的卡里欧卡，在小贩眼中也是陌生人。我回到家了。或许就是这么容易。或许我只需要重复念个几次，就像祷告或咒语，那种感觉便油然而生。

里约热内卢一直都是进入巴西的港口，一个进行联络、协商、交易的地方。来自非洲的船只在码头卸下男女奴隶，他们后来则在种植园和矿场扭转巴西的未来。葡萄牙皇室抢在拿破仑的侵略军队到来之前，在1822年逃离里斯本，航行到里约，在当地建立他们的帝国。

对我的家族而言，里约也是一个起点。我父母出生于米纳斯吉拉斯州（Minas Gerais），这个州盛产咖啡与牧牛，面积与美国德州相仿，境内常可见到绵延的山丘与巴洛克风格的教堂。里约是他们通往广阔世界的门户，他们在那里结婚生子。我母亲生了三个小孩，父亲也开始到巴西石油公司（Petrobras）上班。

1977年，我们离开里约，前往萨达姆·侯赛因（Saddam Hussein）统治的伊拉克。当他在1980年对伊朗发动战争时，我们挤在楼梯底下躲避空袭，那时我们在巴士拉（Basra）所住的那条街上的窗户都被炸碎。我父亲必须留守，关闭办公室，但母亲带着三个孩子挤上一辆校车，和其他巴西石油公司的员工眷属一同前往科威特。一路上，炸弹密集轰炸钻油塔，将之变成熊熊火塔，惊人的轰鸣在几公里外都听得见。

我们只带了能带的东西——在这趟未知的路上所需的换洗衣物和食物。途中，我们得停下来。我不知道原因，也不知道身在何处。道路在太阳底下被烘晒得微微震动，宛如摊在沙漠上一条长长的柏油缎带，前后两个方向同样险恶。在热到发白的天空下，我们在干泥地上似乎坐了好几个小时，身边是其他头昏眼花的撤离者。无论是伊拉克人或外国人，我们都设法逃离这场战争。许多当地的家庭和我们不同，他们都是徒步前进，小孩、山羊、绵羊，全都因为恐惧而睁大眼睛。有人把手伸进我们装食物的包包，偷走水煮蛋。母亲无奈地说："他们比我们更需要吃东西。"

在科威特，有一家五星级饭店在宴会厅里铺了一些防滑垫，允许我们和其他巴西家庭睡在垫子上。最后，我们设法从科威特的那间宴会厅前往祖母在米纳斯吉拉斯州的家。全家人等着父亲团聚，等了好几个月，紧盯着报道战争的新闻。父亲和我们重聚后，一家人立刻再度动身，这一次是到地中海上的小岛马耳他（Malta）。一年后，我们又搬到利比亚，那里的国家电视台会公开播出绞死政治异见人士的实况，户外广告牌上和家家户户里都看得到年纪尚轻、国字脸的卡扎菲（Muammar Gadhafi）头像。

与巴西分分合合多年后，我们在1984年搬回去。我想回去，可是，回去之后的生活依然不好过。我十分害羞。我在利比亚首都的黎波里（Tripoli）时上的是石油公司经营的国际学校，但那对我适应里约热内卢的中学没什么帮助。

我在私立学校的同学都是在里约新兴的高级小区内长大的。他们多年来培养了不俗的生活品味，连铅笔盒也都是名牌。我跟他们格格不入：奇怪的卷发被我母亲当成树木一样修剪成一个完美的圆形；摔不破的粉红塑料框眼镜，这样才能用上一整年；喔对，我还戴着牙套。我的球鞋是从的黎波里的国营商店买来的杂牌货，那里贩卖的消费品少得可怜。鞋子是利比亚国旗的绿色,再加上橘色镶边。其他孩子都穿着锐步一类的球鞋,我的鞋子上面却写着利比亚的正式名称:"Socialist People's Libyan Arab Jamahiriyah——利比亚阿拉伯社会主义人民共和国"。

但是,我终于到了里约。我对于这个地方很好奇,这里每个人都说着原本我们只有在家里才说的葡萄牙语;我应该属于这里,这儿终究是我的归属。我全心投入自己拿手的活动:阅读。放学后,我会在床上摊开报纸,试图理解伤害这个国家的那些混乱与动荡。

1964年发动政变、继而掌权的军事政权统治巴西20年之后,这个国家开始过渡到民主。由选举团选出来的第一位平民总统在就职前一天接受紧急手术,却因为败血病辞世。副总统接替他的职位,然而原本应该欢庆的时刻却因为举国哀悼而变得紧张不安。

我在祖母家观看葬礼,跟表兄弟姊妹、姑姑、叔伯一起紧盯着电视,祖母突然哭了出来。这次变革和新政府显得好虚弱。一切瞬间都变了样——政治忠诚、商业往来、权力关系,甚至刚解除事前审查的电视上,裸露画面也变多了。

随后糟糕的经济政策摧毁了一个又一个的复苏计划,巴西在1986—1994年之间共出现过6种货币。通货膨胀造成币值大幅缩水,每次钞票面额的数字多到无法印在纸钞上,政府就再推出一批新钞票,砍掉原本货币后面的零。物价飙升的速度实在太快,消费者只好赶在超市员工更改标价之前抢购肥皂或香蕉,以免他们有机会贴上新的价格标签。

幼小的我的眼中,巴西也像是一场失控的灾难。里约自然同样悲惨。

里约热内卢曾经属于葡萄牙帝国,在脱离葡萄牙独立之后成为巴西首都。1960年,巴西迁都巴西利亚(Brasília),里约也跟着失去联邦的工作机会与经费。巴西的经济在20世纪80年代陷入多年的不稳定及恶性通货膨胀,里约也跟着持续衰败。优雅的高级小区纷纷没落。有人擅自强占巴西大道(Avenida Brasil)上的废弃仓库。一度宏伟壮观的造船厂在充满盐分的滨海空气中瓦解。从环绕港口周围的公路上可以看见,巨大的起重机多年来宛如一个古老种族的最后幸存者，抬起它们沉重的头，然后因为铁锈腐蚀了关节而颓倒。在市区，不少建筑物空空荡荡，一排排昏暗的窗户反映出那一刻的绝望。

经济失序与日趋严重的暴力导致人口外流。企业主管成为歹徒绑架的目标，一般人则担心汽车遭到劫持以及遇上持枪抢劫。我弟弟某天回家时身上只剩下短裤，他的T恤和运动鞋被年纪没大他多少的孩子抢走。妇女会在车窗贴上深色膜，以免成为歹徒觊觎的目标，天黑后也没有人会将车子停在街灯底下。经济能力允许的人会在窗户外加装铁窗，住进有栅栏的高级小区，驾驶防弹汽车。许多人更是直接离开里约，或干脆移居国外。

当时，有警卫的公寓大厦（*condomínio*）在人烟稀少的西区如雨后春笋般出现，我家就住进了其中一栋。巴拉达帝茹卡（Barra da Tijuca）的景色优美——它是一片狭长平坦的沼泽地，北边有翠绿山脉包围，南边则是数公里长的白色沙滩，濒临大西洋。好几条河川从高处往下流，再共同注入湖泊与潟湖。新建的公寓大厦都有大批身着制服的警卫及私人保安看守，一完工便销售一空。我住在其中一个名叫新伊帕内马的新小区，学校则位于另一个新小区：新莱布隆（Novo Leblon）。这些名称象征此地是新版的里约旧区域，也保证让住户拥有在那些旧区域无法享受到的生活。

家里虽离里约市中心相当远，但我尽可能去探索这座城市——除了偶尔进城，更随时通过新闻来认识它。我读到那些贫民窟坐落在陡峭、不稳定的山坡上，暴雨一来，必有数十间民宅会被冲进泥堆里。

到了20世纪80年代，毒枭占据了这些贫民窟，将当地改造成警方几乎难以攻破的堡垒。黑帮兄弟利用直升机将自居"现代罗宾汉"的毒品大亨埃斯卡丁亚（Escadinha）从最高戒备的监狱劫走，就充分展现了这股惊人的新势力。当时那段宛如电影情节的逃狱过程登上了各大电视频道。埃斯卡丁亚在接受访问时，吹嘘自己对窝藏他和他的黑帮"红色指令"（Comando Vermelho）的贫民窟所提供的协助。

黑帮之间或黑帮与警方之间发生地盘之争，必然会爆发激烈枪战。当时的媒体曾创造出一个新名词:"*bala perdida*——迷途子弹"。这些混乱枪击大战的无辜受害者经常登上新闻头条:一名年轻母亲将两岁小孩抱在膝上,坐在自己家里,却无辜丧命;一个背着书包的小孩在走下山坡时不幸中弹,染血的公立学校制服出现在晚间新闻的画面上。

尽管住在戒备森严的公寓大厦,我还是偶尔会碰上曾在报上看到的那个里约。有一次遭遇让我留下无法抹灭的印象。1989年的某个星期日下午,我走在伊帕内马海滩上,觉得身体一侧被刺了一下。转身后,我看到一个嗑了药的孩子浑浊的双眼,年纪顶多9岁或10岁,鼻子上还黏着干了的鼻涕。这些孩子常在街头晃荡,晚上就睡在人家门口或高架桥底下。那是快克*入侵约之前的事。他们吸食鞋匠用的强力胶,把它当成廉价的毒品。有时候,你会从他们的口气里闻到化学品的味道。

这个孩子拿着一片缺角的啤酒瓶碎片抵住我的侧身,想抢我口袋里的东西。他站得很近,口中念念有词。

"提亚。零钱,买吃的。"他说。尽管尖锐的玻璃足以刺穿我肋骨底下柔软的肉,他的语气中却带着乞求的味道。

当年我才14岁,可是他却叫我"tia——提亚",也就是阿姨。这是一种非常巴西式的说法,一部分代表亲切,一部分代表尊敬;小孩子在生活中跟成年女性说话时就会这么称呼——像是学校的师长、朋友的父母。当时我是一个受到孩子威胁的孩子,那感觉让我既悲痛又作呕。

几个月后,1989年8月,我们全家再度离开巴西,前往父亲的下一个工作地点:美国休斯顿。我和里约恢复若即若离的关系。那个孩子的身影深深留在了我的脑海中,让我想起这座城市此时的样貌——残破、被遗弃,而它的衰败又因为其愿景而更显悲惨,如同太早采摘的水果,在成熟之前便已先腐烂。

---

*快克,即crack,一种高纯度的可卡因。——编者注

十多年后，我回来了。巴西的前景已然改变，里约热内卢也逐渐摆脱数十载的死寂阴霾。但时间步步逼近，距离里约主办世界杯足球赛不到4年，奥运会也只剩下6年。从我降落在里约旧机场的那一刻，就能清楚地看到这座城市面临的挑战——年久失修的电梯，还有车子开上公路时经过的受污染海湾以及贫民窟。长期被忽视的基础设施正依次进行大规模的彻底检修；既有的体育场馆需要重新翻修，新的奥运场地则从头开始兴建。

不过，最大的挑战是治安工作。里约在争取奥运会主办权时承诺会提供"一个安全且符合标准的奥运环境"，但要达成这个目标并不容易。我记得20多年前，当我在里约的时候，像红色指令那样的黑帮组织就已经占据了面积与小镇相仿的贫民窟，并且用油漆在墙上涂鸦，标示地盘划分。他们以这些安全的避难所为根据地，锁定山下区域作为攻击目标。优秀的警察训练不足且装备不良，恶劣的警察则是贪腐又危险。黑帮之间的地盘纷争经常引发激烈枪战，造成重大伤亡。

里约必须在国内外媒体的严格监督之下面对所有问题，而这些问题早已紧盯着这座城市。在这个社群媒体与网络行动主义的时代，巴西的国际地位将以国内生产总值（GDP）等可计量数值来衡量，但是也能以在21世纪逐渐成为国家地位评判标准的那些术语来看待：人权、平等、司法、环境可持续性，以及生活质量。

那个星期天晚上，当我打开行李，为第一周的工作做准备时，心中不禁揣想，我自己、里约，以及巴西的未来将会遇到什么样的挑战。

第二章

红色指令崛起

里约没给我安顿下来的时间。

动乱的最初征兆很容易被人忽略。它出现在11月9日星期二,我开始上班的第二天,穿插在里约主要大报《环球报》(*O Globo*)社会版里的一则新闻消息当中。文中报道位于里约西面的雅卡雷帕瓜(Jacarepaguá)地区发生了一起暴力劫车事件。四名持有猎枪和手枪的男子开着一辆标致汽车,逼迫一名大众汽车的男司机停车。当时是早晨7点,那名司机——一个药剂师由于惊吓过度,车子冲上了人行道,撞到一棵树。他听从歹徒命令下车。那些人在他的车上泼洒酒精,接着点火烧车。他们随后回到路上,拦下下一位司机——一个开着雪佛兰汽车的锅炉工人。他们拿走他的手机,对车子泼洒酒精,点火烧车。受害者不解,"他们没想抢任何东西,甚至连我的信用卡也不要。"那名锅炉工人表示。

接下来几天内,这种打了就跑的攻击事件开始呈现为一种趋势。星期三早上7点钟,5名持枪男子在里约北区拦下两名司机,拿走他们的手机,然后放火烧车。当天晚上,两名骑摩托车的男子将汽油弹丢进停在一座地铁站附近的车辆。那座地铁站就在我前往美联社办公室上班的途中,每天早上我都在那里下车。

这场攻击的发生地点离我不远,但是,更令人担忧的是此举在里约的背景脉络中代表的意义。弗拉门戈(Flamengo)是位于里约南区的宁静住宅区，黑帮火并通常不会在当地发生。在这些宁静街道出现攻击事件，标志着情况并不单纯。

弗拉门戈攻击事件之后，黑帮分子的暴力行动开始在全市遍地开花，先是针对汽车，然后是公交车。放火烧车的目的是阻碍交通、扩大恐慌，好让歹徒趁乱脱逃。至此，还没有人丧命，可是这些焚烧事件已让里约陷入了紧张。

我采访了退休的执法人员以及学者等专家，他们表示，这些攻击很可能是针对政府设法让里约更安全的努力所做的一种响应。在新的治安计划下，全副武装的警察直捣黑帮掌控的贫民窟，但事先均警告过当地民众。这让黑帮有机会逃走，但也减轻了流血冲突——以旧手法进行的激烈攻坚，轰轰烈烈的快速突袭，往往会造成人员死亡。一旦警员进入贫民窟，局面往往就不可收拾了。在这项新计划当中，警察会留下，建立长期基地，并进行全天候巡逻。这些特殊的警察小组称为"维和警察队"（Unidades de Polícia Pacificadora），简称UPP。

UPP计划虽未终结毒品交易，但是它在黑帮居住、肆无忌惮进行毒品买卖的贫民窟再度宣示了政府的存在。如此大规模的治安行动，过去从来没有出现过。

当我在2010年11月抵达里约时，该市有12支维和警察队，第13支也正计划在当月月底成立。相较于数量过千的贫民窟，这些警察队只能算是沧海一粟，可是它们在地图上的精准定位充分展现了执法当局是有备而来。它们锁定重要区域，包围主要运动场馆以及市内的高级地段。大多数的维和警察队都驻守在里约南边，包围科帕卡巴纳，伊帕内马也在附近。

现在，黑帮即将展开反击。

我为美联社写了不少标准的千字文，报道这些攻击行动：内容是一般常见的人事时地因，当然还会穿插一些受惊居民的说法，然后发稿。

可是，我晚上单独坐在办公室里，盯着小型电视上播出的画面——公交车的破窗里迸出火焰，行人张大嘴巴，脸上露出惊恐表情——我才赫然发觉，自己对于撕裂里约的那些力量几乎一无所知。

我知道红色指令的规模与势力是这些犯罪网络当中的翘楚。我记得它最初的突袭行动，那些黑帮分子凶狠蛮干的行径给青春期的我留下深刻印象。我对于里约警方的了解不多，只知道要小心他们的做法。现在，有迹象显示，这些力量正蓄势待发，即将引爆这座城市前所未见的对峙行动。

接下来三个星期，冲突造成数十人死亡，百余辆公交车与汽车被焚毁。在很短的时间内，我发现一项独特的巴西规矩，决定哪些生者与死者可以纳入计算，哪些则不列入记录，即使某一具尸体才刚在我眼前被抬上轮床，还是温热的，流着血。

甚至在报道冲突时，我发觉，如果想真正了解里约的权力平衡，明白危机何在，我就得去探知在我离乡那些年发生的变化。那也就表示要梳理红色指令的历史，以及它长期以来对里约的影响，得从它的起源开始，一直追溯到我回来之后发现大街上的公交车起火那一刻。

这件事之所以重要，不仅是因为2010年11月的攻击事件，也因为红色指令与里约两者的历史密不可分。毒品交易及武装暴力深深影响了这个地方、它的文化与它的风貌，而红色指令过去40年间的崛起就与这两个日益严重的现象息息相关。

这项新的UPP治安计划对红色指令的核心构成威胁，其效果将决定里约接下来几年重要的生活层面，也就是里约主办世界杯足球赛与奥运会的那几年。为了明白危机何在，而且评估其后果，我必须了解红色指令。

以下是红色指令的故事。从许多方面来看，这也是里约的故事。

这个日后对里约发动恐怖攻击的黑帮组织，在全里约热内卢州最美丽的一个角落——格兰德岛(Ilha Grande)起家，那座原始岛屿上尽是苍郁山脉，周围有海滩以及渔村，距离里约热内卢南边海岸大约160公里。时至今日，格兰德岛上的道路与汽车依然少之又少。岛上主要聚集区阿布拉昂（Abraão）几乎称不上小镇，而是个房屋与公寓的集合地。十来条街道从码头处以歪斜的角度向外放射，民宅就散布在这些街道上。

岛上面向大西洋的那一面是海浪最强劲的地方，里约最恶名昭彰的监狱之一就曾经在这儿。那座监狱最初在1903年建立时是一处罪犯流放地，后来被称为坎迪多门德斯监狱（Cândido Mendes Penal Institute）。由于位置十分偏远，它成为流放危险罪犯和政治犯的地方。

巴西作家格拉西里阿诺·拉莫斯（Graciliano Ramos）在1936年被以"共产颠覆"的罪名移送到那里，他在回忆录中描述了那个地方的肮脏与暴力。"光是提到那个被上帝遗忘的地方，就足以让人的对话凝结，脸色一沉。"他写道。

那里的环境实在太过恶劣，囚犯因此为它取了"恶魔熔炉"（Devil's Cauldron）这个别名。

我搬到里约时，这座监狱已经关闭，囚犯也四散各地。[1]但是，有一个人能为我解答红色指令起源的问题：威廉·席尔瓦·利玛（William da Silva Lima）。因为他从一开始就在那里。

利玛因为抢劫银行，从1968年就开始在格兰德岛服刑，1974年再度入狱。从老旧的大头照和监狱记录看得出，他身材瘦小，蓄着浓密的黑色胡须，发际线逐渐后退，犯罪前科罄竹难书。除了抢银行之外，他还曾经犯下绑架、勒索以及销赃等罪行。作风冷静和天资聪颖让他赢得了其他囚犯的信任。他为大家写了不少请愿书和信件，并且充当他们与有关当局交涉的中间人。

---

[1] 这座监狱在1994年被拆除。没有人出手挽救它的历史记录，直到2002年才有人开始挖掘。多年后，我在州政府的档案中发现这些留存的记录。尽管未经整理，但内容详尽丰富。2009年，监狱原址建成了一座简陋的博物馆，展出囚犯会议记录、监狱备忘录，以及红色指令草创时期的其他档案，例如牢里的黑帮成员写给外面"兄弟"的信件，并在信末签署"团结的家族永远不会被击垮"。

于是大家为他取了一个他至今仍在使用的外号——"教授"。

我们见面时,"教授"71岁。他自我介绍的方式,就是让我看他的疤痕——一个如今在他如皱纹纸般的皮肤上,看起来像蜘蛛网的记号。他左手指关节长得弯弯曲曲,那是因为他有一段时间被绑在牢房的铁栏杆上,被人用棍子殴打。后脑勺上的凹陷形状就像一根金属棒——那是他多次试图脱逃后,一名狱警动手报复的结果。

"但是我活了下来,"在科帕卡巴纳的俭朴公寓里,他坐在一张十分老旧的餐桌旁说,"有很多人没能撑过来。"

由于在牢里待了40多年,利玛的身体孱弱,讲话含糊不清,可是脑袋里却装着我想知道的那些故事。在陈述这些故事时,他没有什么情绪波动——他第一次犯罪是在14岁时成功侵吞了一笔钱,过程完美无瑕;他还说了他著名牢友的故事,以及四次逃狱的经过。

他也谈到那座监狱——一个过度拥挤、疾病肆虐的地狱,负责管理的官员根本无意矫正入监服刑的人。食物永远不够吃,没有床垫、没有毯子、没有制服,也没有清洁用品,除非囚犯自己带去。他们睡在地板上,还得赶走从充当马桶的坑洞里爬出来的老鼠。昆虫会叮咬囚犯暴露在外的皮肤,导致囚犯四肢肿胀,伤口化脓。警卫缺乏足够的枪支与武器,远方的监狱主管单位也赋予他们自由的掌控权,于是他们随兴所至,自行设计控制囚犯的方法,其中包括殴打、电击,以及各种创新的凌虐手段。

警卫恐吓囚犯,而囚犯之间也会彼此威胁。一群群的囚犯会抢劫与性侵菜鸟,犯人可能为了从外部带来的分歧、内部竞争,或是金钱互相残杀。"教授"说,囚犯就是他们自己最大的敌人。

另一名在那里待过的囚犯形容,那些永远潮湿的牢房是"会哭泣的墙",而巴西军事独裁政府就将企图推翻政权的政治犯关在里面。其中许多人都是触犯了1968年通过的《国家安全法》(Lei de Seguranca Nacional),因此监狱记录称呼他们为LSN囚犯,或直接叫成政治犯。

这群囚犯包括学生领袖、神职人员、学者,以及工会干部。当中有高达92人在1969至1975年间被同时关在监狱B区。此外，牢内还有超过850名的一般罪犯。像"教授"这样的银行抢劫犯也被关进同一区时，他发现自己每天接触到的都是不断鼓吹推翻政府的煽动者。

那些思想家让和他们关在同一区的窃贼及绑架犯印象深刻。他们在牢里同样保持他们在外头遵循的纪律：定时读书、集体决策，而且遵守行为守则。他们的存在让这座监狱开始有所改变，他们减少了抢劫与性侵事件，领导绝食运动，从而让囚犯获得更好的医疗照护，也改善访客所受的待遇——过去，来探监的人经常会遭到警卫暴力相向与威胁恐吓。他们也将自己中产阶级家人带来的食物集合起来，分享给其他囚犯。

这些LSN囚犯不是只会夸夸其谈。许多人之所以入狱，都是为了资助对抗军事政权的行动，因而参与经过缜密规划的银行抢劫案，以及受人瞩目的绑架案。他们也会与其他囚犯讨论那些抢劫案。日后证实，这些对话远比在粗糙水泥地板上将棍子磨成匕首来得危险。[1]

在那个混杂了理想、忠告与反叛思想的环境中，红色指令的种子开始在坎迪多门德斯监狱的牢房内萌芽。一开始，这群人不过是一个监狱里的小黑帮，专注于改善监狱内部的生活条件。某些最早和这个日后让里约惊恐不已的黑帮有关的档案，是寄给外面"兄弟"的沉痛信件，要求他们捐钱赞助监狱里的圣诞聚会，信里并签上他们的座右铭："Paz, Justica e Liberdade——和平、正义与自由。"

随着巴西独裁政府的强势作风趋缓，这些政治犯也被移往环境条件较佳的监狱。到了1979年8月28日，军事政府的将军颁布特赦令，免除政

---

[1] 这些政治犯也会分享他们阅读的书籍。有些书引导囚犯以新观点看待自己的人生，有的则传授游击战的相关细节。在牢中流传的出版品包括伯切特（Wilfred G. Burchett）的《越南：游击战内幕》（Vietnam: Inside Story of the Guerilla War）葡萄牙文译本、切·格瓦拉（Che Guevara）的《切·格瓦拉论游击战》（Guerrilla Warfare），以及巴西共产主义者马里格赫拉（Carlos Marighella）的《袖珍版城市游击战手册》（Mini-Manual for the Urban Guerilla）。

治罪犯的刑责。仅仅一个月后,成立不久的红色指令开始在监狱里发动政变,造成6名敌方领袖死亡,保住了它在监狱里的控制权。典狱长在1979年的年终报告中告知州政府的刑事官员:"1979年9月的凶杀案之后……LSN一帮人,也就是红色指令,开始统治格兰德岛监狱,并且掌控整个里约监狱系统的组织犯罪。"这份简短说明首次在官方文件中提到这个黑帮的名称,同时也承认,红色指令的势力不再只限于格兰德岛上的监狱。

在政治犯获释之后不久,启发这个黑帮座右铭的理想主义色彩便逐渐消失。他们只保留了两个确定性:他们团结一致就能更强大,以及他们生活在一个自己没有办法获得回报的体制里。然而,红色指令没有努力去改变体制,而是在接下来那些年,从体制中攫取他们想要的东西:金钱、权力,以及能见度。

"教授"表示,到了20世纪70年代末,"他们所谓的'红色指令'已经无法轻易摧毁:那已是一种行事方式,一种在逆境中求生的途径"。

这个黑帮从监狱系统内崛起,但是起初在执法部门内部以外,几乎无人曾听过它的名号。然而,这一点在1981年4月3日有了变化。通过晚间新闻,红色指令将子弹和鲜血喷溅到巴西人的客厅里。

当时警方一直在调查一连串惊人的银行抢劫案——每一起都是策划缜密、时间掌握精准的抢劫行动。一群歹徒通力合作,干扰交通,攻入数间银行,然后消失无踪……也就是遵循过去那些年左派游击队采用的模式。

那个四月天的晚上,有人向某个菜鸟刑警密报,那些银行抢匪正躲在北区的一个住宅小区内。结果,便衣刑警的调查工作错得离谱。接下来的彻夜枪战在全国新闻上全程转播,区区几名男子竟然让数百名警员无法靠近。那些黑帮分子藏身在一栋三层楼公寓,在现场展现了惊人的火力,谁都忘不了他们胆大妄为的程度。

他们的领袖整夜讥笑楼底下的警察:"上来抓我啊,王八蛋!我们是红色指令。"他是何塞·乔格·萨尔达哈(José Jorge Saldanha),人称胡须乔（Zé Bigode）。38岁的他犯下了12起银行抢劫案，他在1980年逃出格兰德岛监狱。在一张拍摄日期不明的大头照上，一个肤色介于黑人与白人之间的男子眼睛半阖，看着镜头，头略微向后仰，嘴巴上半部蓄着黑胡子，但肥厚的下唇却光溜溜。

双方对峙了11个小时。等到一颗12口径的子弹在胡须乔的胸口打出一个汩汩躺血的弹孔时，已经有3名警员丧生，6名警员受伤。隔天，各大报纸报道的字里行间无不惊诧于红色指令的火力与胆识。一名被击倒的警员哀求："求求你，让我离开。"而胡须乔嘲讽说："我为你们每个人都准备了一颗子弹！"

州治安主管接受访问时透露，红色指令的火力之强，远超出警方能应付的程度。"我们处于劣势，只拥有法律所允许的那些武器。"他如此表示。

《环球报》的摄影记者在胡须乔的最后一张照片中，捕捉到那次事件的精髓。照片前景是这位黑帮分子的尸体，削瘦、赤膊，脸部朝上，双手叉腰，躺在住宅区草坪的泥路上。武装警察高大、黑暗的身躯矗立在他尸体旁。这次事件后来被称为"*quatrocentos contra um*——四百对一行动"。

这次行动惊爆出来的暴力与狂妄，烙印在里约人的集体记忆中。它象征着红色指令首次公开露面，而这个团体将在日后那些年成为里约挥之不去的梦魇。

接下来十年，红色指令扩大了势力范围。里约的一项特色助长了这个黑帮的扩张，那就是分布在陡峭山坡和各郊区的贫民窟。这些小区刚开始往往都是非正式的临时聚集区，硬是从这个大都会当中冒出来。居民每天到小区外头工作求学，因而与里约紧紧绑在一起。可是，这些地方却缺乏最基本的生活设施。居民自己私接电线和自来水。垃圾车和邮差从来不爬上"*morro*——山丘"，警方也一样，除非是为了追捕"*asfalto*——柏油"的嫌犯。柏油是里约非贫民窟区域的昵称，因为它有铺了柏油的街道。卡里欧卡越来越习惯用这些特殊名词来思考他们的城市：山坡和柏油。里约是座"*cidade partida*——分裂的城市"。[1]

红色指令在这些贫民窟里发现了无限的成长空间。里约北区有一个角落尤其兼具各种条件,让它成为设立总部的理想地点:阿莱芒街区(Complexo do Alemão)汇集了15个小区,形成一片散布在山丘上的广大区域。

这个区域一度是工业中心。最早的小型住宅开发计划大约是在卡里欧卡制革厂(Curtume Carioca)落成时陆续建成。卡里欧卡制革厂是一栋美丽的装饰艺术风格建筑,有高耸的窗户,人行道上种着菜王棕。1920年启用时,带动了当地的工业发展。附近花岗岩山峰顶上有一座古雅小巧的殖民教堂,西望洋圣母堂(Our Lady of Penha),俯瞰着下方蓬勃发展的工人阶级小区。

20世纪50年代初期,一位姓氏无人会念的波兰移民莱昂纳多·卡茨玛尔奇维兹(Leonard Kaczmarkiewicz)将他在那个区域拥有的部分土地分割出售。由于他生得一张欧洲脸孔,姓氏又十分饶舌,初来乍到的人便以"Alemão——德国人"称呼他。这个聚集区后来就叫德国山(Morro do Alemão)。

在联邦政策的推波助澜下,巴西的工业化与都市化在20世纪60-70年代以令人晕眩的惊人速度发展。公交车从广大的内陆地区载来一个又一个的家庭,大批人口涌入里约街道。由于没有负担得起的住宅,他们便自己动手盖房子,贫民窟就迅速成长,其中也包括位于德国山周围的那些聚集区。时间一久,附近的聚集区开始合并,最后形成的贫民窟区域就称为阿莱芒街区。

外人几乎进不去这个人口稠密的迷宫。逃亡的黑帮分子可以退回这个贫民窟大本营,然后消失无踪。毒品交易体系当中最底层的男孩称为"*fogueteiro*——烟火人",要负责监视街区外的动静,万一有警察或是来

---

[1] 记者祖埃尼尔·文图拉(Zuenir Ventura)在1994年出版的纪实文学书籍也以"*cidade partida*"为名,让这个名词流传更广。

意不善的敌人靠近，他们就会点燃烟火，警告老大。在1981年与胡须乔发生枪战后进行的调查中，警方发现，阿莱芒街区的其中一座山峰再会山（Morro do Adeus）就藏有大批枪支与弹药。

阿莱芒街区具有另一项优势：位置。这个贫民窟网络一路延伸到里约的主要干道巴西大道，距离港口和国际机场不到16公里。后来，为了缓解长期拥塞的交通，红线（Linha Vermelha）与黄线（Linha Amarela）这两条新公路完工通车，里约的三大交通干线也构成了一个往来十分方便的枢纽区域。

红色指令在这些贫民窟内所向披靡。他们可以在这个安全的基地策划"柏油"的抢劫案，并附带经营大麻生意，在贫民窟里的毒品零售点"*bocas de fumo*——烟口"公开贩卖。

接着，可卡因出现。这种新毒品在20世纪80年代初期进军里约；它提高了红色指令的赌注和风险。大麻价格低廉，可卡因则是一个拥有国际市场的高利润事业。要经营这种生意可不简单，需要运输与经销渠道、包装地点与销售点，再加上大批专门的监督人员、运送人员、打手，以及财务人员。可卡因将改变红色指令，也会改变里约。

既然有了更多的钱可用，也有更多钱能赚，黑帮分子便开始进口威力超乎警方想象的武器，而且大举向新地盘挺进。

此时，贫民窟的控制权变得比以往更重要。当地的毒枭经常有意识地抢占原本应该由政府扮演的角色，以确保居民的忠诚度，加强他们对小区的支配力。一个名叫皮亚尼奥（Pianinho）的红色指令成员在1984年12月10日对《巴西日报》（*Jornal do Brasil*）这样说：

> 我们以前是银行抢匪，现在则踏进毒品交易这一行。我们教育贫民窟的居民，让他们看到政府没有一点价值，政府根本不想为民众做事。然后，我们会提供他们食物、医疗、衣物、教学设备、孩子的制服，甚至现金。我们为居民支付医药费和丧葬费，不让那些贫民有任何离开的理由。我们甚至还会调解贫民窟里的夫妻矛盾，以免发生需要警方前来处理的麻烦状况。

到了20世纪80年代中期,也就是红色指令从"恶魔熔炉"崛起后十来年,黑帮掌控的社区内,任何事情都要得到黑帮分子的授权,无论是以联邦财政经费兴建的足球场工程,或是非营利组织要成立的托儿中心。

里约其他地方的人不久后就发觉,山上发生了前所未见的事。南边的维迪加尔、沙佩乌曼谷埃拉(Chapéu Mangueira)以及帕沃—帕沃津尼奥(Pavão-Pavãozinho)等贫民窟爆发激烈冲突,而它们就位于科帕卡巴纳、莱布隆与伊帕内马等高级小区旁。到了90年代初期,嚣张的胡须乔在那栋楼的三楼窗户对着外头大喊:"这是红色指令!"这句话从此在里约各地成了战斗口号,他们的组织名称"Comando Vermelho"缩写的CV标志,出现在数百个贫民窟中。

红色指令的总部位于阿莱芒街区,使得这个贫民窟区域成为暴力中心点。到了2010年,这里的居民平均寿命是65岁,比里约的平均寿命少了9岁。[1]

场景回到"教授"的公寓,我们的对话即将结束。当时已接近晚餐时间,利玛的家人开始回来了:他的女儿、孙儿,还有他太太——是他在格兰德岛认识的一名律师,当时"教授"已是罪囚之身,而她则是年轻的法律系实习生,脸上有两道完美的弯弯月眉,满怀理想。

该是告辞的时候了,可是我还有最后一个问题。如今的他对红色指令有什么看法?当他描述这个黑帮早期所信奉的价值时,我不禁好奇,这个人和当初那群一起坐牢的囚犯,那群筹办圣诞聚会,遵守和平、正义与自由座右铭的人,与数十年后掌控里约的那个黑帮之间,是否还存有一丝丝关联?

他摇摇头。他再也认不出红色指令了。它已经演变成了一头怪兽。

---

[1] 这主要是因为该区的年轻男性死亡率为十万分之八十五。在我父母居住的富裕西区高级公寓社区巴拉达帝茹卡,年轻男性的死亡率为十万分之四。

第三章

割除杂草

随着红色指令逐渐发展,它的精神口号"*E nóis!*"也变成一股无敌势力的声明。这个语法不通但简短有力的口号传达出一个简单的讯息:"就是我们。"这样就够了。每个人都知道谁是山丘之王。

包括里约警方在内。

马里欧·塞尔吉奥·杜尔特(Mário Sérgio Duarte)无法忍受这个带有讥笑意味的短句,他说这句话时就像在吐口水,上唇向后卷,显得相当傲慢。他是十分典型的警察,留着发色黑白交杂、朝上竖直的平头,他有一张国字脸,从1983年就进入警察这一行。红色指令在他的整个职业生涯中留下了一道长长的阴影。

我们第一次见面时,他穿着黑色防弹背心,率领一支配有半自动武器的特勤队。只要他吼出命令,没有人敢迟疑。但此次的对谈,他邀请我到他位于格拉饶(Grajaú)的公寓。那是里约北区的一个中产阶级住宅区,他跟第二任太太和一对双胞胎孩子同住。

杜尔特家的客厅朴素但舒适,又厚又软的沙发上铺着一条暖黄色的毯子,电视柜的尖角垫上了报纸和胶带。他们的双胞胎分别叫马可·奥雷里欧(Marco Aurélio)和玛莉亚·露伊莎(Maria Luíza),两个孩子穿着连身衣,趁上床睡觉前的最后几分钟横冲直撞。他的太太薇薇安(Viviane)也是警察,一头金发、沉默寡言的她端来盛装在小巧杯子里的甜咖啡。

当我问到他与红色指令的关系时，杜尔特的身体向前倾，脸色一沉，双手比成枪支瞄准假想敌的样子，不断念出他们自夸的口号："就是我们！"

他对这个黑帮的鄙视很深。死在红色指令手中的警员人数，多到杜尔特数也数不清。他也认为警力衰落是红色指令造成的。随着毒品利润暴增，毒贩和"banda podre——腐败警察"之间的关系也变得更加复杂。一般有所谓的"arrego"，也就是贪污警察对非法勾当视而不见收取的贿赂，此外还有警员敲诈勒索，甚至贩卖枪支和情报给毒贩。

红色指令每天让杜尔特和警方遭受许多轻微的羞辱，久而久之更让警界饱尝许多公开、可耻的挫败，而这种挫败感显然已经逐渐转化成个人的无力感。杜尔特在里约执法已超过30年，然而无论他望向何方，总是有他力有未逮的社区，总是有代表他无能为力的明显问题。

我反复问道——你与红色指令是什么关系？他深深吸了一口气，仿佛回到了当下，回到坐在他家沙发上的记者面前。

在杜尔特刚从警察学校毕业，开始上街执勤时，红色指令只是众多犯罪组织的其中之一。他的第一个巡逻区域是与里约隔着海湾相望的尼泰罗伊（Niterói），他在执勤时右后腰上会挂着一把0.38口径的左轮手枪，左后腰则挂着一副手铐。他说，他就和其他警察一样，负责处理抢劫、闯入银行，以及持枪劫车等案件。

"当时我们并不担心山丘上的状况。"他说。

警察工作已渗入杜尔特的血液当中，他不但擅长这项工作，而且严以律己，是非分明，在这座以弹性执法著称的城市里，这一点着实难能可贵。到了1990年，他加入里约的特别警察作战营BOPE。该队队员拥有警政体系中最好的训练及最强大的火力，当警方镇压监狱暴动或挺进毒贩掌控的贫民窟时，他们就是冲在第一线的人。那是一种强烈、极度忠诚的兄弟情谊。他们不为自己的凶残找借口，他们的标志是一颗被匕首刺穿的骷髅，叠在两把交叉的枪上。他们有不少人都将这个标志刺在皮肤上：一日骷髅人（caveira），终身骷髅人。

然而到了20世纪80年代末期,红色指令坐拥的武器之惊人,就连骷髅人都望尘莫及。杜尔特记得,1988年那场疯狂枪战是半自动武器在里约首次公开亮相。毒贩从罗辛纳(Rocinha)贫民窟的屋顶猛烈射击,BOPE队员却只有手枪,每个小队只有一支半自动武器供集体使用。

那样的失衡状态延续至1994年,直到里约选出一位强力扫荡犯罪的新州长马塞洛·阿伦卡尔(Marcello Alencar)为止。他改变了两项政策,让里约的警察脱胎换骨,成为全球最强悍的警力之一。首先,他提供半自动武器给警员,接着,他为在工作上展现出英勇精神的警察加薪——英勇的衡量标准则是倒在地上的歹徒尸体数量。这成为所谓的"狂野西部奖金":开枪,然后领钱。就在此时,里约警方真正开始以杀人为目标。根据杜尔特的说法,他们要做的业绩可不少。

"我们必须割除长得太高的杂草。"他这么说。

这条法律通过后,导致在与警方交火中丧命嫌疑犯人数倍增,从以前每个月平均16人拉高到后来的每个月32人。这条法律在1998年底被撤销。调查嫌犯死因的研究者发现,大部分死者身上都有遭处决的迹象,而非对战中造成的伤害:83%的案件没有证人,61%的死者头部中弹,65%的人背部遭到枪击。

可是,取消"狂野西部奖金"并没有改变它在警局内部强化的那种文化。[1] 被执勤警员杀害的人数持续增加。这些报告很少受到调查,逐渐成为警员解决问题的一种制度化手段。

"我们不再是维持治安的警察,而是变成了作战部队。"杜尔特表示。

我知道右翼政治人物和记者常将州政府与毒贩之间的冲突比喻成一场战争。可是从一位职业警员的口中这么说出来,我惶惶不安。这不只是语意上的表达方式而已,也代表观点上有了危险的转变。

---

[1] 即便废除了这种规定,钱还是照样发放。有一名律师代表一群企图继续多领奖金的警员,根据他的估计,共有5 000名警员参与那项计划,薪水增加幅度高达150%。

我指出，里约并没有处于战争状态；就算是，战争也有规则。坐在他舒服的黄色沙发边缘，拿起盛装着加糖咖啡的杯盘，大谈战时行为规范的惯例，我觉得很荒谬。杜尔特翻了个白眼，用手在自己面前轻轻挥了一下，像在赶蚊子似的不想理会我的观点。规定、行为守则——这些都是形式，是给有条件的人遵守的细节。里约的警察已经很久不理那套了。

我清楚记得第一次看到战争这个字眼与里约扯上关系是在何时：那是2002年6月，我是加州大学伯克利分校的研究生。当时我正为了劳动研究教育中心（Center for Labor Research and Education）的暑期工读进行研究。基于习惯，我查阅了巴西的报纸。那两行标题让我的手指在键盘上停了下来。警方发现失踪一周的新闻记者蒂姆·洛普斯（Tim Lopes）的遗体，有两名黑帮分子被捕。他们的供述突破了残忍的极限，即使以红色指令的标准来看，同样让人难以接受。

洛普斯是知名的调查记者，蓄着白色山羊胡与逐渐灰白的鬓发，满怀社会良知，报道里约已有30多年。他是在调查喧闹的里约放克舞会（*bailes funk*）时失踪，放克舞会是一种大型的贫民窟聚会，有红牛能量饮料、威士忌、廉价可卡因，以及卡里欧卡放克音乐的重低音节奏助兴。据闻有黑帮分子强逼未成年少女在维拉克鲁塞罗（Vila Cruzeiro）的舞会上卖淫，洛普斯想一探究竟。

根据各大报纸的报道，洛普斯被人绑架、凌虐，然后处决，尸体被大卸八块后丢进一堆轮胎里，用汽油焚烧——那是一种名为"微波炉"的可怕做法。这个故事不仅揭露了红色指令的势力范围有多广，也暴露出有关当局的无能。洛普斯在里约遭到绑架、凌虐及杀害，而警方与市政府、州政府或联邦政府，没有任何人拿得出对策。

媒体以全大写字母为这位记者的死讯下了一个标题：A GUERRA DO RIO——里约之战。蒂姆死后，《环球报》不再直接点出红色指令的名称，这个组织成了"该集团"。根据时任里约市长塞萨尔·马亚（César Maia）的说法，对付它的办法，就是"更多警力和子弹。如果罪犯死了，就让他们死：

100、500、1 000人，无论要死多少人。"

随着红色指令和分支日益壮大，他们的行事更嚣张，州政府有关部门无法遏制，遇害人数也愈来愈多。不过，只要有一个毒贩倒下，就有许多人准备取而代之，如同杜尔特所言："你杀掉一个，就有另一个上来取代，更糟糕的是，这下他的侄子恨你，他的朋友也恨你……没完没了。"

谈话结束后，我离开杜尔特的住处，按下电梯按钮。就在等电梯的时候，我听到咔嚓、滑动、滑动、咔嚓，那是一把钥匙在他的大门上转动再转动的声音。我得再通过另外两道门，才能走到街上。我之所以注意到这些安保措施，不是因为这非比寻常，而是因为这实在太常见，就如同山顶的基督像，已经属于里约生活的一部分。

几十年来，卡里欧卡生活在重重限制当中。我在离开里约的那段时间，已经把那些戒律忘得一干二净，因此一回来就挨骂：不要在公共场所打手机，不要戴那块手表，不要戴那枚戒指，这时候不要单独外出，不要打开窗户，不要停在路灯底下，不可忘记锁门。你要搭公交车，你疯了吗？在科帕卡巴纳的一处人行道上，一个顶着一头白发、气质端庄的女士警告我：不要这样把钱包拿出来，小姐，带着你需要用的金额就好。有一次，我钻进一辆出租车后也被那位司机大哥骂，因为我没先查看他的脸和登记证。他告诉我，不要在街上挥手招出租车，要打电话叫车。

我心想，里约虽然变了很多，但是旧的预防措施仍在——对保安点头致意，在车窗上贴深色薄膜，还有要转动三次的三重门锁。这些举动具有实际上的价值，但同时也像抚慰人心的仪式，作用就好比经过教堂时在胸前比划十字，或是触摸挂在后视镜和项链上的巴西守护神阿帕雷西达圣母（Our Lady of Aparecida）的小金属牌那样。就连警员都需要自己的慰藉。

尽管有那么多的锁、门、门房与对讲机，以及在基督像的宽容注视下在里约兴盛发展的众多信仰和无数迷信，里约人在面对暴力时的那种脆弱，有时还是会以可怕的方式展现出来。2006年圣诞节造访里约期间，我亲身感受到了这种恐惧，也体会到生活在一座草木皆兵的城市里意味着什么。那年发生的事件也为多年后摧毁里约街头的那场冲突埋下了种子。

当时，我在加利福尼亚的美联社工作。结束了经常往返的旧金山—迈阿密—里约行程之后，我前往里约的公交车总站，准备踏上个人朝圣之旅的最后一段：搭乘11个钟头的客运公交车，前往米纳斯吉拉斯州的乌贝拉巴（Uberaba），我祖父母依然住在当地，家族也在那里团聚。

在高峰期的假期季节，里约占地广大的低矮公交车总站让80 000多名旅客搭上数万辆公交车，隆隆行驶在这个接近一整块大陆一样大小的国家的偏僻道路上。许多来到里约找工作的移民，都是一大家子暂时栖身在车站里硬邦邦的座椅上，身边围绕着快要塞爆的行李。这是他们一年一度的返乡之旅。

我及时抵达乌贝拉巴，赶上盛大的家族团圆晚餐。在祖母狭窄的屋子里，大伙儿腿紧贴着腿，挤在松软的人造革沙发上。头顶的电风扇吃力地对抗有如高压锅般的夏季热气，一大帮亲戚猛灌甜酒。有人聊到里约的问题——另一起发生在警方与黑帮分子之间的争端。武装分子向数间警局开枪，某个街头小贩和她的六岁小孩因为不巧出现在现场，因而沦为枪下亡魂。我忙着享受祖母家宛如蜜糖般的疗愈美食——香甜水果、自制牛奶糖酱（doce-de-leite），以及加了三份糖的咖啡，从容地将里约的丑陋面抛在脑后。

12月28日早上，我打开电视，最糟糕的画面却迎面袭来：一辆载着假日游客往返圣埃斯皮里图（Espírito Santo）与圣保罗州（São Paulo）的公交车在通过里约时，在市区的主要干道巴西大道上被拦下来。十几名武装分子泼洒汽油，点火烧车——却没让乘客下车。那个星期四早上，我看到的是事后现场：7具焦尸被从焦黑的金属车架中抬出，家属伤心痛哭，他们的假期因为这起可怕至极、难以预料的恐怖行动而提前结束。警察已经前往阿莱芒街区以及附近其他贫民窟追查嫌疑犯。

毒贩或有关当局都没有发出声明或公告，没有任何信息可供惊恐的民众了解事件真相。任期只剩下三天的州长打算悄悄下台,她没有发表任何说法。新任州长塞吉欧·卡布拉尔(Sérgio Cabral)要到2007年1月1日才会走马上任。

2006年12月的最后那几天,黑帮攻击与警方突袭造成了总计19人死亡,而且给人留下一种印象——无论谁入主州政府瓜拿巴拉宫(Guanabara Palace),里约这座城市在犯罪网络与无能警方的手中,根本毫无自卫能力可言。圣诞节刚过,那些旅客就魂断里约的主干道上。假期结束前,成千上万的人也将踏上相同的旅程,包括我家人和我在内。我们没有防护措施,没有铁窗,门口没有狗,再怎么触摸那块阿帕雷西达圣母小金属牌,也难以抚平我们感受到的痛苦。

这让几天后新任州长的就职典礼蒙上了一层阴影。州长卡布拉尔生得一张面团般的脸,松垮的两颊与双下巴似乎应该挂在另一张更大的脸上才对。这些特征让他的小嘴显得更小,当他微笑时,双眼也因此变成一对在抖动的肉上的深色小孔。他在竞选时开出的承诺,包括增加街头警力、提高情报预算,以及将里约还给市民。就职典礼上,卡布拉尔谈及法律与秩序,承诺对最近的这些恐怖行动进行打击:"这些罪犯,这些懦夫,将会得到我们的响应。"

他最先进行的行动,就是任命一位新的"最高警察"——州公共安全厅厅长。这是全州最具影响力的职位之一,而州长的这个决定相当不寻常。在巴西政府内部,上好的职位往往是用来拉拢政治人物;伴随这些职位而来的包括优渥的薪资、台面下的津贴以及帮支持者安排较低职位的特权。这使得许多公务部门变成裙带关系的圣诞树,每根树枝上都挂着满满的朋友、熟人以及亲信。不过,卡布拉尔挑选的州治安部门首长并非政治人物;在何塞·马里亚诺·贝特拉米(José Mariano Beltrame)雀屏中选之前,精英执法圈以外几乎无人听过这个名字。

贝特拉米在其他方面相当引人注目。在里约这个地方,人们的脾气和讲话音量很容易迅速飙高,手势和表情一向很夸张。贝特拉米却像老西部片里的警长一样喜怒不形于色，拥有跑步者的苗条身材，蓝灰色双眼戴着金属框眼镜，习惯倾听多过开口。此外，他与当地根深蒂固的警察网络没有恩怨瓜葛；他来自比州级体系待遇更高，贪腐情形也较轻微的联邦警察体系。在联邦服务时，他曾帮助完成了侦查标准化工程，引进以计算机为基础的数据分析方法，多年来也投身于全国组织犯罪的追查工作。

贝特拉米在2003年迁居里约，建立了联邦警务情报中心。接下来3年，他对这个职位的认真与投入让他的声望更上一层楼；他与团队成员一起睡在灰色的联邦警察营房，周日弥撒从不缺席。那些年也让他有机会深入认识里约这座城市，了解各区之间的历史裂痕——北区是遭到忽视的工人阶级郊区，南区有观光海滩与时髦餐厅，成长快速的西区则有高级小区和购物中心。他得知毒贩如何在那些山丘里运作，而且近距离看见执法部门的缺失，从配备老旧（巡逻警车的轮胎都已磨平，引擎盖用铁丝绑住），到警员贪腐，以及某些警察派系涉入组织犯罪等等。

现在，就在里约即将面临空前严密监督之际，这个人得到全州最受瞩目的治安职位，但他曾公开宣称讨厌记者，总是小心翼翼地躲避众人的目光。贝特拉米在2007年1月就职，不到7个月后，里约就将主办一场有史以来最大型的国际盛会：泛美运动会（Pan-American Games）。开幕典礼定于7月13日举行。各场馆的工程进度严重落后，预算已超支10倍。警方也有大量的工作要做。联邦政府已拨款建立设置指挥中心，采购新的巡逻警车和通信设备。这将是巴西在世界舞台上的一次试演，成功与否，全在于里约的表现，而里约就掌握在贝特拉米的手中。

贝特拉米最先做出的决定之一，是将监狱中的黑帮成员移往巴西南端。贝特拉米知道，先前圣诞节的那起攻击是由红色指令领袖从里约监狱里下的指令。他决心斩断那条通信链。卡坦杜瓦斯联邦监狱（Catanduvas Federal Penitentiary）位于巴西南方的巴拉那州（Paraná），是以美国最高戒备监狱为模型兴建而成。它启用仅仅6个月，共有200部监视摄影机和208间个人囚房。红色指令的老大们在那里将会被单独囚禁，度过接下来的

4个月。

接着他将目标转向范围广大的阿莱芒街区。虽然黑帮领袖已被移监，或许是为了报复，枪手还是在5月初枪杀了2名警员，用30颗子弹将受害者打得浑身弹孔。警方出动警力追捕枪手，冲突因而恶化，演变成每天都有枪战发生，造成将近30人丧命。警方只要逮捕到嫌疑犯，就会将戴着手铐的毒贩当成战利品一样展示，要他们低着头站在查扣的武器和毒品前：包括成堆压制成砖的大麻、一包包贴上整齐标签的可卡因，以及一排排手枪和机关枪。

然而，黑帮的火力似乎源源不绝。接着内线传来了消息：红色指令收到一批弹匣，共计15 000个，还有大量的半自动武器。它们存放在街区深处格罗塔（Grota）的军械库里。

此时距离泛美运动会只剩几个星期，贝特拉米却正面临一场潜在的灾难。阿莱芒街区靠近通往国际机场的公路，造访里约的运动员、观光客以及记者都会行经那条路线。

"这批弹药是要做什么？"多年后当贝特拉米告诉我这个故事时，他问道。我们在他镶着硬木板的办公室里，一座他从巴西南部乡间老家带来的老式发条时钟发出钟响，仿佛在回应这个问题。

贝特拉米认为，那些攻击证明了红色指令的力量。他判断，对抗它的唯一方法，就是用他所拥有的更强大的火力。

"军火就在那里面，"他说，"我们要么冒险进去抢，要么不动声色，静观其变。"

贝特拉米下定了决心。2007年6月27日，就在泛美运动会开幕仪式前16天，1 350名全副武装的警察清晨五点在阿莱芒街区的底部集结。4个小时后，他们展开强力攻坚，开着装甲车、直升机，带着机关枪以及手榴弹，目标锁定格罗塔。警方以势如破竹之势闯进阿莱芒街区，展现里约前所未见的强大武力。

随后的7个小时，现场爆发激烈巷战。贝特拉米定下目标："我们必须取得掌控权。"

随着当天接近尾声，枪战渐歇，大量伤者也从那座贫民窟里送出。长长的受伤名单上看得见各种人：格劳科（Wesley Glauco），17岁；桑托斯（Arlete dos Santos），48岁；达席尔瓦（Ivo da Silva），17岁；索札（Edvan Mariano de Souza），32岁；维托李安诺（Carlos Henrique Matias Vitoriano），13岁；席尔瓦（Larissa de Andrade Silva），12岁；波尔热斯（Karen Cristina Baptista Borges），20岁。由于邻近阿莱芒街区，热图利奥·瓦加斯州立医院（Getúlio Vargas State Hospital）早已成为全巴西治疗枪伤的权威机构，但是就连院中医生也没见过如此惨烈的一天。到了下午4点30分，装甲车开始运出死者，其中有年仅13岁的男孩。

那天在阿莱芒街区和附近的贫民窟共有19人死亡。验尸报告后来显示，许多尸体都有遭到处决的迹象：5人受到近距离射击，11人背后中枪，两人死亡时则躺在地上。

人权组织极力谴责这场山丘上的大屠杀。联合国法外处决特别报告员奥斯顿（Philip Alston）直截了当地表示："谋杀并不是一种可接受或有效的犯罪控制方法。"

尽管造成不少伤亡，大部分民众及巴西媒体都支持这项行动。他们对于枪战和流弹已经疲乏无感，将这些死亡事件当成里约之战不幸的附带伤害。

里约警方也认为这次攻坚相当成功。查扣的大量武器令人大开眼界：50组黏性炸药与引爆装置，还有许多步枪、冲锋枪、手枪、迫击炮、一台有弹药的火箭发射器，以及两把0.30口径的高射机关枪。对贝特拉米而言，更重要的是他旗下警员表明的立场：任何社区都逃不出里约警方的掌心。他们已经挺进阿莱芒街区，深入五年多来他们都未曾染指的区域。

就在泛美运动会前夕，8 000名巴西国家部队与联邦警察涌入里约，处理残余的安全隐患。这些措施导致7月显得十分紧张，但也因此平静无事。国家公共安全部队（National Public Security）指挥官科雷亚（Luiz Fernando Corrêa）后来告诉记者，根据他的判断，泛美运动会办得十分成功。

"安全感非常高。"他说。

两个月后，2007年9月13日，里约正式提出申请，角逐2016年奥运会的主办权。10月，巴西取得世界杯足球赛主办权。决赛将在里约举行。

泛美运动会过程顺利，然而那一年的统计数字却让一支失控的警力现了形。执勤警员在里约州12个月内共杀死1330人，相当于每天3.6人，而且这还是根据警方自己的记录。大部分的死亡事件，共902起，都发生在里约市内。

2007年发生的种种事件暴露出里约的根本问题。有关当局谈到要让城市更安全——2014年世界杯与2016年奥运会的安全——他们说的是谁的安全？这要如何执行？将付出什么代价？

泛美运动会一结束，里约的公共安全厅厅长就可以着手规划未来。如果贝特拉米打算为里约带来广泛、可持续的安全感，他就得拿出比2007年浴血大战更好的办法。里约必须永久摆脱不良的形象——毒品泛滥、黑帮横行，饱受残暴警察与火力精良的毒贩摧残。因此他必须终结这场战争——不是像他的前任者所保证的那样打赢这场战争，而是结束它。

贝特拉米说，从黑帮手中收复地盘的想法最早是在何时成形的，他已经记不清了。他的部下在漫长的非正式午餐时曾讨论过这个构想。这个想法也汲取了他住在联邦警察营房，与其他警察聊天、分析黑帮犯案手法时搜集到的信息。这个构想甚至也与2007年进军阿莱芒街区的行动有关。贝特拉米说，那次行动虽然暴力而短暂，但也显示出要闯进红色指令的地盘并不是不可能的事。

他用手指比出重点，说明他的理由：拿走他们的枪、拿走他们的毒品，他们就会买更多。逮捕一名黑帮成员，会有其他人取代他的地位。但是如果夺走他们的地盘，黑帮分子就会变得不堪一击。他们在贫民窟里做生意、存放武器，生活在执法人员到不了的地方。断绝黑帮分子与这些小区的连接，他们就会衰亡。

贝特拉米一开始先从小地方着手，"热粥当从碗边吃起"。如同他所形容的，尽管在里约待了好几年，他还是那个来自乡下的男孩。第一个成功纳入计划中的贫民窟是圣玛尔塔（Santa Marta），它位于一座令人晕眩的陡峭山丘上，与环绕在它四周的中产阶级区博塔福古（Botafogo）里那些高楼一样，都看得见山顶基督像。

从圣玛尔塔下手是一个精明的选择。这里是红色指令的地盘，却因为内部分裂而没有帮派首领。此外，此区的范围不大，居民人数仅 10 000 出头，入口只有两个：一个在山顶上，一个在山脚下。[1]2008 年 11 月 19 日，仅用了 100 人左右，警方就在滂沱大雨中攻占了该地。警方进入这座贫民窟之后，贝特拉米才致电州长，说明这次他打算让警察留下。他说，那通电话是他第一次使用"维和"（Pacification）这个字眼。建立在该贫民窟内的基地后来便称为维和警察队。

其实，在那里展开的 UPP 计划是经过缜密策划的。每个步骤都显示出与过往做法的差异：成功进入，却没有以往的重大伤亡。确定攻下该小区后，他们指派一名女性担任指挥官——普里希拉·阿泽维多（Pricilla Azevedo）队长。参与全天候巡逻的 125 名警员都很年轻，都是从受训时就被挑选出来，以免沾染贪腐恶习。随着计划逐渐扩大，就连指挥每次任务的小队长也都在 40 岁以下。贝特拉米认为，年纪较大的警员摆脱不了旧思维，有许多人还在领取 20 世纪 90 年代因为"狂野西部奖金"而暴增的薪水。这项新计划若是要奏效，警力结构就必须改变，要抛开贫民窟是敌人地盘、贫民窟居民绝对是嫌疑犯的战争意识形态。要做到这点，重要性与难度不次于改

---

[1] 圣玛尔塔也具有象征性的地位。1996 年，歌手迈克尔·杰克逊（Michael Jackson）来到里约，想利用此处作为《他们不在乎我们》（They Don't Care About Us）MV 的背景。当地官方抗议，拒绝他们进入，但却适得其反。MV 导演斯派克·李（Spike Lee）称呼巴西为"香蕉共和国"，因为他们企图美化里约，却手法拙劣。MV 最后还是在当地取景拍摄，由当地黑帮保障他们顺利通行。

变贫民窟居民对执法人员的看法。

贝特拉米说,警方必须赢得当地民众的信任,积极参与,最后取代红色指令,成为山丘之王。圣玛尔塔的山顶上建立了一座UPP哨站,那个地点原本是一座日间托儿中心,但是当地的孩子却从来没使用过,因为红色指令看中了它的战略位置,强行占用。警察将基地设在那里,也等于占据了毒贩的前总部。

贝特拉米表示,解决方案一直都有。其他人只是太害怕,不敢面对。

"我们做的是大家都认为我们该做的事:踏进那些州政府无法进入的地方,然后留下来。卡里欧卡知道,出租车司机知道,社会学家知道,政客知道。我们只是将之付诸行动。"

他明白地告诉大众,新方案无意成为里约之战的另一个翻版。它从来就无意根除毒品交易。它的目标较小,因此是可以达成的:让每个社区摆脱长期控制它们、坐拥庞大火力的毒贩,摆脱露天毒品市场以及随之带来的暴力。跟其他地方一样,毒品交易在这里仍然存在,但是警力长期驻守,打破了红色指令完全掌控这个地区的局面。

具体的结果很快就出现了。UPP进驻圣玛尔塔不到一年,该区的抢劫案与汽车盗窃案便减少了将近一半,社区里也没有命案发生。过去没有黑帮授权,人们根本无法进入这座贫民窟,现在却畅行无阻。警察可随时进出。有线电视业务员、收垃圾的清洁工人以及电力公司的技术人员,任何人都可以。

每当外国人需要看到新里约正在成形的证据,圣玛尔塔的成功经验就会被拿出来炫耀一番。卢拉总统前往哥本哈根为里约争取奥运会主办权宣传时,普里希拉·阿泽维多便与他同行,代表这项新计划改变现状的潜力。贝特拉米承诺到2014年要成立40支UPP,为州政府收复地盘;最重要的是,整个过程"不费一颗子弹,不见一滴鲜血。"

就在此时,贝特拉米也拉拢杜尔特到自己身边。杜尔特先前已经从地区巡警变成精英警察,到了贝特拉米当上州公共安全厅厅长时,他也成为精英分队 BOPE 的队长。从那时候起，杜尔特再次转换跑道，领导一个非常不同的警察部门——公共安全研究中心（Instituto de Seguranca Pública），负责犯罪统计。那正是贝特拉米指派他为里约宪兵首长时所担任的职位。[1]

贝特拉米想找的人，必须能够领导一支可承受压力的警力，同时让它的内部与外部有所改变。杜尔特一向以清廉闻名，在警界也备受尊敬，从公共安全研究中心的办事员到凶狠的 BOPE 骷髅人队员，大家都非常尊重他。

贝特拉米是个外地人，但是当我在 2010 年 11 月来到里约时，他的计划已经赢得了多疑的卡里欧卡的支持。UPP 降低了犯罪网络对贫民窟的掌控力，也减少了周边区域的犯罪率。在这座连医院都要装上防弹玻璃的城市，有些人开始相信自己不必担心流弹与枪战，无需天天在新闻上看到流血事件。数十年来，里约第一次有了改变即将成真的氛围，而且或许是长期的改变。

所以，当我看到红色指令在 2010 年 11 月初那几个星期在街头发动恐怖攻击之时，我期望贝特拉米会有所作为。在我的心中和卡里欧卡的记忆中，2007 年举办泛美运动会的印象依然鲜明。红色指令上次对里约发动攻击时，政府的反应引发了前所未见的流血事件。

里约在贝特拉米手中那 4 年已有所改变，但还有更多危机存在。争取奥运会主办权已经耗费了将近 5 000 万美元，以及从地方官员一路到总统的政治资本。

这项国际运动赛事应该向世人展现改头换面后的里约，以及一个积极向上的巴西。起火燃烧的公交车、惊恐的民众，将枪支别在腰间、坐在摩托车后座上目露凶光的少年黑帮分子，这些可无法让外界对巴西改观。为了保卫贫民窟而走回开枪火并的老路，同样难以成事。无论落入哪种情况，里约都是输家。还有其他出路吗？每个人都在猜测，但却没有人知道答案。

---

[1] 州警力分成两大类：宪兵负责维持秩序，快速处理犯罪行为，民警通常负责调查与鉴识工作。

第四章

恐惧与炙热

2010年11月,就在里约的紧张气氛逐渐升温之际,我正和家人庆祝我的生日。那天是我们这几十年来第一次团聚。卡里欧卡近期富裕起来之后,时髦的复古餐厅纷纷出现,如雨后春笋;我们就在一家这样的餐厅聚餐,坐在怀旧的塑料椅上,点了一些酒,以及五六道有法文名称的开胃小菜。

和所有里约人一样,我的家人也紧盯新闻的动态,就像追肥皂剧的剧情那么认真。大家讨论着我妹妹怀孕的情形,她刚拍过产前最后一次的B超;不过街头攻击事件才是当晚主题。即使是开车到餐厅这么简单的事,都是一次冒险。我母亲担忧不已,人人神经紧绷。我们又多点了几瓶酒。

晚餐过后,在从餐厅走往地铁站途中,我看到几乎每家街角酒吧的电视机上都播着新闻。打着赤膊的男子坐在摇晃的塑料桌旁,放下手中的啤酒,身体后仰,滔滔不绝地发表意见。我停下脚步仔细听。卡里欧卡受不了生活在暴力之中,很容易就提倡以暴制暴。

其中一人说,杀光他们。*Bandido bom é bandido morto*——好的罪犯就是死罪犯。

日子一天天过去,恐惧与温度一前一后地升高。攻击事件逐步扩大。

黑帮分子骑着摩托车在路上蛇行,突袭汽车,再放火焚烧,在工人阶级住宅区、高级住宅区,以及州政府总部附近造成恐慌。在一场对峙中,一名空军中士及时爬出车外,逃过丢在通往机场的红线公路上的手榴弹袭击。

出于习惯,我紧盯着这条新闻,想看评论员和谈话节目能提供什么信息和见解,帮助我厘清这个混乱的局势。我还得工作。这场暴力事件有其意义,就算我无法解读,应该也有别人能加以解释。我和任何愿意跟我聊的人交换意见:出租车司机、大学研究人员、不能透露姓名的警察,以及里约当地的社会记者——他们在警局总部院子里猛抽烟,等待一向会延迟好几个小时的记者会。我就是在那里第一次听到红色指令仍然会从最高戒备监狱里发号施令。尽管有耗资甚巨的安全预防措施,黑帮的指挥系统仍旧未受影响,没有失灵。

没有人知道那些黑帮分子究竟在策划什么,执法人员又将如何应对——直到11月最后那几天,这场酝酿已久的冲突终于爆发,让争夺里约贫民窟控制权的人马展开激烈交火。而警察、黑帮、记者或学者,无人事先预料到它会发生。

11月23日,星期二

下午五点整,里约的最高执法官员涌入贝特拉米的镶木板办公室。众人怀疑的事已经被情报确认了:红色指令是攻击事件的幕后主使。UPP计划与黑帮领袖移监南方妨碍了红色指令的生意。监狱官员取得狱中老大寄给阿莱芒街区与维拉克鲁塞罗手下的信件,维拉克鲁塞罗是与阿莱芒街区相连的贫民窟。他们下的命令是要"*zoar tudo*——摧毁全城"。

那天晚上,大家达成的共识是,州治安机关必须采取强硬措施,而且动作要快。杜尔特拟定计划,要在将近30个被红色指令控制的贫民窟发动大规模夜间突袭。

会议结束后,贝特拉米举行记者会。该是他打破长期"无可奉告"的沉默、打开天窗说亮话的时候了。他对我们这些记者发表讲话,希望通过我们请民众放心,包括吓到躲在家中的卡里欧卡,以及密切关心这场冲突、明白里约重要性的巴西人。那是一段非比寻常、强而有力的演说,这位冷静的首长几乎是拉高了音量，好清楚表达他的论点：无论面临什么威胁，州政府绝对不会退让。

"任何反抗 UPP 的人，都将被歼灭。"贝特拉米专注地盯着镜头说。

当晚稍后，黑帮也发出勉强算是声明的说法。就在市区北边的维森特迪卡瓦略区（Vicente de Carvalho），一辆被烧的公交车上留了一张字迹潦草的字条："如果 UPP 不罢手，世界杯和奥运会就甭办了。"

字条是谁写的并不清楚，上面没有署名，恐怖袭击过程中也无人被捕。不过，字条的真实性并不重要。字条中所指的威胁本来就已通过天天烧车的恐怖袭击表达出来。它证实了贝特拉米所说的：这些袭击意在干扰州政府，让大众怀疑治安新政策，破坏安全新里约的愿景。

11月24日，星期三

就在贝特拉米早上慢慢啜饮马黛茶（*chimarrão*）的同时，连夜攻进贫民窟行动的死伤报告也不断传来。他根据巴西南方的传统，用一个干葫芦作为茶杯，盛装这种滚烫的苦味茶。他对昨晚的情报报告已思考良久。当州长在上午 8 点之前来电的铃声响起时，这位治安首长已经准备就绪："我们要攻进维拉克鲁塞罗。"

贝特拉米后来表示，他知道情况可能会很惨烈。里约州警方已经占领贫民窟，成立了十几支 UPP，但是从来没像这样是在和黑帮分子对峙的过程中组成一支队伍。而且，维拉克鲁塞罗可不是一般的贫民窟，而是红色指令在阿莱芒街区据点以外的主要堡垒。自从 2007 年以来，除了一次迅速突袭之外，执法人员还没有进去过。为了有时被称为 "*movimento*——活动"的毒品交易，红色指令过去几年都在加强防御工事，兴建供狙击手躲避的塔楼，设置保护进出道路的带刺金属路障，而且备有可倒在陡峭小径上的一桶桶石油与汽油，以及储存多年的弹药。

"我们没有时间做准备，但我们别无选择，"贝特拉米说，"我们要么在城市的各个角落都安插警员，要么就进攻，并占领维拉克鲁塞罗。"

攻击行动必须立刻展开。贝特拉米在中午前往瓜拿巴拉宫，这栋造型宛如结婚蛋糕的乳黄色建筑是州政府所在地。他要和警察局长杜尔特以及卡布拉尔州长共进午餐。用餐结束后，他们到会议室与幕僚共商接下来的执行步骤。他们必须思考策略。譬如，负责防守该区域的毒贩对每条街巷了如指掌，还能指望那些因为害怕或共谋，无法拒绝的民众提供协助，所以必须针对如何突破这样的区域进行规划。里约现在受到国内与国际媒体严密监督，他们也得面对里约警方不太考虑的棘手道德问题：风险这么高的行动，在民众与记者眼中将呈现何种面貌？可接受的代价是什么？

被黑帮分子击败是唯一不在台面上的选项。

"如果我们失败，会被视为是整个治安计划的失败。"贝特拉米表示。

攻占维拉克鲁塞罗还有一个严重的阻碍。即使动员全里约的警力，再加上联邦公路警察（Federal Highway Police）支持，执法部门还是没有足以攻进并控制这座贫民窟的人力或装备。就连侧边饰有骷髅头图案的BOPE黑色装甲车也有弱点。它们的轮胎可能会被子弹打成碎片，在洒了油的路面上也会打滑。众官员在起身走出会议室之际，还在讨论这件事。当大家已经站在门边时，州长向杜尔特提出了一个问题：

"武装部队呢？例如海军。他们的坦克能派上用场吗？"

杜尔特说，坦克能解决问题：它们有履带、旋转炮塔，内部还足以容纳十多名警员。海军的军事装备包括驻伊拉克美军正在使用的M-133装甲车。卡布拉尔立刻致电司法部长。这项提议在当天下午通过：巴西海军将支援行动所需的军备与后勤补给。

当地的新闻媒体24小时不断报道这起冲突。这项最新公告更引发全城热烈讨论。

采访阿莱芒街区冲突的那几个星期，出租车司机比拉（Bira）经常载着我四处跑。他体形笨重，行动迟缓，一双手大得能遮住半个方向盘。他对毒贩的立场非常强硬。

"政府必须严惩这些人，彻底击溃他们。"他边说还边用肥厚的拳头用力敲打方向盘，以表示强调。

没有人能预料攻下维拉克鲁塞罗的代价，或是行动奏效的可能性有多高。在市场里排队的每个家庭主妇和地铁上每个西装笔挺的商人，大家各有不同意见。不过他们大多同意比拉的看法：有关当局押下了更大的赌注，这一回他们输不起。

那天晚上入睡前，我查看了最新进展。过去24小时内，共有28辆公交车、厢式车以及小客车被烧毁。5名乘客在烧车事件中受伤，1名司机在遭伏击时因为拒绝停车而遇害。橡胶焚烧的恶臭在街头飘散，不断提醒市民，恐怖的威胁无处不在。警方在突袭行动中缴获了步枪、霰弹枪、冲锋枪、手榴弹、土制炸弹以及大量的汽油。

他们也击毙了15名嫌犯。

11月25日，星期四

这是漫长、炎热的一天。我在日出时醒来，赶紧穿上衣服，紧盯着新闻：一支平板卡车车队载着司法部长承诺的军事级别的武器，连夜开上巴西大道。3辆M-133装甲车缓缓前进时，群众纷纷鼓掌叫好。州政府先前根本没有准备要以这种方式来对付红色指令。

看着那些装甲车，我回想起我家待在伊拉克的最后那段日子。炸弹震波震破窗户时，我们躲在楼梯底下避难。离开时，邻居孩子的脸孔烙印在我脑海里。他们爬上自家大门，看着我们离去。

"他们无法离开，"我妈说过，"这是他们的故乡。"

里约固然不是巴士拉，可是看到带着攻击性武器的人和装甲车在住宅区街头前进，儿时那种口干舌燥、厌恶的痛苦感受又回来了。我走到饭店房间的阳台，拉开玻璃门，让轻柔的海风吹进来。左边，基督像矗立在科可瓦多山（Corcovado）的蓝绿色山肩上，在明亮刺眼的晨光下，完全无法看清他全白的脸孔上是什么表情。就连我呼吸到的第一口空气都显得沉重又潮湿。尽管天气暖和，一阵寒颤却直窜我的背脊。

在我身后,早间新闻主播正报道着最新的统计数字:一整夜又发生了14起袭击事件,烧毁了6辆公交车、1辆卡车、许多摩托车以及5辆小客车。目前投入执勤的警员人数已超过17 000人,搜索嫌疑犯与武器的行动继续在全市各地的贫民窟内进行。

我到饭店大厅里喝咖啡,浏览《环球报》。报上好几个版面都在报道这则新闻,各版标题都是全以大写字母呈现的"里约之战"。这种好战的语言渗透到报道里,上面还有地图标示各"战役"的地点。文章中将警方称为"战士",将维拉克鲁塞罗的街巷称为"前线",贫民窟居民则是"老百姓"。同样的,又是不合宜的战争语言。人口稠密的区域何时成了"前线"?

可是我没时间读报或吃早餐,比拉已经在等我。一离开伊帕内马慵懒的街道,我们便开上一条安静到令人毛骨悚然的公路,前往维拉克鲁塞罗。那天早上驶向那座贫民窟时,我不记得自己沿途曾见到任何公交车,尽管平日早上它们通常会堵在里约的大道上。后来我才确认,大约有115条公交车线路在这一天停驶。

我们在车上沿途收听新闻报道。大约10所公立学校和数量不明的幼儿园关闭,12 000名左右的孩子停课。贫民窟居民的平均年龄很小,比全里约整体平均年龄来得低。在平静的日子里,街巷总是挤满孩子。据我所知,没有人要那些家庭撤离。话说回来,以前我从未采访过这种事情。或许它就像是例行公事,根本没必要刻意宣布,而我没曾留意。

我问司机比拉。"有人通知家长把小孩带走吗?你有听说住户应该去哪里避难吗?"

他通过后视镜看着我,额头的肌肉在浓眉上纠成一团。"什么?没有,没有人提到小孩子。"

比拉让我在与维拉克鲁塞罗和阿莱芒街区接壤的工人阶级区域佩尼亚(Penha)下车,那里非常接近一座山坡,山坡上有简陋的二、三层公寓,维拉克鲁塞罗就在上面。现场已经有将近500名警员、BOPE精英部队,以及大约300名的联邦警员在四处走动。

我在美联社摄影部门的同事弗洛拉（Flora）也在那里，穿着防弹背心和靴子，正从另一辆出租车的行李架上卸下装备。资深摄影编辑西尔维娅（Silvia）和那一年刚加入美联社、身材高瘦的25岁摄影师费利佩（Felipe）从天亮之前就已经待在现场。比起文字记者，摄影师更是紧盯着行动过程。到了当天结束前，他们的防弹背心早已因汗水而湿透，必须摊在被阳光烤得热烘烘的汽车引擎盖上烘干。

环顾四周，只有"疯狂"一词能形容。我到里约还不到3个星期，没有足以应付城市战的装备。我没有防弹背心，厚底登山靴还在行李箱里，而行李箱还得留在港口6个月，等待繁琐的过关手续。那天早上，我从随身行李里随手拿出一件衣服就往身上套——那是一件浅绿色洋装和紫色凉鞋，身处在迷彩坦克和黑色的BOPE队员之间，这身装扮让我活像只可笑的鹦鹉。

我感到胸口紧绷，而且每呼吸一次就更紧一点。那不是恐惧，而是觉得不合时宜，走错了地方。这个黑帮、这座贫民窟、这次行动，都是我在一些采访中已经读到或讨论的事情。我赶来维拉克鲁塞罗，因为这是我职责所在，去观察事发经过，搜集信息，写成报道。直到我看到停下来的警车上载满强大的火力——警察将长长的黑色枪管从车窗里伸出——我才明白自己根本毫无准备，我的荧光色打扮和采访本实在非常可笑。我不会往山丘上去，这一点非常清楚。除此之外，我根本不知道枪战开始时，自己该置身何处。我环顾四周：这里有什么能挡住步枪子弹？汽车？砖墙？

我一直忙着在采访本上写下民众说的话。那些对话简短而快速。有一位痛苦的母亲和两个孩子蜷缩在雨棚底下，对着任何愿意倾听的人哭诉："我该怎么办？我不能去工作，也不能回家。"有个65岁的退休人士怒气冲冲地指着自家大门外的坦克，说："这让我们怎么过日子！"一名看起来顶多25岁的警察蓄势待发，"我们会把他们轰出来。"他说。

里约南方海滩的温暖气候原本是上天的恩赐，可是在这些从开阔的大海与基督像怀抱延伸出来的北边郊区，却变得十分毒辣。太阳宛如一只愤怒的白色眼睛,从天上注视着大地。热气将我压得垂头丧气,也如海浪般从柏油路上升起,贴着我的皮肤。汗水积聚在我背上一小片区域,也在我写字时晕染了蓝笔的墨水。

时间刚过中午,坦克爬上山的铿锵声与警用直升机的轰隆声终于打破紧绷的死寂。迎接它们的是机枪发射的断断续续的爆破声。突如其来的行动以及爆炸让我肾上腺素分泌陡然升高,经过近5个小时的紧张等待,任何行动都会像是一种释放。对话化成了一阵混乱的人声与噪声,现在进行采访已经没有意义。我躲在热图利奥瓦加斯医院里面,和其他记者、护士、员工一起盯着窗外,一边观察,一边等待。

在距离医院三个街区外,一个充当商用厨房的金属舱里,唐娜·尼尔札(Dona Nilza)将庞大身躯移向摆在冰箱上头的电视机旁。由于视力不佳,她只好在离屏幕一只手臂的地方眯起眼睛,好追踪警方进攻维拉克鲁塞罗的情形。

她以这个罐头般的空间为据点,经营一个厢式车路线,厢式车是社区常见的半官方交通工具,她在这里为司机准备午餐。

一台小型塑料电扇在空中啪啪转动,卷起周围蒸气,也吹起柜台后方那本总是摊开着的《圣经》的破旧纸张。在比较平静的早晨,小区内的孩子会跑过来索吻、要一些糖果,大喊:唐娜·尼尔札!唐娜·尼尔札!

但这个星期四不一样。孩子们被锁在室内,尼尔札的心思则专注在自己孩子身上。

对警方而言,这个贫民窟集中区是一个到处都是敌人的堡垒;但对唐娜·尼尔札这样的人来说,这里是家。这些巷道如今挤满身穿防弹背心的人,但过去却是孩子们的游乐场。她在阿莱芒街区养育了10个小孩,大家全挤在一间狭小的三层楼房里;随着家中人口愈来愈多,屋里房间也愈来愈多,一个叠在另一个上头。尼尔札靠厢式车路线以及在神召会(Assembly of God)的福音教会传道的收入养活一家子,然后再让孩子到外面去闯荡,让他们自谋生路。

孩子们都选择了循规蹈矩的路——只有老九迪亚戈（Diego）例外。尼尔扎说是"命运"夺走了他。当时他16岁，是个身形单薄的高个子男孩，尽管体型高大，个性却相当害羞。那是9年前，现在他应该也25岁了。他在上面的某个地方。所以当警察和军队冲上山丘时，尼尔扎才会那么紧盯着新闻。

"尸体运下来时被床单裹着，"她说，"你通常会看到双脚露在外头，那是我最恐惧的事情：从脚认出我儿子。"

那个星期四，她也一边观察，一边等待。

枪战一停止，我立刻走出医院。街对面是一个贩卖汽水和零食、摇摇晃晃的木制摊位，就等同是这种小区的便利店。我走过去买水。其他商店都没营业。就在靠近摊子时，我注意到有个男子正坐在矮凳上猛抽烟。他两手抖动着，伸出来的那条腿裹着绷带。他叫何塞·佩雷拉（José Pereira），担任建筑助理。正午时分，当他想走进自己位于沙图巴（Chatuba）的小屋时，一颗流弹打进他的小腿；沙图巴是紧邻维拉克鲁塞罗的一座贫民窟。在医院清理过伤口后，医生让他出院，但子弹还留在他的腿里。

当时将近下午3点，穿着无袖背心和人字拖的他进退不得，身无分文，没有手机能通知在市区做女佣的太太，也没办法回到山上，陪在三个孩子身边——孩子们此时在家里等待警方攻坚行动结束，学校也已经停课好几天了。

我买了一点水给他，把电话借给他用。他想喝卡莎萨（cachaca）这种辛辣的白甘蔗朗姆酒。此时他的腿阵阵抽痛，我没有别的东西能给他。他宽大的脸上露出痛苦的表情。聊天让他的意志瓦解，泪水顺着他脸上的皱纹汩汩流下。佩雷拉是从东北部移居过来的，说话时比较强调元音，t 和 d 的发音也比较硬，因此他们的口音与卡里欧卡较多齿擦音的柔软腔调不同。

"他们打仗，受苦的却是我们。"他不知道是谁开的枪，也不在乎谁能打赢。他想和老婆、小孩在一起,保住目前的工作。"现在变成这样,我该怎么办?"他指着裹着绷带的腿说。

回头仰望医院,我看见6个人拖着脚步走进去,而且各自抓着一条床单的边缘。他们身体朝侧边倾斜,好平衡床单中间承载的尸体重量。床单底部积了一摊血,渗过薄薄的棉布,在地面上留下一道发亮的红色血痕。尸体被抬上一张轮床。还来不及看清楚那是男是女、是老是少,就消失在我眼前。

我在那边待了一会儿,等待行动结束,希望得知山丘上发生了什么事情。气温在38摄氏度以上徘徊。时间流逝的速度起起伏伏:死伤者被送下来时,时间突然加速前进,而后又陷入停滞。我听见枪炮声、已经吓不了我的单调爆破声,还有较低沉的隆隆爆炸声。阵阵浓密黑烟从山丘上不同的地点喷冒出来。除此之外,什么都没有。没有任何消息。等待的过程单调乏味,却又令人极度不安。

一名高阶警员快步走进医院。我不清楚他的警衔,不过驻守门口的警察都开道让他通过。在他出来时,我堵住他。我需要具体点的东西,数字。

"目前有多少人死亡?"

他告诉我,一个都没有。

"没有?"我又困惑了,虽然听清了,但无法理解。"那么那些尸体是怎么回事?"

"没有死人,"他又说了一次,"死了些罪犯。"

这名警察转身离去,不理会我还没问完的问题。根据经验,像我见到的那具被抬进医院的尸体,都会标示姓名,有关单位也会调查枪击原因——调查或许不完整也不公平,但总是会进行。在加利福尼亚,由于警察在地铁里射杀手无寸铁的黑人男子奥斯卡·格兰特(Oscar Grant),奥克兰就发生了暴动。我曾经参与过报道那些事件的报道,四处探访,寻找那位坚称自己误把手枪当电击枪掏出来的白人警员。在里约,贫民窟内有一个人中枪倒下,根本不算数——如果是两三个人,或更多人,同样不算数。他们大多是黑人,有时是白人,但一定是穷人,死了些罪犯。

里约警方每年杀死数百人,这是我所知道的数字。法律并没有死刑条款,但如果有前科——强盗、罪犯,或只是看起来像某人眼中的强盗——便足以让人遭到审判、定罪,遭到处决,所有过程只需要扣一下扳机的工夫。

早在通过新闻关心里约动态的那些年,我就知道这一点。可是亲眼看着它发生,注意到那位警官满不在乎的模样,嗅闻到死者的气味,面对生者爆发的愤怒……这一切都令我作呕、意外与困惑。

我转身离开维拉克鲁塞罗,走向出租车司机等待的那条大马路。跳上出租车,我打开笔记本电脑,写下我访谈的对话,并更新稍早刊出的文章。埋头工作,当警察开始下山,进入佩尼亚的街道,我才知道警匪对峙结束了。一个露齿微笑的 BOPE 警员对着我翘起大拇指。我走下车子。

"维拉克鲁塞罗是我们的了。"他缓步走过车辆旁时这么说。因为打赢了仗,又耗尽了肾上腺素,他的四肢轻松灵活地抖动。其他警察还在山上的贫民窟里挨家挨户搜查。路边一家酒吧的老板拉起他在枪战时拉下的金属卷门。警匪对战现在结束了,他又开门做生意。警察挤进这家酒吧喝酒,我也加入他们。

下午 6 点多,从警方开始在山脚下集结算起,已过了将近 12 个小时。警察纷纷互相推挤,一路挤到吧台前,肢体动作充分显示出他们的欣喜之情。吊挂在头顶上的电视屏幕播着这次行动的细节,画面搭配着我在街上听到的那些故事。新闻记者搭乘的直升机捕捉到警察部队攻进维拉克鲁塞罗的那一刻。红色指令为了阻止警察进入,在车道中间设了混凝土路障,而且放火焚烧挡在一条主要进出道路上的货车,但警方早已向前挺进。

接下来几天,电视不断播出那些航拍画面,也为这次包围行动下了结论:连日来在里约制造恐惧的黑帮分子逃命去了。他们的人数将近 200,有些人带着步枪或背包,有些人则打赤膊,全身上下只穿着短裤和人字拖。其中有几个人显然受了伤。

他们从森林中间的一条泥路逃走,这条路穿过维拉克鲁塞罗和阿莱芒街区之间的山顶。那些人回到阿莱芒街区里。电视屏幕播送着这些画面时,现场的警察响起一阵欢呼。

那些逃亡的黑帮分子在屏幕上变成一个个小点,其中一人挨了子弹,绊倒后摔在地上。这让警察乐得开心大笑,大喊:"Perdeu,花花公子!Perdeu!"这是强盗的黑话。卡里欧卡碰上歹徒抢劫钱包或手机时,就经常听到这句挖苦的话:你输了,花花公子!你输了!

酒吧里的警察对这些画面的反应,一开始令我不解。那些黑帮分子逃之夭夭,警方难道不想完成任务,将所有人绳之以法吗?可是我搞错了重点。在举国注视下,这些原本在山丘里所向无敌的毒贩,此时却像蟑螂似的急着逃命。这些警察觉得自己在战场前线,眼看着敌人饱受羞辱,他们得到真正的满足。

"当了20年警察,我觉得自己好像终于尽到了职责。"一个体格魁梧、鬓角霜白的BOPE警察说。

我回头继续工作,在佩尼亚尘土飞扬的街上走动,想采访一些人的意见。维拉克鲁塞罗依然禁止人进入,可是当黑帮分子与警方之间产生冲突,大部分的沉重负担却落在这个正好位于贫民窟边界线以外的工人阶级住宅区。他们的学校关闭、顾客流失,公交车与厢式车线路也停驶,导致居民没有交通工具可搭乘。

我看到的每一台电视机都转到了新闻频道,而每个新闻频道都在播放相同的片段。那些画面在各地引发热议,让居民陷入一种紧张兴奋的状态,心中同时交杂希望、怀疑与恐惧。我停在一家24小时营业的殡仪馆,边看黑帮分子逃命的情形,边和经理聊天。他已经有十天不敢把车子开出来了。他的孩子不再上学,员工也没来上班。

"我们受他们摆布好久了,"他说,"有时候是警方,有时候是毒贩。"

他停顿了一下,似乎在思考该说多少。

"现在这样,"他指着不断在泥土路上跑的那条人龙说,"这次他们真的捅到马蜂窝了。"

跟其他当地人交谈时，我发现他们的欣喜之情也被同样的谨慎态度冲淡了许多。他们厌倦冲突，渴望能看到它落幕，但许多人无法相信改变如此轻易就能成真。他们学会了如何在夹缝中过日子、小心行事，与毒贩和残暴的警察共同生活。他们两边都不信任。几十年来，他们所知的和平只有双方僵持不下时那种不稳定的平静。对他们来说，电视上不断播放的那些画面带来了短暂的愉悦——强盗逃跑啦！——却也留下更深的忧虑。如今他们所知的那种平衡已彻底翻转，那接下来呢？

第五章

邪恶的中心

唐娜·尼尔札的儿子迪亚戈也在观看电视上黑帮分子逃命的过程。他当天都在一间外观不起眼的房子里等着,这房子正位于进入阿莱芒街区主要道路之一的若阿金凯罗兹路(Rua Joaquim de Queiroz)上。

25岁的他可是山丘上的大人物,地位仅次于老大佩藏(Pezao)。他靠着自己掌控的三条"波卡"(*boca*,毒品销售渠道)所得的利润,过着相当优渥的生活。迪亚戈也是摩托车高手,骑起车来行动敏捷。他最后一项正当工作是出租摩托车司机,接送乘客参加山丘上的里约放克舞会。只要一跨上摩托车,他就能人车合一,在狭窄的隘口间穿梭自如。看着自己的黑帮兄弟在那条泥巴路上奔跑、摔跤,有些人显然还受了伤,他心痛得想冲过去救他们。

可是他按兵不动。那是他们的计划,他们采取的任何行动都经过协调。他来回踱步,等待老大打来的电话;那个房间空间局促,对身高一米八三的他来说太小了,无法宣泄他过人的精力。那通电话始终没有打来。

那将是一个漫长的失眠夜——对藏匿起来的迪亚戈、他在家里的母亲、不知道隔天对警方该抱什么期待的卡里欧卡,或是困在阿莱芒街区内的黑帮分子来说,均是如此。

11月26日，星期五

雨已经下了一整夜。维拉克鲁塞罗在一片潮湿中苏醒，到处都是记者、警察和清洁工。经过一夜的折腾，大家的脾气都不太好。

逃亡的毒贩在前一天丢弃了几十辆摩托车，有不少还倒散在贫民窟里，挡住道路。毒贩不允许清洁工进入街巷内收垃圾，居民只好将垃圾拿到山脚下。但过去几天发生枪战，他们都没办法下山丢垃圾。潮湿的街巷间发出垃圾堆积好几天的恶臭。

社区里有大片区域没有供电。枪战打断了多处私接用电的电线，引发小型火灾。电力公司不敢派人去修理。什么都没有，没有动画片和电子游戏来让关在家中的小孩子转移注意力。学校依然关闭，孩子们被锁在狭小的屋子里已将近48小时。

舆论的看法是，既然维拉克鲁塞罗已经受到控制，执法部门就必须继续进攻黑帮的大本营。阿莱芒街区因此成为他们的下一个目标，不过，这座贫民窟集中区约有70 000人口，是维拉克鲁塞罗的将近10倍。那里也是红色指令的核心，需要数千名装备精良的优秀警察才有可能一举攻下。

事实上，州警此时已筋疲力尽。数十名警察在小区里过夜，轮流睡觉。其中一人开玩笑说，他已经好久没休息，同一条内裤也穿了好几天。没有参与维拉克鲁塞罗攻击行动的警察从星期三开始已准备就绪，驻守城市各处，晚上则回总部睡觉。即便有海军的坦克，但状态良好的人员数量也不够，无法攻进阿莱芒街区。我折回办公室，希望能在较为平静的今天，推敲出贝特拉米的下一步。

回到办公室后，我的收件箱里有了答案：州警将进攻阿莱芒街区。他们会与巴西空军与陆军协同作战。海军已在进攻维拉克鲁塞罗期间给执法部门提供了坦克，不过这次将是陆海空三军第一次为扫黑行动出借人员与武器。到了晚上，800名部队人员将看守这座贫民窟集中区的44个入口，同时另有两个营的士兵待命。

随着世界杯足球赛与奥运会的举行时间逐渐接近，里约的动态也会影响巴西的国际形象。没有人想冒险，进攻阿莱芒街区行动的支持力量来自政府高层。

"只要在法律许可范围内，能为里约做的任何事，我们都愿意做。"卢拉总统曾经在一场记者会上如此说道。

那天晚上我睡不着，于是喝着饭店小冰箱里的淡啤酒，熬夜看新闻，着魔似的在警方网站上查看最新统计数字：过去5天共有35人丧生，受伤人数超过30人，包括一名肩膀中弹的路透社摄影记者。我从夜间新闻上看到，激烈枪战一直持续到晚上。曳光弹在阿莱芒街区上空划出优美的弧线。

杜尔特同样夜不能眠。他回想起那些尸体，还有警方在2007年最后一次攻入阿莱芒街区之后那些恶劣的人权报告。他接着立刻寄出一封电子邮件给州长。

"给我一个机会，阻止一场浴血大屠杀。"他写道。

11月27日，星期六

杜尔特一大早就得到了答案。州长的回复在上午7：34分寄到他的收件箱："批准。"

这值得一试。杜尔特召开记者会，在一大堆麦克风前说明他的计划。那是一项直截了当的条件：任何有意投降的毒贩必须不带武器，或是将武器举高，在若阿金凯罗兹路现身。这位警察局长无法透露更多关于时间的细节，可是他的声音里透露出些许焦急。

"如果有人想自首，现在就出来。"

他知道，不到24小时后，警方就会大举攻入阿莱芒街区。

唐娜·尼尔札还一如往常地紧盯着新闻。她已经见识过执法部门攻占红色指令最重要的行动基地。迪亚戈逃过那一次的攻击。她不知道他躲在哪里，但就像电视上那些重复播放的黑帮分子逃亡画面所揭示的那样，尼尔札知道，对迪亚戈那样的人来说，贫民窟已经不再是安全的避风港。

走过那座贫民窟集中区,她目睹警方掐住歹徒脖子,坦克在山脚下轰隆作响,士兵手握将近1米长的武器。她呼唤上帝,权衡自己的选择,祷告斋戒,请求上帝指引。她另外有9个孩子,此外还有孙子与曾孙。他们全都仰赖她过活。可是,此时有一个儿子最需要她。

那个星期六早上,她回到厨房工作,虽然没几个顾客前来享用她准备的午餐。冲突期间,厢式车司机也都待在家里。炉子后方的金属壁板上,"双份!"字样旁边贴着一张印有圣经《诗篇》第29章第11节内容的海报:"主必赐力量给他的子民;主必赐平安的福给他的子民。"

唐娜·尼尔札打定主意。她摆脱一辈子压在肩上的担忧,解开沉重责任的塑料围裙。她要找到迪亚戈。

"我不能袖手旁观,眼睁睁看着儿子裹着床单被人抬下来。"后来,她回想起那个在心头萦绕不去的画面时如此说道。她打电话给另外3个儿子(其中一人还是福音教会牧师),告诉他们时候到了。

贫民窟的入口已经封闭,但她认识住在那里的每个人,熟悉每一条巷子。她找到一条路,走进阿莱芒街区,爬上长长的水泥阶梯,不时停下来喘口气,也问问大家关于M先生的事。M先生,迪亚戈一向讨厌自己的这个外号。这个外号来自一个老派魔术师,他固定会在每周日晚间的热门综艺节目《巴西真奇妙》(*Fantástico*)中演出。那位魔术师总戴着带有白条纹的黑面具。迪亚戈是尼尔札的孩子当中个性最阴沉的一个,因而有了这个外号。不过在妈妈心目中,他只是迪亚戈。

他很快就从无线电上得到消息:他妈妈在找他。迪亚戈气炸了。这个女人跑来这地方干什么?警方随时都可能攻上来。他已经渐渐接受自己或许会丧命的可能。他的身上有一个呈现漂亮圆形的疤痕,宛如标点符号,介于他身上那些苍劲有力的卷曲深色刺青之间。他还挨过其他子弹,有时候他也会怕,那是他生活中的一部分。可是他不希望母亲性命的重担压在自己身上。

尼尔札曾经竭尽所能,不让儿子加入黑帮。四年级休学后,迪亚戈就开始在山丘上鬼混，帮毒贩跑腿买东西，好攒下一些零钱。长时间下来，双方的关系变得紧密而复杂。他们建立起友谊，迪亚戈接到的任务也越来越重大：拿一捆现金去藏，有时候还要藏毒品。

"你甚至不会注意到，"他说，"你自然而然就进入那种生活，然后突然间就开始拿起枪了。"

他的母亲早料到这一点，因此尽可能防止他误入歧途。她帮他报名参加一项州政府计划，当中包括参加一些远离毒品的讲座，还有基本的计算机操作和读写训练课程。迪亚戈的动作机敏，协调感好，所以她也鼓励他到小区运动中心练柔术。那不是学校，但比其他许多他能选择的地方来得好。

尽管尼尔札费尽心思，迪亚戈的前途依旧黯淡。15岁时，他是个语法与拼写只有儿童程度的辍学生。尼尔札自己给了他一份工作，好让他有事可做，也赚点钱。他拿着一块写字板坐在塑料椅上，监看在佩尼亚各地搭载乘客的77号厢式车路线，每周薪水50美元。这对青少年来说是笔不错的收入，而且迪亚戈深夜还会驾驶出租摩托车赚点外快，因为老司机在这个时间段都已经累坏了。他喜欢精心打扮，为了追赶毒贩引领的最新流行趋势，把钱都挥霍在服装上了。

2001年6月15日，转折点就出现在他16岁生日当天。时间是清晨5点，里约放克舞会结束，群众鸟兽散。迪亚戈当时在工作，载送参加聚会的人到山脚下的公车站。此时警察现身。他们常在这个时候出现，殴打嗑过药的青少年，逮捕在安静角落撒尿的醉鬼。但这回出了差错。有人开枪，射了几颗子弹，警察于是集合所有人进行搜身。迪亚戈丢下摩托车，双手搭在墙上，张开双腿。

搜身结束，一名警察转向他。

"滚，"他说，"滚蛋！"

"摩托车不是我的。"迪亚戈说。

"我叫你快滚。"那个警察举起步枪。

迪亚戈跑了，但他又调头回去。那个警察拿枪指着他。他的左膝盖感到一阵剧痛,整条腿往后退,缩起来,这时他已经无法走动。他靠右腿跳着走,双手扶着墙壁,就这样跑回家。

尼尔札带他到热图利奥瓦加斯医院。那里一直都有执勤警察通过系统调查枪击受害人的姓名。迪亚戈没有前科。他告诉医生自己被流弹打伤了。

"警察那样只能引起我的反感。只要你在那个地方长大,从小就会讨厌警察。"他后来告诉我。因为轻微口吃,他会重复自己的话,导致声音流露出一种挫折感。"他们在街上殴打你、扇你耳光,如果没带证件,就说你是游民……你会怀着恨意长大。可是他们实在太过分了。"

迪亚戈开始担任红色指令里的摩托车手,在各个山丘之间跑腿。到了2008年,他成了大家口中的"M先生",阿莱芒街区的通缉要犯之一。他在武术课上练出一身肌肉,平日生活低调,因此十分适合担任佩藏老大这个野心勃勃的山丘之王的左右手。

当时有一首歌曲记录了佩藏击败前老大托塔(Tota)的那场血腥暴动。在重低音节奏开始之前,出现一个男子叨叨絮絮的声音,向M先生致敬:"那是一阵枪林弹雨,一阵枪林弹雨……是M先生干掉了托塔。"

警方掌握到的一段手机视频显示,佩藏身着Armani西装,在拉哥柯凯罗(Largo do Coqueiro)举办彻夜狂欢的露天聚会,庆祝托塔之死。拉哥柯凯罗是一个露天广场,那里有毒品批发市场。迪亚戈在聚会上跳舞,忘情地伸开双臂,宽松的白色T恤在他精瘦的身躯上摇晃。其他年轻男子将他们的枪插在裤子后,或是挂在腰际,好空出手拿啤酒。一个留着乌黑秀发、身穿白色无肩带紧身上衣、曲线毕露的年轻美女,双手在自己面前挥舞,炫耀她手指上的超大金戒指。

这段视频最后上了电视,成为周日一个红色指令特别报道节目的内容。有个画面定格在唐娜·尼尔札儿子脸上,捕捉到他的微笑,指出他就是黑帮分子M先生;谣传就是他杀了先前的毒贩老大。

"在那之前,阿莱芒街区外没有人认识我。在那之后,我就完蛋了。"迪亚戈说,"我要离开此地的任何念头都没戏了。"

随着迪亚戈愈陷愈深，他放弃了家庭生活，日夜颠倒，在天黑后佩藏睡觉时照顾生意。他自己有一把赫克勒—科赫（Heckler & Koch）G3半自动步枪，聚会时他会用来对空鸣枪。不过他通常不与人往来，而且从不离开阿莱芒街区。迪亚戈每星期可以赚大约5 000美元，想挥霍时就叫朋友到购物中心，帮他代购一名他喜爱的设计师新系列所有商品，再将这名设计师轻松的冲浪手风格，混搭他在嘻哈影片中看到的帽T、篮球衣，以及运动鞋。迪亚戈在建立自己的地位，为年轻孩子、走私者，还有崇拜他造型的"烟火人"设定时尚标准。

眼见儿子沉沦在这种生活里，尼尔札心都要碎了。她受不了待在阿莱芒街区里，而那里却是儿子远离母亲视线、过着黑暗生活的地方。她搬离把孩子抚养长大的那栋三层楼房，搬到附近较为安静的蓝领住宅区奥拉里亚（Olaria）。有几次，她奋力爬上山丘，问毒品零售摊的孩子她能不能跟迪亚戈说话。迪亚戈告诉她，他绝对不会放弃现在这种生活。他能去哪里？能做什么？他这张脸上了电视，他的名声已经毁了。

"我以为我只有死了才会离开阿莱芒街区。"他说。

接着那个星期六来临。唐娜·尼尔札穿过警方设的路障，到处问能否见儿子。这一次，迪亚戈让妈妈找到他，进入他位于若阿金凯罗兹路上的藏身处，坐在他身边。

当时，他的老大显然消失无踪，他的伙伴也跑了。迪亚戈觉得既害怕又孤单。他要他跪下和她一同祷告。他照做之后，泪流满面。他想到自己在阿莱芒街区里长大的两个女儿，还有自己的母亲。

"我准备好了。"他告诉她。他从衣柜里挑出自己最喜欢的服装：一件天蓝色的马球衫、休闲裤。

他们还是得出去。唐娜·尼尔札不喜欢毒贩，但她也明白警察会怎么对待儿子。她不会向警察告发他。他们必须通过路障，找到她信任的那个警察：在新市（Cidade Nova）第六警察大队任职的塞乌·费雷拉（Seu Ferreira）。当年迪亚戈15岁，也就是他成为M先生之前，费雷拉曾是他所参加的训练计划的协调专员。

迪亚戈开始跟他的一个兄弟往前走,尼尔札则去开另一个儿子开过来的车。

市长终于为居民的安全做好准备。他们设了一处备好食物与床垫的收容所,收容在警方攻坚时不敢待在家中的人。数十个家庭涌上街巷,拿着超市购物袋装着的衣物、电扇、枕头和电视机。警方企图盘查人潮,甚至连儿童也被搜身。但是迪亚戈混进一个带着许多行李的大家庭。当警方检查他们的行李时,他趁机溜走。他说,那就像是上帝为他开了一条路。

他来到山脚下的 A 街。他深怕曝光,已有好多年未曾离开阿莱芒街区。然而现场完全不见母亲的踪影。要是站着不动,他会引起注目。恐怕不用几分钟,甚至几秒钟,就会有人认出他。他继续走,眼睛直视前方。一辆公交车在红绿灯前停下来,打开车门。他走上车,不在乎自己要去哪里。任何地方都好,离开就好。

几分钟后,他用手机打电话给母亲。尼尔札此时已经被警方拦了下来,对方认出她是 M 先生的母亲。她的汽车遭到搜查。当尼尔札被释放后,她去接他上车,前往警察局。

"我儿子是来自首的。"她说。

"是吗?"值班警察的目光在瘦长的迪亚戈和他身边丰满的尼尔札之间游移,"你这样做是对的。"

不到 10 分钟后,一堆摄影记者纷纷将镜头对准这位戴了手铐的毒贩。被捕后出现在镜头前的黑帮分子,头通常会低得不能再低,以免脸孔上了报纸。

不过那天的照片上,迪亚戈挺直腰杆,抬头挺胸,尽管手铐将他双臂束缚在前,他的头还稍微往上仰,眼睛凝视着镁光灯外的某个地方。他情绪低落,但这是他的选择。他终于要脱离黑帮生涯了。

另一名毒贩是由父亲带来自首的。电工伊万尼多·特林达德(Ivanildo Trindade)陪着儿子卡洛斯(Carlos)来到警察局。"关在牢里,为他的所做所为付出代价,总比赔上一条命要好。"

接受自首条件的人只有十几个,大多数毒贩都不领情。这种情况加上整夜的枪战,更加深了贝特拉米的恐惧,深怕出现血腥的顽固抵抗。路障依旧保留着。我们准备等下去——记者、阿莱芒街区里的家庭、卡里欧卡、巴西人。不眠之夜缓缓流逝,从周六跨入周日。

11月28日,星期天

当等待在星期天早晨结束,坦克开上阿莱芒街区时,我人不在现场。我甚至不在佩尼亚,不在这里的医院等着死者被鱼贯送入。

我是在一家医院的妇产科病房里观看那场行动的。那天一大早,我姐姐生下她的第一个孩子。过去几天的沉重压力,晚上让我辗转难眠的那些难解疑问与焦虑——关于里约、警方行动,还有我在这座城市里的身份等问题——都在我看见克蕾拉(Clara)时一扫而空。窗户隔开家属与婴儿床中的新生儿,我从窗外看见顶着一头深色卷发的孩子。

这也是我回来里约的原因。我哥哥的儿子,也就是我第一个侄子出生时,我并不在场。现在我抱起这个小男孩,让他看见自己刚出生的表妹。他在玻璃上留下脏脏的手印。我的大嫂又怀孕了——几个月后,我会在现场迎接另一个侄女出生。

里约前3周的生活和我想象中的不一样,最初那股温馨的熟悉感,已经被这片在舒适熟悉与恐惧未知之间仓皇摇摆的土地所取代。不过,在医院的这个早晨提醒了我:数十年来错过婚礼、出生与葬礼之后,我来到自己得停留的地方,抱起侄子,看着克蕾拉在婴儿房明亮的灯光下沉沉睡去。

然而,我无法停留太久,来不及探望刚从剖腹生产复原的姐姐。我的姐夫一从她病房出来,对我们竖起大拇指,我就立刻奔回阿莱芒街区。

为了这次攻坚行动,政府已经出动2 700名军人和警察。破晓之后不久,他们就已完成部署。毒贩也已准备就绪。将近早上7点,第一批子弹开始发射。一个小时后,警方慢慢徒步进入。这一区的领空已经关闭,不过军警两方的直升机前来支持地面上的人力，低飞还击。装甲车随后跟进，它们的履带驶上若阿金凯罗兹路，进入贫民窟，压扁黑帮分子以水泥固定在地上的金属钉和设置在路边的混凝土块。

经过数周的筹备策划，这场攻坚行动相当顺利。除了天亮后的零星枪击之外，没有遭遇反抗。这样未遭抵抗的情况令人不安；如果像往常那样激烈交火，即使预期会有人员伤亡，民众也觉得比较安心。黑帮分子仿佛人间蒸发了。

9点钟过后不久，杜尔特宣布胜利："我们赢了。"他下令开始彻底搜索阿莱芒街区里的31 000多间民居，以及附近佩尼亚的贫民窟。

我在上午11点抵达时，当地商家的铁门依旧紧闭，有的已布满弹孔。弹壳四散街巷上，到处都是垃圾。

警方搜出好几吨的可卡因、快克与大麻，此外还有预料的大批武器：机枪与冲锋枪、数十枚手榴弹、土制炸弹、步枪、手枪。超过400辆摩托车和136辆汽车被丢弃，241人被逮捕，275人被拘留并进行审讯。

此时山坡开始允许记者和任何人进入。我一走上去，听到的是有人趁机丢下武器，混入居民当中。只要换件衣服，手上拿本《圣经》，没有前科的黑帮分子看起来就和要去做礼拜的纯朴贫民窟居民没两样。据谣传，有些人甚至躲在一辆装饰着精英警察的骷髅与匕首图案的黑色装甲车里逃走。后来有证据显示，几个人设法经由里约庞大的雨水排水管脱逃成功。有关当局原本预计要逮捕数百名红色指令成员，结果那一天只有20人被捕。他们始终没有找到佩藏。

到了下午1点，里约热内卢州旗和巴西的黄绿色国旗已经在阿莱芒街区的最高点随风飘扬。为了夺回武装毒贩占据的区域，里约当局做了不少努力，这是有史以来成果最丰硕的一次，官员在一次又一次的访谈中强调这一点。他们以熟悉的字眼对民众喊话：这是一场战争，而他们已经攻占了敌人的堡垒。

"阿莱芒街区是邪恶的中心。"贝特拉米在记者会上如此表示，等于是为官方说法定了调。

渐渐地,贫民窟居民在关在室内好几天之后,终于冒险走出家门。许多人热情欢迎警方,为他们提供食物或饮水。一名妇女带着7岁的孙子到维拉克鲁塞罗外头看坦克。我问她对这一切了解多少。乔西安（Josiane）记得,西望洋圣母堂曾经有段时间都会举行野餐和施放烟火。可是过去几年来,就连教堂的阶梯也都被毒贩占据,成为他们的瞭望台。她早已回想不起来上次去那里做弥撒是何时。枪战让她的孙子成了惊弓之鸟,害怕鞭炮。

"你能想象家里有个一听到响亮声音就跳起来的孩子吗？"她问道,"我希望这次会是这个社区重生的契机。我们得满怀希望。"

不过,我也听到不少人保持怀疑。3名妇女聚在一个垃圾四散的广场,那里有一组坏掉的秋千。她们把孩子带在身边,一边抽烟,一边对认为情况会有改变的想法嗤之以鼻。

"看看这些四处鬼混的家伙。你以为他们会安分守己过日子？"其中一人说,一边意有所指地朝公园边一群粗鲁的年轻男子那方向歪歪头。"他们是贩毒的,等他们能重操旧业时就知道了。"

这些贫民窟里,有许多人都是在毒品老大的威权下长大,从来没有与任何民选官员直接接触过。当他们有需求,例如孩子的医药费、找工作、想讨公道时,就去找当地的老大。他们没有信任政府机构的理由。警方经常来到他们的小区开枪,把每个人都当成嫌疑犯看待。凭什么现在会有任何改变？就算警察改变作风,里约奥运会过后,他们会留下来,还是一切将就此结束呢？

贝特拉米已经承诺,会有一支UPP进驻阿莱芒街区,可是目前受过训练的警察不足。没有受过警务工作训练的军方则会无限期留在小区里。

"我们只是拿一批枪换来另一批枪。"另一个妇女这么告诉我。

州政府必须赢得这些妇女的信任才行,但这可不容易。这里已经传出有警察到贫民窟里的民居洗劫的消息,他们向居民勒索金钱,拿走手机、相机,甚至平板电视。政府特别指派一名专员前来调查这些指控。

这根本算不上全面胜利。在11月那最后一周，至少有37人丧生。我们始终无法得知他们的姓名。伤者确实的人数亦不清楚，但医院人员告诉我，在动乱期间，送来的伤员当中最年轻的是两岁，最老的是81岁。

我对这个拥有UPP和奥运计划的里约并不熟悉，但是官方就这样宣布胜利，似乎太早，也太急了。这让我想起美国总统乔治·布什（George W. Bush）在2003年的"任务完成"演说。当时他有如动作明星般降落在一艘航空母舰上，宣布美国已经在伊拉克得胜。结果，伊拉克现场的战斗与死亡大多发生在布什这个傲慢时刻之后。

里约发生了大事，这一点显而易见。社会的长期结构出现了瓦解与改变。但是，此时将在这里创建的是什么样的城市？又是为了谁？

第六章

菜鸟不宜

房屋中介转动钥匙,门却动也不动。他将肩膀倚在门上,轻轻地推。还是毫无动静。

他又用力推了一下,门发出木头摩擦的嘎吱声,回荡在昏暗的客厅里。

"是湿气的关系。"

他的语气不像在道歉,而是陈述事实。我踏进屋内,感觉到空气掠过脸,既潮湿又不舒服,仿佛拥挤公交车上陌生人的呼吸。

打开灯,我发现广告没骗人:刚铺好的金黄色木地板、洁白无瑕的墙壁。我也看到广告遗漏的地方:这间位于6楼的公寓完完全全全面对着一大片花岗岩壁,花岗岩背后则是里约的天际线。这确实如广告所言,是一间让我可以"走路到海滩"的伊帕内马公寓。不过,它并没有保证窗外有风景可看。

我走向客厅的窗户。公寓和花岗岩面相隔六英尺,两者间的那条沟散发出植物根的味道,同时被一道筛滤过后的散射光线照亮,就像在峡谷底部看到的那种光。抬头一看,我才发现,我真的很接近一道深层裂缝的底部,一边是20层高的砖造大楼,一边是山壁。花岗岩壁上覆盖着淡绿色苔藓,以及如同精致工艺品的蕨类植物,在凉冷岩面上汇聚的水涓涓流下,灌溉着它们。由于热带的湿气和位置靠近海洋,里约的许多区域都充满了霉菌孢子——我的鼻子已经开始发痒。5分钟后,我就会气喘发作。

继续探索,我看见一个装了一半脏水的桶,里头浸着拖把,显示有人曾想清理肮脏的厨房地板。我也发现有些水龙头失踪了。它们原本该在厨房和浴室里，却被人从石质流理台上拆走，留下残缺的出水孔。

我找来房屋中介——是这间公寓吗？两房一卫，刚整修过？608号？他无精打采地站在门边，所有的肢体语言无不告诉我，当他离开他的空调办公室来和我碰面，晚了半小时才姗姗来迟，手上拿着钥匙抵达大楼大门时，他的任务就结束了。

"对。"他的大拇指朝钉在敞开的大门上的"608"戳了戳。他显然无意多费唇舌。失踪的水龙头、霉菌、泥巴是怎么回事？"小姐，我只负责开门。"

抵达里约后一个月，正好是新闻周期的空档，我开始找住的公寓。这迫使我面对这座城市里另一个非常反复无常的生活层面：经济。

那间少了水龙头的公寓是我看过的第25、26，或第27个地方；看完前面二十九处之后，我已经记不清楚了。它开出的月租金相当于1500美元，外加250美元管理费和125美元财产税；根据对房东友善的巴西法律，后两项费用是房客的责任。因此，我的找房之旅似乎碰壁了——碰上一面满是苔藓、湿漉漉的花岗岩壁。

我印象中的巴西生活是让人负担得起的，至少对携带美金而来的观光客来说是如此。当卢拉在2003年就任总统时，1美元价值还很高，可换得3.5巴西雷亚尔（Real）；等我在7年后抵达时，1美元只能换到1.7雷亚尔；里约也不再以低廉价格为观光客提供异国风情。酒吧的消费水平在刚开始的那前几周直逼旧金山，若想喝杯巴西代表性的调酒——百香果卡布琳娜，纾解一天的疲惫，可能得花上15美元。即使是喝当地家庭号大瓶装的南极洲啤酒（Antarctica beer），配一些盐味炸鳕鱼丸（*bolinhos de bacalhau*）或是煎丝兰晒干牛肉（*aipim com carne seca*）这类不必冷藏的传统酒吧小菜，一晚的花费也相当可观。

不过，我还是抱着信心开始找房子，心中偷偷想象着海景、有吊床的门廊、大群鹦鹉飞过的画面。毕竟，我可是从这世上生活费用最高的国家中费用最惊人的城市搬过来的。我知道如何应付市场热点，我会在房屋开放参观时出现，带着信用记录、文件复印件，穿上熨得平整的衬衫，一举击退竞争对手。可是我对接受采光不佳或缺少水龙头的潮湿公寓毫无准备，何况月租金水平竟然介于旧金山和曼哈顿之间。

从那时起，我就在愿望清单上把鹦鹉和海洋微风给删了，而且将预算提高到可笑的每月2 000美元。落在这个价格范围里的房子除了那个拥有苔藓风景的"高级洞穴"之外，还包括客厅里的冰箱会像只大猫般呜呜叫的整层公寓，以及浴室小到门才打开大概60厘米就会碰到马桶的合租公寓。那名中介表示，这应该不成问题，我可以侧身硬挤进去。

这些房子全都包含佣人房：小到会令人幽闭恐惧症发作的房间，只能摆下一张儿童床，以及莲蓬头位于马桶上方的超迷你浴室，以至于洗澡时双腿必须跨在底下的马桶座上。即使是带厨房（只容得下一口炉子）的一间公寓，都活生生证明了巴西严重不平等的现象，而这个现象正为世世代代的巴西中产阶级提供源源不绝的保姆、厨师以及佣人。看过这些房子后，我不禁纳闷，这个新巴西除了富豪之外，其他人是否还有空间可供家里的佣人居住。在里约待过第1个月，我发现几乎没有我住得起的地方。

巴西的经济正蓬勃发展。时间回到2008年，美国次贷危机导致房价暴跌，拖垮经济，卢拉总统却从容地表示，这场震撼美国的危机就像"海啸"，等它抵达巴西，就会变成"小涟漪"。

卢拉发表这个看法的时间，正好是美国总统布什签署一项7 000亿美元财政救市法案的第2天。卢拉表示，巴西不会有类似的方案，只有特别的应对措施："一切都将在适当的时机发生。"

当时，许多人都认为卢拉的说法有点傲慢无知。前总统卡多佐（Fernando Henrique Cardoso）担任财政部长时，曾主导将巴西货币更名为"雷亚尔"的1994年经济计划，并抑制恶性通货膨胀；后来担任总统时，他则以财政紧缩措施稳定经济。卡多佐给卢拉这位继任者上了一课。"我们必须说出来：这就像皇帝的新装。"他在一场提出严厉批评的演说中表示，"穿上你的衣服吧,总统。"

然而,卢拉大致上是对的。民众开始放心地出门消费。巴西的银行状况比美国好得多,它们的管控比较严密,放款业务也保守许多。在美国经济严重衰退之际,标准普尔(Standard & Poor's)成为率先将巴西外债提升到投资等级地位的信用评等机构;惠誉(Fitch)在几天之后也跟进。

巴西的经济在2009年出现瓶颈,不过到了该年年底,就已经摆脱受海外危机拖累的阴影。随着全球资金撤离欧美这个传统上的安全地带,外资一方面却也对像巴西这样的新兴市场持续加码。2009年底,里约被选为奥运会主办城市,情况似乎十拿九稳了。2009年11月号的《经济学人》杂志封面正代表了那个时候的乐观态度:封面上的标题写着"巴西起飞",底下是一张基督像化身为火箭、飞向太空的图片。

奥巴马从布什手上接下总统职务,美国政府在第一次救市方案后甚至投入更多经费,企图止血。到了2010年底,美国经济依然动荡,希望从失业、痛苦的泥沼中力求复苏,郊区净是屋主缴不出房贷而被弃置的住宅。房价跌入谷底,一蹶不振。

另一方面,巴西则实现了《经济学人》封面上的预言。在卢拉任内,股市增长四倍,亮眼成绩超越了世界上其他各大交易市场。2010年,当我回到巴西时,卢拉第二个任期即将结束,由他钦点的继任者刚当选总统。

迪尔玛·罗赛夫(Dilma Rousseff)与卢拉的背景截然不同。她的父亲是一名保加利亚共产党员,移民巴西后靠房地产致富。相对于卢拉出身贫穷,罗赛夫在中上阶级家庭长大,学过法文和钢琴。这两位总统都在巴西的军事政权下成长。在1964年推翻民主政府后,军事政权统治了巴西21年。尽管两人皆反抗军人统治,他们的经验却塑造出截然不同的政治性格。卢拉带领数十万名汽车工人罢工,使巴西的核心工业瘫痪,接着坐上谈判桌,与企业老板们谈条件,一路靠着学习成为领袖。后来被巴西人称为迪尔玛的罗赛夫,则拿起武器对抗独裁政府。

当年军方夺下政权时,罗赛夫才16岁。即使只是个少年,她却加入反对运动；等到 19 岁时，她成为城市游击团体的成员，鼓吹推翻政府。尽管她年纪轻，有些前武装分子后来还记得，她是个能干的组织者与管理者。1970 年 1 月，22 岁的罗赛夫被逮捕。接着遭受酷刑，被囚禁将近 3 年。

有一张在当年 11 月拍下的照片显示，罗赛夫坐在里约热内卢的军事法庭上。她已经被折磨了 22 天，留着短发、体型削瘦的她看起来非常虚弱，有一张线条细致的嘴和纤弱的骨架、弯眉和优雅的下巴轮廓。不过，她的双眼已经成了两条细缝。她抬起头，眼睛往上看，目光避开那些坐在雕刻华丽的高背椅上的警察。在不知名摄影师的镜头前，有些警察遮住自己的脸。下垂的双肩是暴露罗赛夫饱受折磨的唯一线索。

卢拉擅长吸引群众，掌控情绪；他在国外经常夸大巴西的优点。罗赛夫缺少卢拉的魅力，也没有他治国安邦的政治能力。即使身为候选人，她也显得呆板笨拙，无法与群众打成一片。不过她却高票当选。部分原因即在于她是卢拉的接班人，会继续维持让他散发政治光环的社会政策，同时也因为她被视为刻苦耐劳的工头型领袖，能更认真地治理巴西，减少一点不切实际的炫耀。

当年许多选民已经准备好迎接一位……性格比较不灵活的总统。卢拉将带着高人气卸下总统职务，不过他的政府也传出巴西最肮脏的政治贪腐丑闻，其中包括卢拉的亲信涉入一笔非法的竞选贿款，以及以金钱换取国会选票的阴谋。这起丑闻俗称"大型月费案"（mensalão），因为该党提供小党议员 12 000 美元左右的回扣，以换取他们的合作而得名。[1]

这起丑闻在 2005 年曝光，涉案层级直达劳工党（Workers' Party）最高层，涉案者包括卢拉的高级助手迪尔塞乌（José Dirceu）、党主席热诺伊诺（José Genoino），以及该党财务主管苏亚雷斯（Delúbio Soares）。当天媒体忙翻了，被揭发的景象就像是直接取自某部低成本政治惊悚电影的片段，

---

[1] 卢拉赢得 61% 的选票，但是他的政党在国会的席次不到六分之一，而国会共有 21 个政党共享权力。为了执政顺利，结盟非常重要；大型月费案便将这些政党一一收买。

包括卢拉竞选经理偷偷在巴哈马群岛付款，还有一名助理在登机时被查到内裤里藏有10万美元，行李箱里也塞了10万巴西币，因而被捕。

这起牵涉范围极广的丑闻并未让总统下台，证明了卢拉魅力非凡，但同时也显示早在大型月费案爆发之前许久，巴西国会就是一个充斥贿赂与叫卖权力、藏污纳垢、功能失调的机关。

卢拉受欢迎的程度之所以持续不灭，经济可以说是更重要的因素。[1]尽管他的前任者卡多佐抑制通货膨胀，在20世纪90年代中期为巴西带来稳定，但经济直到10年后才出现显著的增长，部分动力正来自中国对巴西最主要出口商品的需求增加。这使得巴西赚到丰厚收入，也有助创造就业机会和国际声誉，同时塑造出卢拉取得政权的条件。

"照顾穷人不会花多少钱。"卢拉经常这么说。这句话听似真心关怀，或是民粹，全看听者怎么想。然而这句话也是实话。卢拉上任后，着手履行竞选承诺，消除贫穷。他的第一项"Fome Zero——零饥饿"计划做得一塌糊涂。不过他在2003年推动"Bolsa Família——家庭钱包"，这项现金转账计划将小额款项直接拨给巴西最贫穷的民众。卢拉做的基本上就是整合部分现有计划，注入更多经费，然后将钱付给家庭中的妇女。领取现金补助者必须确保用于孩子注射预防针以及上学。

这项计划在许多方面都获得惊人成效。施行计划的花费并不多：105亿美元，不到巴西国内生产总值的0.5%，占政府总支出大约2.7%（2013年的数字）。平均对每户家庭的支出不到70美元。这些钱金额虽然不大，却改变了受助者的世界。超过三分之二的受助者也会工作，九成的人表示将那笔钱拿去买了食物。这是协助巴西中产阶级扩大的因素之一，中产阶级人数在十年内从6 600万增加到一亿零八百万。

这项计划传达了一个强而有力的讯息。在一个向来忽视贫穷者的国家，

---

[1] 尽管他的财政部长在2006年因为另一起贪腐丑闻而下台——他找来应召女郎，在巴西利亚的一栋湖畔别墅里招待政治说客和其他人，以交换合作和情报。

"家庭钱包"对必须工作的母亲、突然失业的父亲来说都像是坚定的伙伴，每个月也提醒民众，政府关心他们。不久后，全巴西各地都可见到该计划受助者所使用的亮黄色卡片。"家庭钱包"初期有360万名受补助者，到了2009年，也就是卢拉任期最后，人数已是最初的4倍。

由于款项是由联邦政府直接发给受助者，因此这笔经费避开了贪腐与被滥用的可能，否则，通过地方政府发送，资源难免流失。它也与总统的形象紧密结合，在感激的选民与卢拉之间建立起直接的联结。经过一段时间，"家庭钱包"已成为卢拉最大的政治资产，帮助他成功连任，继而让继任者罗赛夫当选。

2010年，当卢拉站在罗赛夫身旁为她助选时，巴西的经济火力似乎也锐不可当。那一年的经济表现十分优异，国内生产总值增长7.5%，是25年来的最高值。随着全国实际工资上升，声名狼藉的贫富差距也缩小得比其他国家都来得快。难得的是，收入增加最多的是最穷的民众。

巴西希望得到更多。罗赛夫在10月当选，成为巴西首位女总统。

当她在2011年1月1日上任时，巴西充满了无限的可能性。家庭钱包这个现金转账计划已经让许多地区摆脱了饥饿问题，失业率也降到史上新低。在全球衰退最严重的期间，经济需要一点动力，政府决策者便降低某些营业税并祭出史上罕见的高利率。举国上下掀起集体消费狂热，大家花掉手上的钱，再用崭新的信用卡支付其他开支。巴西人过了一辈子量入为出的日子，从信用卡、汽车贷款到房屋贷款都谨慎使用，此时他们才发现美国人早就习以为常的一件事：先享受、后付款的乐趣。

此举果然奏效。你在报纸上会不断看到一项又一项的消费纪录刷新。汽车销售纪录——在欧美勒紧裤带的困难时期，巴西汽车销量却年年提高；首次搭机人数纪录——2010年有1 100万名巴西人第一次搭飞机；还有海外旅游支出纪录——2010年，巴西人是造访美国的观光客中最舍得花钱的族群，平均每人每次观光消费额直逼5 000美元。

在里约机场等待过海关的队伍中，我看到有些夫妻带着足以塞满一间小公寓的东西。后来我才知道，那正是他们的目的。2010年，有将近120万名巴西人飞到美国，比之前十年增加了64%。他们在美国这个消费天堂总共砸下令人咋舌的59亿美元，购买闪闪发亮的纪念品——像是iPod、MAC唇膏、Victoria's Secret的奶油金梨身体乳液等。他们也会购买电脑或高档婴儿车等大型商品，因为这些在巴西往往要贵两倍。如果洗衣机装了把手，恐怕他们也会把它扛回家。旅行社精心安排特殊行程，直接将这些观光客送到奥特莱斯购物。巴西人甚至突破了自己的腰围。2010年的肥胖人口占15%，2006年不过11.4%。

这种新富现象可从不少成年人金光闪闪的微笑上看得出来，他们嘴里戴着如今已负担得起的牙套，奢华的儿童生日聚会也迅速增加。当伊帕内马一名椰子小贩一边找零钱给我，一边通过夹在肩上的智能手机跟老婆大声争执翻修厨房的事，我就知道巴西的情况真的不可同日而语了。

这种经济热度同样表现在房地产上。2005年的新规定让国有和私人银行在放款上更有弹性，许多巴西人开始有能力考虑购买第一套房子。他们的贷款条件远不及美国全盛时期的零首付和个位数利率那么优惠，不过，对于巴西人来说，过去买房是有钱人的专利，买房者必须能够预付现金才行。因此，12%的利率和三成首付款看起来已经是非常棒的条件。

有一项广受欢迎的低收入户住宅计划"Minha Casa, Minha Vida——我的家，我的人生"提供低于5%的贷款利率，将购房市场开放给过去完全被排除在外的家庭。当该计划在2009年展开时，共有100万个家庭得到一年内就能拥有自己房子的承诺。

这感觉并不像我在美国所见的房地产泡沫。巴西房地产热潮的根基，在于迅速成长的新消费阶级过去对于贷款和住宅的需求。

这种信心在里约便反映出来。

为了领导州政府的财政机构，州长卡布拉尔采取了与他整顿治安相同的做法；他在2007年挑选一位具有技术背景和成功经验的重要经济学家，而不是沿袭惯例，将特殊职位拿来拉拢政治支持者。他的人选若阿金·莱维（Joaquim Levy）曾任卢拉总统的部属，协助整顿巴西的财政与金融业，后来迁居美国华盛顿，担任美洲开发银行（Inter-American Development Bank）财政管理副总裁。由于卡布拉尔的延揽，莱维又回到里约。

"我们里约有优越的经济体制，"我问莱维为什么回来，他说，"我们只需要给大众投资的信心。"

他说，里约州2 000亿美元的国民生产总额不但庞大，也非常多样化。可是，州政府的财政状况在他上任时毫无规划，任人浪费与滥用。

"当时绝对有贪污的机会。"他说，"我刚上任时，这种事非常明目张胆，毫无管控机制可言。"

莱维整顿州政府的收支，将之透明化。虽然这只是基本措施，但是过去没人这么做。投资者随后便陆续涌进。2010年3月，在标准普尔将巴西的信用评等提升到投资等级之后两年，它也给予里约热内卢州相同的地位。

传出这项好消息之后，州长前往纽约为里约招商，预计在接下来四年吸引高达900亿美元的投资金额。

从州长办公室的营销预算可看出它招商的力度：2008年是6 940万美元，2010年是11 510万美元。不过，当时所有关注里约的人都感受到那种兴奋：筹办世界杯足球赛与奥运会的大型基础建设工程吸引了建设公司纷纷前来，又进一步吸引来自其他州和外国的建筑师、工程师以及项目经理。发给外国人的签证数量打破历史纪录，20世纪90年代因为在国内找不到工作而出走的巴西专业人才，如今也纷纷回流。

除了这些，巴西还有石油资源。里约海岸近180英里外发现了丰富的石油储量。光是这项发现就可能刺激里约和巴西的经济、创造就业机会、吸引外资、让运输与钻探业改头换面，为国库补充财源。

巴西过去长期以来面临能源无法自足的窘境，不过这项由巴西石油公司（让我童年四处迁徙的那家公司）在2007年宣布的消息，可能使巴西一举跃升为全世界前五大产油国之一。钻探那些石油必须从漂浮在大西洋上的钻油平台向下凿穿16 000英尺的岩石与盐层，深入地球内部——这项高难度、高风险的冒险计划将进行深度惊人的近海探勘作业，需要的投资金额高达10 000亿美元。

然而，当第一座油田开始开采时，丰富的石油储量甚至让没有宗教信仰、一向不苟言笑的总统罗赛夫大胆开了个玩笑说，这项发现"无疑证明了上帝是巴西人"。这句话是巴西自嘲式幽默的老哏，但这次却不带一丝嘲讽意味。那一片过去曾是盐田的区域带来的财富与地理政治影响力，可能将使巴西跻身大国之林。

到了2010年，里约外海发现深海油田的消息公布后，已经让石油工业规模扩张，吸引外国企业前来。光是在2010年，高档写字楼的月租金就跃升了将近五成，使得里约成为美洲最昂贵的商办市场。美联社办公室所在的大楼里也有商业法律事务所和石油公司进驻。电梯里，我的身边常围绕着身穿同款蓝色西装的日本男子、高大的挪威人，或是挺着大肚腩的德州佬。

当我看到一个貌似北欧人的男子用一个装了轮子的越野滑雪板，在伊帕内马的自行车道上前进，就该知道我的海滩居家生活美梦恐怕难以成真。这些来客当然也想过那样的生活，而且他们手上多的是靠石油赚来的钱。随着许多人前来淘金，伊帕内马的租金在近几年也已经飙涨将近300%。我觉得好像有人夺走了我认识的那个巴西，将它推进爱丽斯梦游仙境里的兔子洞。谁都没有料到这种局面。

但我还是需要一个地方住。这次我会按部就班，不贸然决定，而是先了解市场。因此，我去找SECOVI里约分公司副总施耐德（Leonardo Schneider），这个全巴西最大的房地产联盟能提供各区域详尽的租金变动状况。

我们在他的办公室碰面，开门见山，先看呈现租金变化的图表。他指出，石油固然是影响因素，不过还有其他原因。2009年是转折点，当时里约获得奥运会主办城市的提名，新的贫民窟治安计划UPP也开始进行。

看着一张又一张图表，他画出里约各地的高租金变化。这变化从里约热门的南区开始。当卡里欧卡发现自己再也负担不起当地的房租时，便开始考虑北区的工人阶级区域；经过几十年空档，那里的新住宅大楼租金已经逐渐上涨。或是考虑西边如雨后春笋般冒出来的封闭式小区。

"以前，这些都是你在晚上不会踏进的区域。那里会碰上流弹、枪战、毒贩，对吧？"他说，"有些地段长期被弃置，几乎没有价值可言。后来，我们看到第一支 UPP 进驻博塔福古的圣玛尔塔贫民窟后的情况。买家等了一阵子，确定这计划是来真的，他们就会留下来。大约七八个月内，开始有人想搬到那一区，或租或买。不久后，市场上开始期待 UPP，价格甚至在警方进驻之前就开始上扬。"

我想到我姐姐和姐夫，他们家离圣玛尔塔不远。在 UPP 计划尚未成形之前，他们就在基督像下方买了两层楼的公寓顶楼。两年后，经过整修和 UPP 进驻后，那间房子的价格已上涨到当初购屋成本的将近 3 倍。伊帕内马和科帕卡巴纳上方的贫民窟也有 UPP，那个地区的轻微犯罪因而减少，不过房价和租金也随之提高。这是无法避免的。施耐德表示当中没有什么秘密可言。如果我想住在南区，靠近上班地点，就得多掏钱。

所以，我重新调整期望，打消房子坐拥海景的念头后，开始继续找房子。看过大约 40 间公寓之后，我发觉成本不是我唯一的问题。从分类广告上删掉几十间不适合的房子后，我发现我看到的公寓都是最糟糕的，这些地方都是留给我这种人——在当地人生地不熟的人的。

毕竟，卡里欧卡注重人际关系。重视个人的接触交谊，投入许多时间经营这些关系，往往将一件简单的事，例如在超市结账，变成长达 10 分钟的交易。这点实在令我抓狂，因为身为美国人的我讲求效率。可是，找房子的失败经验告诉我，这种闲聊可不是浪费时间；这些互动是积累社交资本的重要途径。少了友善的协助或实用的秘诀，你就会落得跟我一样，看了一间又一间的烂房子。

一个人拥有的传统资源（金钱或权力）愈少，这种网络似乎就愈显重要。我的问题在于没有足够的钱去雇用某位公寓达人，以一个月的房租金额请他运用他的人际网络帮我找房。我自己也没有相关的人脉。

不过我会着手改善这一点。我前往我想住的街上走动，跟门卫闲聊；他们整天坐在硬邦邦的椅子上，认真地管控人员出入，帮访客与居民开门。在20世纪80和90年代，卡里欧卡感觉治安变差了，于是"porteiro——门卫"开始相当普遍。

他们的薪水属于我所认为的巴西隐性生活成本：你付了两次的额外支出，先是缴税，然后再从口袋掏出自己的钱。警方无法确保你的安全，所以你住在设有24小时门卫的大楼，或有私人保安的高级公寓里；公立大学不但顶尖而且免费，但是公立高中教育无法让你的孩子通过大学入学考试，因此你只好花钱上私立学校；巴西宪法规定公民有权享受免费医疗服务，可是医院和诊所负担过重、经费不足，缺乏纱布或生理盐水等基本用品——所以如果可能，你只好花钱购买医疗保险。

就我的情况而言，门卫可以解决问题。最清楚每栋大楼生活状况的人莫过于这些人，他们通常是从贫穷的东北部来到南部工作的移民。就巴西对各地区的刻板印象而言，"nordestino——东北人"强悍、保守、勤奋、自立，和喜欢社交、生活悠闲的卡里欧卡形成强烈对比。到了第二、第三次，我走过自己想住的街道，向这些沉默寡言的门卫打探消息时，他们已经认得我，会对我点点头。只要稍微怂恿一下，他们就会透露谁要搬家、哪栋大楼比较划算，还有哪间是被闹离婚的夫妻在搬走时破坏的（之前我看过的那间墙壁湿漉漉的公寓，水龙头不翼而飞的原因也是门卫告诉我的）。

这就是我最后找到房子的方法。它是伊帕内马一栋有点破旧的70年代大楼，名叫超级巨星（Superstar），这名称显然毫无讽刺之意。我租的公寓位于二楼，还没有开始刊登出租广告。快速看过后，我就租下来了。

它的租金远超出我的预算，能清楚看到对面那对老夫妇的一举一动，甚至是紧邻小区主要公交车干道的十字路口。刺耳的刹车声和柴油引擎发动时的低沉隆隆声在混凝土墙上弹跳，传进我的卧室，飞入我的梦中。当狂欢节会进行时，音响将桑巴乐团游行时的响亮重低音和酒醉狂欢者的尖叫声送进我的客厅,我连在睡梦中都能跟着哼唱传统狂欢节进行曲。厨房门上有一个白蚁窝,已经在那里不受干扰地繁殖多年;门把一拧就掉在我手上。

后来我才发现一个问题:淋浴间内的窗户一打开就对着楼下餐厅的排烟管,而它专卖铁板料理——放在铸铁锅上滋滋作响的烤肉。接下来那一年,每次洗澡时,我都有一种讨厌的感觉,好像在用一块三分熟牛排当成肥皂涂抹身体。

这些问题在我入住后几个月内陆续现形。可是,第一次站在那个空荡荡的客厅时,我因为找到一间至少差强人意的房子,大大松了一口气,便兴奋地赶到中介办公室签约:我租了。

我想,找到公寓,困难的部分结束了,我终于可以专心为自己布置一个家,对吧?不,还差得远。

第七章

亲爱的，这说来复杂

如果找公寓是在里约生活的代价中所上的一课，那么签租约则带我见识了巴西的官僚作风——那是维持数百年的葡萄牙君主国的遗产，总是将最简单的业务困在惊人的繁文缛节当中。在街角小店买杯果汁至少牵涉到3个人——收银员、柜台人员，还有厨房里的另一个人，每个人都在这复杂的流程中扮演特定角色。那么，我凭什么认定签约会很简单呢？显然，我的美国心态比自己愿意承认的还更强烈。

我在办公室宣布自己找到房子，所以隔天会稍微迟到一点，因为我打算一大早去签约，此时，我们的秘书玛丽亚·何塞（Maria José，我们都叫她泽琪〔Zezé〕）意味深长地看了我一眼。当时我就该猜到，将会碰到一些挑战。泽琪在美联社的里约办公室待了30年，照顾一代又一代的特派记者，陪大家走过满怀天真热情，第一次为了稿件而争吵，以及最后消磨掉信心等种种过程。作曲家汤姆·裘宾最早指出"巴西不适合菜鸟"，不过，个头娇小的泽琪也有资格说这句话。

身高只有5英尺左右的她位居办公室前线，具有过人的耐心，能应付变化多端的新闻周期、外国管理阶层的疯狂要求，以及巴西乱到无以复加的各式表格与印章。在我飞奔出门、自信满满地认为会拿着合约回来时，她对我点点头，露出蒙娜丽莎般的微笑。当我隔天两手空空回到办公室时，她也在那里，以一贯的亲切态度和一小杯咖啡为我加油打气。

租屋中介公司需要看我的巴西身份证，而不是我在申请身份证时拿到的那张纸条。当然还要再加上收入证明和住所证明。我没有银行账户，需要有身份证才能开户，因此，除了旧的美国薪水支票之外，我无法证明自己的收入，但他们不接受这个理由。至于住所我当然没有。为了核查我的财务背景，他们要去年的所得税申报书以及12个月的银行流水，因为我的数据是英文的，他们需要由合格译者将文件全翻译成葡萄牙文，复印一式三份，而且每一页都得由公证人盖章。

　　传统的巴西租约还需要一名共同签署人，这个人必须在同一座城市拥有至少一处房产，并且愿意将其作为担保，以防违约。所以，租屋中介公司也要共同签署人的文件、他们的收入证明，以及所得税申报书——当然了，全部印成一式三份，并由公证人盖章。[1]

　　此时我已经快疯了。我以为那是一项很简单的任务，但每进行一个步骤——申请当地信用卡、申请医疗保险、签约——我都会发现还有一大堆小步骤需要先进行。我就像是陷入流沙，越是挣扎，就发现自己陷得越深。

　　这时候，泽琪看我可怜，请饭店柜台替我写信，并将饭店当成我的正式住所，也请一位她认识的银行经理帮我开户，再让我跟一个当地注册公证处的公证人联络，对方在我上班时间到办公室为我的文档盖章，而那似乎花了好几个小时。当我们搜集完资料，我满怀敬畏地盯着堆在眼前那叠厚达两英寸、盖过章、签了名的文件。那叠数据耗用的纸都能相当于一座城市公园的树木，盖的章数量之多，绝对能担保公证人的孙子们度过一个非常开心的圣诞节，而实际的合约甚至还不包括在内——当然，还是必须一式三份，由我本人、共同签署人，外加一名证人签名，然后再由公证人盖章。

　　直到多年后，我才有办法计算出这些注册公证处对巴西的影响力。虽

---

[1]　要求找共同签署人就是对外国人及外州的巴西人设下特别的障碍，因为他们不太可能在里约认识愿意为他们担保的房地产所有人。

然美国也有公证人,但如果将两者相提并论,你就大大低估了巴西注册公证处渗透与钳制该国商业的能耐。从跨国企业间的合约,到租公寓这类最简单的业务,注册公证处无所不包。根据管理注册公证处的国家司法委员会(National Justice Council)所做的调查,巴西13 803家注册公证处的年收入高达60亿美元。事实上,这一行实在太好赚,公证人的头衔长期以来都是父子相传,在制度上宛如封建继承。

我开始觉得,这种原地踏步的状态是在考验我定居里约的决心。任何人都能够到此一游,连续几个星期将脚趾头伸进沙子里度假。可是,在里约生活工作所需文件的迷阵里来回奔波,同时保持镇定,则需要另一个层次的坚定毅力。卡里欧卡似乎有超凡的功力,在面对低效率、无能或彻底冷漠时依然保持友善亲切的态度。他们也是走"*jeitinho*——旁门左道"的高手,这种圆滑机智让他们得以在不违反规定的情况下钻漏洞。这种能力从灌迷汤和称兄道弟开始,接着视个人作风与状况而定,范围最远可扩及优雅、低调又不犯法的贿赂行为。

如果学不会个中诀窍,反而脾气失控、诉诸权利、威胁起诉,那么你就无法将手机修好,或是确保价格比别处贵一倍的冰箱能送到家里。卡里欧卡重视人与人之间的热忱,愿意尽力避免对立,可是他们会说"*Meu amor*(我的爱),你少了一项文件,明天再来",或是"*Querida*(亲爱的),这很复杂",不断采取推托回避战术,摆出虚伪的亲切态度,直到你陷入绝望深渊——没有手机、冰箱可用,没有公寓可住。

我洗了将近1个月的冷水澡,才有煤气可用。新规定要求使用一种不同的煤气管,但租屋中介公司并没有告知,也就代表我有好几周时间让一群态度亲切,但无意赶工的工人跑来家里。好在搬进来很容易:我只有一只皮箱。我从旧金山运过来的家具和私人物品还滞留在港口。在夏日艳阳的烘烤下,它们一直摆在那里的一个金属货柜里,直到6个月后我用另一捆厚达两英寸、盖过章、签过名、也经过公证的文件将它们拯救出来。当然,全部一式三份。

站在新家里,手上拿着钥匙,我明白自己已经签了约,要支付2 000多美元的租金,租下一间空荡有回音的公寓,吃饭、睡觉、工作都将在一块单薄的露营睡垫上解决。不过,那感觉却像一场胜利。

每天早上我在沙滩上跑步,向两兄弟山的大花岗岩怀抱里奔去,接着再游泳回来,回过身观赏天上的朵朵白云串起又散落,心中充满快乐的感受,我知道这样是对的。尽管里约高温慑人,公寓街区丑陋,车辆的喇叭与引擎声嘈杂,通勤车阵极为漫长,但从远方眺望,这座城市再度变美,成为衬着绿色背景的一长条明亮建筑带,成为我心目中未来的理想家园。

就在我努力安顿下来之际,却也发现自己的问题一点也不特殊。官僚作风与龟速的公务系统构成了一个瓶颈,即使在这经济蓬勃发展的时期也阻碍了所有交易,拖累成长的步伐。2010年,在巴西成立一家公司需要13项程序,如果一切顺利,文件备齐,平均耗时119天。根据世界银行的资料,这在美国只需5天,在印度和俄罗斯则要29天。根据某产业团体所做的一项调查显示,这种官僚作风造成极大的负担,一年让巴西损失大约260亿美元。

事情还没完。一旦公司成立,开始营运,又得面对所谓的"Custo Brasil——巴西成本"(投资人用来指称在巴西经商的隐性成本)中的另一个项目。那就是错综复杂的税务制度。

巴西的税务负担堪称全球最重。过去30年,税收占国内生产总值的比例从22%增加到了36%,与英、德等国并驾齐驱。美国的占比是25%。除此之外,巴西税法极为复杂,因此企业必须聘用一批专家,平均一年花费2 600小时来处理税务问题,这造成巴西在普华永道会计事务所(PricewaterhouseCoopers)、世界银行与国际金融公司(International Finance Corporation)对185国所统计的排名中垫底。光是这一点便足以让投资者却步。

不过,里约实在太热门了,大家似乎还是兴致勃勃。新的画廊、酒吧、餐厅和精品店如雨后春笋般出现。在市中心,老旧的妓院改装成五星级饭店。

伊帕内马和莱布隆出现了不少新的娱乐场所，迎合日益增加的外来移民，以及近来经常旅游的卡里欧卡——他们从国外观光回来，喜欢尝试自己在国外看过的新鲜玩意儿。

这些新店中，有一个引起了我的注意——我找到公寓之后不久，在伊帕内马发现的一家小型墨西哥餐馆。它风格独具，木镶板有棱有角，几张桌子摆到了马赛克人行道上。我第一次进去时点了墨西哥卷饼和玛格莉特鸡尾酒，老板还过来跟我聊天。阿丽卡（Aglika）拥有衬托出雪白肤色的一头黑发，五官如彩绘娃娃般精致，水汪汪的双眼仿佛会说话。

她说，玻璃杯边缘的盐来自喜马拉雅山。后来我还发现，卷饼皮来自德州，辣椒则是由她在墨西哥的婆婆装在鞋盒里，寄来给她的主厨老公米格尔（Miguel）。纽约人对于这种费心寻找材料的做法并不陌生，可是这在里约却是相当罕见的做法。这家餐馆对面有一家以秤重计价的餐厅，它跟其他许多类似的餐厅一样，供应米饭、豆子、蔬菜和肉类；隔壁则是一家巴西式快餐店，供应各种传统果汁、冰马黛茶，以及耐嚼的"*pão de queijo*——干酪面包"。

米格尔在美国时是个厨师，身材娇小的阿丽卡则是钢琴家，以充满爆发力的演奏风格广受好评。米格尔来自墨西哥，阿丽卡则是保加利亚人。他们在芝加哥相遇，也在那座欣赏他们才华的城市里过着令人艳羡的生活：她在大学教音乐，他则在一家知名餐厅工作。

可是两人的许多计划却因为一件事而中断。米格尔和许许多多前往美国的移民一样，满怀理想，却没有工作许可。了解他能力的人并没有怀疑他的身份。但是每当阿丽卡和米格尔考虑该采取什么行动，或是他想开一家自己的餐厅时，这件事就成了绊脚石。

他们在美国能用阿丽卡的名义开餐厅，可是那样会……米格尔顿了一下，想着该用什么字眼形容。繁忙的午餐时间过后，我们坐在餐厅里。厨房忙得差不多了，所以他可以休息一下。英语是他的第二语言，如今葡萄牙语则成了第三语言。我们的对话穿插着这两种语言和西班牙语，四周的客人也一样。

"令人沮丧?"我问道,他说是。"对,令人沮丧。"但不只沮丧而已。我写过关于美国移民问题的报道,看过太多人原本应该展开新的生活,却因为缺少工作许可而画下句号。没有工作许可卡让他的梦想也是任何厨师的梦想——开一家自己的餐厅——戛然而止。

某天晚上,芝加哥刮起当地特有的那种暴风雪,他们俩蜷缩在沙发上讨论自己有哪些选择。他们的困境有一个解决办法:离开美国,搬到一个气候温暖、前景看好的地方,开一家自己的餐厅。他们最先想到的是西班牙,但阿丽卡的哥哥人在里约,出租含家具的公寓给外国人,日子过得还不错。他愿意成为餐厅合伙人,也贡献一些自己对于地段和经商的相关经验。

巴西有宽厚的移民政策,欢迎那些带着现金前来的人。只要投资30万美元,任何人都能取得签证,展开新生活。然而,因为这儿是巴西,光是取得签证就花了米格尔四个月,不断前往巴西驻墨西哥领事馆——"还要一份文件,亲爱的,还要一份副本,下个星期再来"——有一次他还坐在那里不肯离开,除非领事给他所需的最后一个签名。不过,米格尔最后还是取得了签证,在2010年10月来到里约。来年1月,他们就在距离伊帕内马海滩两个街区的地方开了阿兹特卡餐馆,及时赶在狂欢节期间大捞一笔。

米格尔可以将他的创意发挥在正统的墨西哥料理上,把家乡阿卡普科(Acapulco)的美味引进里约。美丽的阿丽卡穿梭在葡萄牙石人行道上的几张餐桌间,招呼顾客。这家不起眼的小餐馆大为热门,但消费并不便宜,一个三明治要价大约15美元,不过在这个新里约,没有什么消费是便宜的。在大多数的夜晚,温暖的微风中混杂着各种不同语言的闲聊声。观光客、卡里欧卡,以及愈来愈多对巴西有兴趣的各国记者齐聚在此,享受美食、互相交谈,观看形形色色的行人。

当然,他们也面临阻碍。米格尔习惯在全有机食材餐厅工作,阿丽卡也十分注重健康,可是他们在里约得被迫接受这样的现实:有机蔬菜的价格至少是普通或有机鸡肉的两三倍。至于其他肉类,有时候虽买得到有机猪肉，但来源不太可靠，他们只好放弃。

米格尔说，适应社会方面并不困难。"我们的文化非常类似，墨西哥和巴西……两边有非常相近的传统，都属于轻松的生活态度。"困难之处在于工作，他说。货物通常是依照"巴西时间"送达，也就是或许在这一周，也或许在下一周，而且极少会打电话预先告知。他用过几十名员工后才找到可靠的服务生和厨房助手。

"你知道吗，我习惯和专业人士合作。这是最困难的地方。"他谈到员工旷工、鸡肉迟送，或是供货商没有他订购的鸡肉部位，便直接送来还有货的部位。"以前我以为可能因为我们是外国人，才会受到差别待遇，可是并非如此，大家都这样。或许是工作态度太放松了。"

这家餐厅的房租高、空间小，菜单上仅供应墨西哥卷饼、墨西哥三明治以及墨西哥玉米饼。不过他们知道自己找到了一个商机，而卡里欧卡对他们料理的接受度也很高。在我安顿好自己的同时，他们也稳定下来。巴西的新企业中有四成左右会在两年内倒闭，被沉重的法律、税赋与公文手续的重担压垮。不过在搬家后将近 3 年，他们生了第 2 个孩子，家里墨西哥、保加利亚、美国的组合多了一个卡里欧卡；他们也打算扩大营业规模，开一家设有真正厨房的精致餐厅，进一步加大对里约的投资。

我在伊帕内马看到这种机会与成本争相飙高的情形，不禁好奇整个里约是否同样如此。我尤其想知道，对于生活在里约贫民窟里的家庭来说，这一切意味着什么。

这些非正式的聚集区是许多家庭唯一的选择。即使在先前十年的经济繁荣时期，里约贫民窟人口的发展速度也比全市整体来得快。在这疯狂的房地产市场中，那些卡里欧卡如何面对？经济上更广层面的改变——生活成本上涨，以及阿丽卡和米格尔注意到的美好愿景，里约最贫穷的居民是否感同身受？

我决定从圣玛尔塔开始。它是第一个设置 UPP 的社区，如今也成为示范贫民窟，作为展示给重要访客看的转型范例。流行歌手麦当娜曾经来访，而且由州长本人亲自陪同。另一位美国歌手艾莉西亚·凯斯（Alicia Keys）也来过。这个社区能让我了解贫穷的劳动阶级在迅速成长的经济中如何自处，也能让我得知那项新治安计划对日常生活造成何种影响。

从美联社办公室搭出租车来到圣玛尔塔，约莫十分钟路程。我下车后过街。平顶楼房叠在令人晕眩的山坡前，看起来有如荷兰画家蒙德里安（Mondrian）的画作，呈现几何抽象风格。这是一座小型贫民窟，右边有缆车线送居民到山顶上，左边则是一道将近三米高的砖墙。山顶上是UPP的基地。

我穿过繁忙的街道，经过宣传当地的导游带领的小区导览行程的摊位，开始沿着马雷科法兰切斯科摩拉街（Rua Marechal Francisco de Moura）上山，这条街是贫民窟与市区的交界。一栋极为简单的建筑物窗上挂着"出售"的牌子，让我停下了脚步。我立刻打电话询问，对方开价115 000美元。这里的房地产价格似乎也超出正常范围。以这个价格在全美各地的小镇都能找到有模有样的住宅，而且附带草坪和车库。在里约，这只能让你在贫民窟底部买到一间基本的两房公寓，放眼望去是一条终年堵塞的道路和身背半自动武器的警察。

通往山上的道路铺了柏油，宽度足供一辆汽车通行。路肩上挤满了临时摊贩，贩卖手机充电器、炸猪肉馅饼、蕾丝内衣。有一块政府机构的广告牌，上面宣传着水电与金属加工的职业训练课程。再往上走，一辆没了轮子的拖车改装成的运动酒吧里，超大电视上正播着足球赛，客人坐在塑料桌子旁观赏，桌上散落着空酒瓶。他们的目光跟着我移动，却一副毫无兴致的模样，近来游客已经不能引起当地人的好奇心了。

我走上房子之间的狭窄街巷。这些房子加盖到两三层，有时甚至高达四层。没多久，我就闻到令人作呕的水沟味，看见灰色脏水在开放的水沟里往下冲。头顶上，一捆捆相互缠绕、比男人手臂还粗的缆线，将偷接的电力和有线电视信号送上山。水管同样凌乱不堪，塑料管在各种障碍物间上下穿梭，将水送进架在狭小房屋顶上的沉重水塔。

那些水塔的颜色或蓝或棕，几乎全是 Eternit 这个品牌，它们是用来预防输水不稳定的设施。我试着念出这个名称，用卡里欧卡的斯斯发音法来念，也就是把 t 和 d 变成轻柔的摩擦音——伊特尼奇。它们多不胜数，放眼望去没有尽头。那些拥挤、密集的住宅是慢慢搭建而成的，民众先盖一个房间，有钱之后再买砖块增建另一个房间。房子外面可看到奇特走线的外部管线，从朋友的朋友家里接来的杂乱电线，不管警方进驻后带来什么改变，许多事情依旧一如往昔。居民还是仰赖自己的巧思、自己东拼西凑的资源，以及靠自己的人脉网络来获取生活所需，就连基本设施也不例外。

我最后来到一小块四周围绕着商家的空地。这里离街道不远，有十分坚固的民宅；这些住宅盖得还不错，装有玻璃铝窗，房子外则立着空调主机。一对荷兰艺术家将这些房子漆上棒棒糖般的颜色——亮橘、鲜绿、艳蓝。没错，看起来比下雨时会变黑的朴素水泥灰色来得好，不过我觉得这也让这个地方散发出一种游乐园般的人工欢乐感。

在那个星期五下午，公共广场上开始洋溢起周末的轻松节奏。青少年在广场中间的一张桌子上打乒乓球，年纪较小的男孩在外围追逐足球，球也在乒乓球桌的桌脚间滚动。一个矮小的孩子在屋顶上放风筝，风筝比他瘦到皮包骨的身躯还要宽。孩子玩耍的声音，流浪狗不时的吠叫声，不见踪影的公鸡从高处传来的啼声，远方音响的喧闹声，累了一天、拎着晚餐食材的妇女踩着人字拖的噼啪声，让人感受到一种舒适惬意、鸡犬相闻的小镇风情。

广场边有一间状似洞穴的大厅，大门面对着广场，这是圣玛尔塔桑巴团体的聚集地。一群喋喋不休的人从大厅里涌出，打破了这片祥和。我挤到前面，看见几十名成年人拿着他们的初中和高中毕业证。UPP 进驻圣玛尔塔之后，州政府实施了一项教育计划，这是它的第一届毕业典礼。

一名州政府官员谈到这类社区长期被忽视，也谈到社会对它们的亏欠，不过我听不太清楚。现场的音响转到最大声，迈克尔·杰克逊歌曲的声音变得尖细而扭曲："如果他们问为什么，为什么？告诉他们这是人性……"现场的女性尽情跟着唱，只是与原歌词或英语完全不搭。政府在圣玛尔塔开课，由居民协助经营，上课时间是在上班前或下班后。这对当母亲的居民来说具有强烈的吸引力，她们得在工作与带孩子之余挤出时间上课，卡蒂亚·卡斯特罗（Kátia Castro）就是如此。简单的仪式结束后，她拿着装在塑料杯内的瓜拉纳汽水（Guaraná），露出灿烂笑容，同时将她的三岁孩子抱在腰间，随着音乐摇摆。

以下是她的故事，不过有几处细节我稍做过修改，这可能也是那天下午现场许多妇女的故事。出身圣玛尔塔的卡蒂亚打从 14 岁就开始工作，靠为人打扫赚取比最低工资还微薄的收入。接着，孩子出生、账单上门、老公离开，然后是更多账单、更多工作……事情多到压得她喘不过气。她始终没有机会重返校园。即使到现在，她还是不知道取得这个学历做什么——找工作，但要找什么工作？她也不确定。她那灿烂的笑容有一瞬间黯淡下来。音乐暂停。喇叭传出一首经典卡里欧卡放克歌曲的低音旋律。卡蒂亚抛开这些沉重的问题，一起跟着唱："我只要快乐，平静地走在我出生的贫民窟里……"

齐多·卡莫（Zé do Carmo）在他的理发店里也感受到这股热闹气氛。这家店位于广场上的繁华地段，后方是背墙，居高临下，能看到广场上的所有动静，以及从街巷爬上来的人。当圣玛尔塔还落在红色指令手中时，卡莫的常客包括这个黑帮的打手和瘾君子，他们会来这儿打理自己，花 5 美元修剪头发。他只要求毒贩别在理发店附近亮家伙，这样会吓跑客人。

最重要的是，全名何塞·多卡莫·多司桑托斯（José do Carmo dos Santos）的齐多·卡莫是个生意人。

当我说我想谈谈圣玛尔塔的经济时，他指向理发店入口旁的一堆空啤酒箱。

"坐下，坐下！"他边说边打开理发椅后头的冰箱。"要喝啤酒、可乐，还是冰水？"

和许多贫民窟居民一样，卡莫也来自东北部，老家在塞阿腊州（Ceará）。家人在他两岁时迁居到圣玛尔塔。12岁时，他开始当快递小哥，后来在中学时期辍学，不过一边上班也一边学习技能，工作换了一个又一个，直到当上一个法国服饰店的经理。1996年，他开了自己的理发店。

此后，他的业绩扶摇直上，表现极为亮眼，一名报纸专栏作家还封他为"圣玛尔塔版的埃克"。埃克·巴蒂斯塔（Eike Batista）是巴西知名的亿万富豪，特立独行的他旗下所有公司的名称中都有一个x，他说这象征他们赚钱的能力。埃克当时是巴西首富，在全球排名也高居第8。这位理发师认为这个比喻是好兆头。埃克以喜欢找占星家算命著称，卡莫同样相当迷信，身上随时穿着至少一件黄色的衣物，希望能招财。他不肯透露自己的月收入，以免招来邪恶的"olho gordo——嫉妒眼光"。不过，他说自己要是真有钱，应该待在沙滩上才对。

"我还要剪很多人的头发。"他笑着说，笑容让他的棕色脸庞仿佛裂了开来，宛如铅笔画出来的一小撮胡须尾巴也跟着上扬。

UPP和里约运气好转对卡莫都有好处。他很乐意举几个例子：他已经将自己在这山丘上的6间房子租金调高了将近一倍，达到300美元。理发店生意兴隆时，他一个月可净赚超过2 500美元；此外，他太太经营的沙龙就在几百米外。贫民窟里大多数商人的生活与工作都在台面下进行，以避开繁杂的行政手续和税金，但他不一样，他已经将事业合法化，而且乖乖纳税。

"营业状况很好，而且逐渐改善。我们用一种我从没见过的方式与这座城市融为一体。以前我的顾客里有不少瘾君子，可是现在甚至有来这小区参观的观光客，趁机享受以低价剪个头发。"

一名常客走了进来。卡莫边继续聊天，边在客人短到近乎平头的头上剪出看似赛车道的发型。那个年轻人淡褐色的眼睛不悦地瞪着我，不希望他的理发师分心。

我离开理发店，让卡莫专心工作。在广场上走一圈，就会发现其他商家也决定将游走在法律边缘的生意合法化。圣玛尔塔商业协会的会长安德蕾亚·罗伯特（Andréia Roberto）在工作一天后喝着啤酒，她也倒了一杯给我，同时指出合法化的好处：比方说，如果你打电话叫一卡车啤酒，那家公司就必须送货到你店里。他们不能像过去那样，直接把货丢在山脚下的贫民窟入口，因为以前他们知道本地人不能抱怨。几米外的那家杂货店接受信用卡，只有向州政府登记的店家才能这么做。

不过安德蕾亚的先生可不这么想。他在广场上经营一家小酒吧，自从向州政府登记后，他收到许多账单，也见识到了官僚作风，但新顾客数量却不足以弥补新增支出。他说，现在他得付电费，于是只好停用店内一台冰箱，可是他还是得面对停电的问题。他告诉我，你可以抱怨，但这不代表他们会来修理。这只代表你得付钱。

往山上远眺一番，便能明显看出这种新富现象并没有平均扩散出去。在广场上方，从一道水泥阶梯走上去，再朝圣玛尔塔深处走去，那里的住宅更为简陋。最上头有一些以木头和铁皮拼搭而成的破烂房屋，屋顶和墙壁上还加了塑料布防雨。一路上，房屋间的街巷狭窄弯曲，构成非常严重的交通瓶颈，只容车辆单向通行。这个迷魂阵里的空气炎热、停滞、弥漫着浓重的油炸大蒜、清洁剂和水沟气味。我在某个转弯处附近看见一名体形庞大的妇女坐在她淡黄色房子外面的阶梯上休息。她家是一楼，最靠近光滑的花岗岩，屋里只透出电视机闪烁的蓝光。她和6个小孩一起睡的那个房间没有窗户。

她名叫蕾德玛·巴雷托（Leidemar Barreto），在山丘上长大，对警方进驻非常欢迎。她说，只要是有小孩的人都会乐见威胁街坊的瘾君子少一点，亮武器的男人少一点。可是她没料想到这件事：暴力其实让贫民窟的房租不至于出现惊人的涨势。自从UPP进驻后，她的房子月租金在过去两年上涨了一倍，要价180美元，占去她在家贩卖女性贴身衣物收入的一半。

在她说话的同时，她6岁的孩子从昏暗的房间里跑出来，冲向阳光，然后消失在水泥阶梯下。她伸腿卡在门口，用穿着人字拖的脚在夹板上这里踏踏,那里踩踩,也在支撑地板的横木周围踏一踏。湿气让木头软化,有些地方都烂掉了;她非常担心孩子跑进跑出,一不小心就会受伤。

"我想离开,但是能到哪里去?"她问道。她的顾客、小孩的学校、月底手头紧时伸出援手的朋友、她开口就能赊账的商店……这些都在圣玛尔塔。每个角落都有不同的故事,每张脸孔都那么熟悉。蕾德玛没有住过其他地方,也无法想象远离这个拥挤中心的生活。

在我眼中,蕾德玛的家庭和她的小区正好象征了新巴西的矛盾。

让蕾德玛活下去的那块浮木,是"家庭钱包"这个巴西的大型扶贫计划。这个计划广受欢迎的程度,也帮助罗赛夫登上了巴西总统大位。于是罗赛夫后来将适用范围扩大4倍,到了2013年已有将近5 000万人受益,整整是全国人口的四分之一。虽然巴西仍是世界上贫富差距最严重的国家之一,不过这样的计划搭配过去十年来的经济稳定与实质成长,已经让巴西的贫富差距降至50年来的新低。

这一点在圣玛尔塔就可看得出来。曾经等同于赤贫以及毫无机会的贫民窟,如今却住着一批新中产阶级。2012年针对里约1000处最大型贫民窟所做的调查显示,66%的居民已经正式晋身新中产阶层,每个月收入大约在500至2 050美元之间。[1]

齐多·卡莫的成功在邻里之间相当突出,但领先幅度并不大。虽然他并未透露全部收入,但他所透露的信息就足以让人判定他属于高收入的那13%贫民窟居民。这些人已经登上较高收入阶层,月收入超过2 050美元。10年前,住在贫民窟里的人只有1%属于这个范围。

圣玛尔塔有免费的Wi-Fi,将近一半的家庭有电脑。手机在小区中随处可见,信用卡也很普遍。一半的家庭已经替换掉笨重的老旧电视,改看轻薄的平面电视,装设有线电视的家庭也有三分之一。简言之,许多人都

---

[1] 不同的组织对于巴西中产阶级的定义有不同的标准。此处是联邦政府所采用的定义。

拥有全球中产阶级常用的物品。

拥有这些东西着实令人自豪。电脑与手机的普及也显示这种新中产阶级的另一个特色：四分之三的人受教育程度优于自己的父母，而且几乎所有人都与其他人往来得更为密切。但是，这次造访也发现了纯粹从经济角度来定义阶级所造成的明显缺陷。首先是衡量标准的问题。巴西的社会经济地位分级系统分为 A、B、C、D、E 五级，位于中间的 C 级是指月薪最低 500 美元的人。改变标准，判定收入在那个水平的人不再贫穷，而是属于名为"中产阶级"的类别，其实并不会让他们在超市工作的薪水有所增长。不过，我们先撇开数字不谈。

中产阶级的财务定义或许描述了重要的物质变化，但却遗漏了中产阶级生活的某些关键层面。那个拥有第一支 UPP 进驻的社区成为一个模范，而且获得不少不寻常的服务。可是内部居民依然缺乏重要的生活所需，像是安全、规律的电力、用水及卫生设施，更遑论高质量的教育与交通。

这意味什么？饥饿的问题不如我 21 年前住在里约时那么明显可见。4 岁小孩在红绿灯前乞讨的那种怵目惊心的景象，在这个新里约已不多见。这一点极为重要，这是巴西最具体的成就之一。

可是无论统计数据怎么说，对于里约传统中产阶级的成员，以及许多圣玛尔塔的居民来说，这座贫民窟的居民依然贫穷，因为他们缺少中产阶级的生活质量。圣玛尔塔并非特例。它的情况在整个里约和巴西各地处处可见。掀开光鲜的物质表面，老旧的阶级划分仍旧没有改变。

第八章

自救

我在办公室里逗留,利用天黑后的平静时刻处理付款手续,一边听着晚间新闻。那是 2011 年 1 月,在我回到里约后的那几个月,这座城市已经深深陷入湿热的南半球夏季。就连墙壁也像在流汗。窗外,倾盆大雨疯狂落下,模糊了海湾和甜面包山,也让楼下的街道变成一条由红色尾灯构成的拥挤车河。

新闻主播的声音透露出惊慌的语气,我抬头望向在角落闪烁着的电视。里约北边大约 80 公里处的山区出事了。暴雨造成那个崎岖山区的坡地松动,有些区域完全被泥石流淹没。意外来得非常快,目前确认已有数十人罹难,失踪人数更多。

天气晴朗时,从里约便能看到管风琴山(Serra dos Orgãos)崎岖的山峰。它们锯齿状的轮廓矗立在海湾后方,高达 2 000 多米,山顶是极为陡峭的地形构造,就像"Dedo de Deus——上帝之指",它是一根细长的花岗岩柱,周围绕着从海上飘来的云朵。这些上面布满沟槽的尖峰,让这片山脉有了管风琴山这个名字。长久以来,山上的凉爽气候总是吸引卡里欧卡到此躲避平地的炎热。当巴西在 19 世纪隶属葡萄牙帝国时,王室会到山上高处避暑,德国与瑞士移民则定居在这里的苍翠山谷中,在看似永远等着降雪的斜顶小屋里留下他们的踪迹。如今,里约的有钱人会到这里度周末,此地温和的气候也有助于农场生产,底下城市的蔬果几乎全由这些农场供应。

这座山脉也是里约热内卢州高低起伏的地形和独特贫富差距的极端表现。那里的城市迅速大幅发展，但并未依照原本的规划，而是循着自然环境顺势建成：高楼在山脉前拔地而起，道路绕着湖泊和小山丘蜿蜒而行，混凝土建筑物从湿地沼泽上冒出来。定居点几十年来不断成长，几乎没有长期规划可言，而且往往缺乏基础建设，对安全或环境的监控同样付之阙如。结果，住宅开发计划紧挨着河岸、登上裸露的山坡、侵入泛滥平原。

这是人工建设与大自然形成危险平衡的一块土地。此外，热带的无情阳光再加上惊人降雨，同样也让此处成为一个兼具壮观与致命特质的区域。在夏季，大片乌云可能集结罩顶，降雨瞬间造成街道淹水，速度之快跟在街角酒吧里灌下一小杯咖啡奇诺*的时间差不多。我经常见到下雨才15分钟，雨水就多到冲进地下的雨水排放系统，又如强力喷泉般涌出下水道，抬起沉重的金属下水道盖，让盖子在离地超过1英尺的地方不断抖动。那样的暴风雨可以将塞满垃圾的小溪变成严重溃堤的水坝，将裸露的山坡化为泥石流。这种灾难几乎每年夏天都会出现。

在前一年，也就是2010年，暴雨曾经重创里约州。树木被连根拔起，连带扯断电线，河水泛滥上岸，在柏油路上冲出坑洞，导致巴西大道在高峰期淹水，司机只好弃车逃命。消防队不得不出动橡皮艇援救受困人员。格兰德岛的安格拉杜斯雷斯度假中心（Angra dos Reis）和瓜纳巴拉湾对面的尼泰罗伊市也发生泥石流，造成当年死亡人数多达300多人。

这就是为什么那个一月晚上拍打着我办公室窗户的那种豪雨，会让卡里欧卡紧张万分。我的父母在山上有一间房子，我了解那个地区，也非常了解房子愈近郊区就愈简陋。最夸张的就是直接盖在花岗岩床或表土上，没有地基的手砌砖墙。

窗外，阵阵闪电仿佛喷张的血管，穿过沉重的暴雨云。雨势更大了。

---

* *Cafezinho*，一种巴西式浓缩咖啡。——编者注

我调高电视音量，想从在缝隙间呼啸、让玻璃吱吱作响的风声间听到新闻。我也打了几通电话，企图确认灾害的严重程度，同时发出一篇短稿。每打一通电话，消息就愈恐怖。死亡人数急速攀升，我尽快采用新数据更新文章。整座山脉似乎开始崩溃了。

到了晚上9点，新闻已经从悲剧转为灾难。一连串的大型山崩造成将近两百人罹难，数百人失踪。我必须上山，可是当时天色太暗，开车也太危险，只好隔天一早才离开。

我在清晨5点钟上路，同行的有摄影记者菲利浦和美联社资深摄影师马里奥·罗邦（Mário Lobão），由已经成为摄像团队一员的出租车司机迪亚莱·罗德里格斯（Diarlei Rodrigues）载我们过去。倾盆大雨遮挡了车外景象，盖过每道声音。在那个诡异而单调的地区缓慢行进不到一个半小时，我们抵达以葡萄牙皇后之名命名的特雷索波利斯（Teresópolis，特莉萨之城）。而以那位皇帝佩德罗（Dom Pedro）之名命名的佩特罗波利斯（Petrópolis）同样严重受损。

我们将车子停在尽可能靠近山坡坍塌的地方，然后火速走过去，迎面而来的都是正要逃离的住户，他们把能带的家当都带在身上：湿透的枕头、用塑料袋包起来的音响，还有装着相簿、衣物及鞋子的超市购物袋。经过我老家的那条鹅卵石路已经被冲毁，原本黑色石头所在的位置如今成了深邃的泥坑。我们边走边工作，在雨中访问不断涌下山的生还者。我们几乎花了一上午才抵达一座崩塌山丘的山脚下，然而这段路程顶多3 000米。

在城市边缘，一座座山坡整个崩塌，将小区变成不断滑动的墓园。留下来的庞大土沟看起来就像一道开放的伤口，继续吐出黏稠的红泥。

我们决定分头前进。菲利浦和我想往前挺进，寻找受困的生还者，看看现场有哪些救援工作正在进行。不过摄影机让马里奥行动受限，他和罗德里格斯当天就留在山坡底下。菲利浦和我挑了一座已被挖空的山坡，抓着树干和树根努力攀爬，沿着泛滥的溪流前进。溪水已经冲走了溪上的桥梁和许多沿岸民宅。

这条惨遭蹂躏的路线两边，有像玩具般翻覆的轿车与卡车，几栋建筑物被突如其来的强大洪水劈开，半间完整的客厅或浴室的残骸因而暴露在外，看来相当突兀。在不断翻搅的水流中，出现家庭生活残存的物品——塑料水管、床单、塑料水桶、餐桌碎片、床垫、泰迪熊、碎砖块、碎玻璃，还有一张装在塑料相框内的全家福照片。

泥巴里也有尸体。他们有时被压成无以名状的东西，就像有一具躯干的衣物被水冲走，体内的骨头被压碎、刺穿皮肤；有时候则明显看得出是人——一只做过美甲的手从烂泥巴里伸出，或是一个男人的脸定格在睁大双眼的惊恐表情，口中和鼻内满是泥巴。

工作一小时又一小时地进行下去，温暖的雨水持续猛烈冲击着湿透的土地，我们试着估计遭破坏的程度，采访生还者的损失有多严重。阴郁的天空非常贴近地面，一大片沉重的低云笼罩在头顶上。泥流旁的浓密森林在暴风雨的吹袭下起伏波动，给人一种大地正在喘息的感觉。

吓坏的人们蜷缩在尚未倒塌的房子里，不知所措，而狂暴的红色河水就在几米外疾速奔腾。小型砖造民宅周围的松动土壤逐渐流失，危机毫无解除的迹象。当时看不到政府的救援行动，他们过了好几天后才出现在现场：雨雾遮掩了崎岖山峰，使得直升机无法靠近。政府后来辩称，因为当地形太过崎岖难行，无法进行安全的救援行动。

在州政府缺席的情况下，民众开始自力救济。我看着他们挖出罹难的家人，用临时轮床搬运遗体。一个父亲将他12岁儿子的遗体放进一台被泥巴托起的冰箱里，以免被流浪狗叼走，然后转头再去寻找另外3个孩子和他的妻子。他把家人的照片放进塑料文件夹里，给每一个路过的人看；他问别人是否见过他失踪的家人，期望有人已经逃了出来。一位蓝色眼睛湿湿的老先生坐在圆木上，不在乎雨水喷溅在脸上，流过他灰白的胡渣。湿透的T恤黏在他削瘦结实的身上。他已失去了所有家人，住在3间相邻屋子里的13人全数罹难。老人不肯离开家人躺着的那块地。他说，他无计可施，只能坐在他们身边。他一双厚实的大手无助地搁在膝盖上，那是一双务农的手，像根被拔除的树，关节上长了许多节瘤，因为沾满泥巴而显得暗沉。

菲利浦和我在傍晚走回市区时，我们与排成长长队伍、浑身沾满泥巴的可怜灾民擦身而过。他们举步维艰地往回走，穿着人字拖在湿滑的淤泥中穿梭，避开尖锐的金属片和碎瓷砖。手上缠着装满食物和饮水的超市塑料袋，准备带给老人、小孩，或是伤势严重、无法走路的生还者。

我们从车上发出报道和视频后，再去寻找当地的墓地。夜已降临，当我们找到墓地时，雨还在下。赭色土壤被暴雨翻搅开来，敞开的坟墓处处可见。地上那些坑洞非常恐怖，就像100个在土里张开的嘴巴，周围湿黏的泥巴在我们走过时紧紧吸住我们的鞋子。

挖掘者工作时戴着口罩，以阻绝恶臭。停尸间才几个小时就已爆满，尸体必须尽速掩埋。夏天的炎热很快就会影响湿透的遗体。死者的家人围绕在刚埋好的坟冢旁，坟上插着未经加工的松木制成的简易十字架。

在雨中，有一家人将一具小型棺材放入地上潮湿的坑里。我走向他们，希望再报道一个故事，将这次惨剧带给从未听过特雷索波利斯这个地方的读者。有一个男人是这个即将入土的孩子的叔叔，他静静地站着，眼中没有泪水。他拿一张小男孩的照片给我看，那孩子还不满3岁。一名可能是孩子母亲或姑姑的女子，拿着一台有黑色大轮子的蓝色塑料卡车。在我身后，另一块墓地旁有人跪着哭喊亲人的名字："麦孔！麦孔！"

我开始觉得身体不适。到这时为止，我都专注在工作上，好克制住自己的情绪：采访、搜集资料，然后再出去采访。可是，这样的过程经历了14个小时后，我崩溃了。离开那一家人后，我快速走过那位号啕大哭的母亲身旁，此时她企图跳进儿子的坟坑里，口中仍然呼喊着孩子的名字。到达墓地边缘时我跑了起来，接着发现罗德里格斯的出租车。车上没有人。我打开车门，躲进后座。那个3岁小男孩的面孔停留在我脑海里，他跟我侄子差不多年纪。这些人说的是葡萄牙语，我大半辈子只跟家人说的那种语言。他们的痛苦我能感同身受。那一天首次独处的我捶打着前面的座椅，痛哭失声。那不只是哭泣，感觉上更像呕吐。我再也压抑不住当天经历的一切的悲痛。

当天色暗到无法继续拍摄时，采访团队回到车上。摄影师的眼神露出挖苦的神色。他做这种工作时的年纪几乎跟我差不多，因此始终将个人情绪排除在外。我们驱车离开时，他模仿起墓地里的那一幕，一开始就学我冲到车上的模样。从那时候起，只要我的情绪明显出现波动迹象，这些男生就会偷笑，然后高声大喊："麦孔！麦孔！"

我没再哭过，但是随后的6天，我对救援行动缺乏效率的不满情绪却逐渐升高。这场灾难最严重的情况是发生在1月11与12日。直到1月15日，我才在一处惨遭踩躏的河岸上看到第一个州政府的代表，那是一名国防兵。现场的房屋早在几天前就已被夷平。他身穿干净的军服，胸前背着步枪，仿佛一座矗立在混乱之海当中秩序井然的平静孤岛。我停下脚步。

"你在这里做什么？"

"我们今天的任务是防范抢劫。"

放眼望去，眼前连一栋完整的房子都没有。附近有一列男女带着装在塑料袋内的物资，步履蹒跚地往山上走，低着头，没瞧这位士兵一眼。

我每天行走好几公里，希望能了解灾难损害的程度，不过只见到几十处山崩。那一周的周末，暴雨减缓成间歇性阵雨，浓雾也散了，救援人员开始大批出现，我央求他们让我搭直升机。至此，我才明白情况有多严重。上千处山坡满目疮痍，河流改道，道路受损，桥梁被冲毁。这些山崩有许多都发生在与外界隔绝的区域，里面的民众受困多日，他们自行分配食物，祈祷能得到救援。

我探问那些接受访问的人，心想，他们必定对于政府未伸出援手同感愤怒。许多人蒙受了我无法揣度的损失——他们的整个家庭、住宅、邻居都已消失不见。然而我听到的回答却令我困惑，"我们的命运掌握在上帝手中，"他们耸耸肩说，同时再次将湿塑料袋的提把绕在手上，"Deus dará——上帝会赐予。"

他们真诚地谈起逝去的亲友,但是对于期望政府提供协助的问题,他们只是露出茫然的眼神。我本以为他们会感到厌恶,结果却看到了容忍,我认为那是一种被动的顺从。

只是六个月后,当我重返那些区域,发现一切竟然几乎原封不动。房屋依然残破,道路依然阻断。淤泥此时已干涸破裂,两个受损最严重城市的市长因为侵占重建经费而被起诉,于是,我这才开始理解灾民心如止水的原因。

那里的民众毫无期待,不奢望能获得协助,因此对于没有援助也不感失望。他们竭尽全力为自己和邻里而努力。自救逃生后,他们此时拿起十字锹和铲子,铲开牢固得如同水泥的淤泥,挖出家的废墟,一次运走一辆手推车的废土。

两年后,我再次造访当地。州长承诺以联邦经费兴建的 5 000 户住宅根本不见踪影。我很困惑,但居民一副无所谓的模样。他们没有时间或精力去争取不会实现的援助,至少这辈子不用想了。他们自己救自己,至于自己做不到的,上帝会赐予。

暴雨期间,我在特雷索波利斯停留了 6 天。过了一天半后,摄影师罗德里格斯和摄影记者出发前往隔壁的城市新富丽堡(Nova Friburgo)。当地的市中心已经被冲毁。他们留下我和比拉,也就是在围攻阿莱芒街区的行动中帮助我的那位司机。

比拉的身材高大魁梧,在里约的工人阶级住宅区长大,信奉福音教派,已婚有小孩。他把家人的照片装进相框,摆在方向盘旁。我下车工作时,他就坐在车上抽烟。除了行程问题之外,我们不常交谈。某天深夜,在旅馆讨论行程问题时,比拉吃着湿湿的白面包火腿三明治,突然问我为什么没结婚。我没理会他,转身看电视。我实在太累了,不想回答这个自从我回到巴西后常听到的问题。他继续追问:"你有男朋友吗?"他说我如果打扮一下,看起来就不会太差。

我点点头，又灌下一杯尊尼获加，那是旅馆酒吧除了辛辣的白甘蔗兰姆酒卡夏莎之外唯一供应的酒类。我知道他怎么看我：邋遢、肮脏、未婚，跟他认识的女人截然不同。比拉其实是好心，但是过去几天，还有从我回到巴西后的那几个月，即使不提醒我我有多么格格不入，情况就已经够让我困惑了。我喝完威士忌，回到房间。

我们在隔天下午返回里约。回到我公寓的那一个半小时路程里没有人说话。比拉在我下车时又找到话可说："头发收拾一下，你会觉得心情比较好。"

我跑上两层楼回到公寓，身上还穿着沾满泥巴的牛仔裤、袜子和鞋子。这身衣物我已经穿了一整个星期，沾满死亡的气息。在山上，我每天早上都穿上这些衣物，尽量不去想那些泥巴里有什么东西。一进家门，我就把衣物脱掉，塞进塑料袋中，丢进垃圾滑槽里。我想抛开那些东西，清理自己，刷掉指甲底下的沙粒，洗去停留在我鼻内和皮肤上的恶臭。

我穿上泳装，跑到海边，寻找里约的招牌特色：洒满阳光的大海，吹在肌肤上的温暖微风。可是，那一个半小时的车程不足以将我在山上的所见所闻和炎热夏日的伊帕内马风情切隔开来。海滩上挤满人。金黄色的阳光、里约在新年与狂欢节之间那几个月横流四溢的情欲、那些活力十足的性感肉体——都让我觉得荒诞古怪。

我回到依旧空荡荡的公寓。蜷缩在充当床铺的露营睡垫上。我将里约的夏日阳光隔绝在外，让过去几天的经历重新占据思绪。那不是我的悲剧，也不是我经历的痛苦，但是那种苦难有一部分却钻进了我的内心，就像已经嵌入我的衣物、鞋子和指甲底下的泥巴。我记得一些生命的点滴，始终没有将这些写进报道里：有一家人储蓄多年，盖了一间房子，接着却全家丧命屋内；有一位母亲哀悼女儿，说她真的好聪明，在学校表现非常优秀；有一个侄子带我去他姑姑和姑父家下方的深谷，寻找两人的遗体。接下来几个小时，我放任自己为这些人悲伤，我知道他们的名字和脸孔不过短短的时间，但他们的故事如今却和我自己的故事紧密交缠在一起。

摄影记者菲利浦一直待在山脉后方,在状况愈来愈可怕的新富丽堡市工作将近3个星期。他后来告诉我,他一直洗不掉那种气味。他冲了几次澡,刷洗身体,就是无法去除死亡的臭味。最后他发现那气味已经渗进他的体毛。为了摆脱这气味,他不得不刮掉身上的所有毛发。

"实在太惨了,天啊,太惨了。"他摇摇头说。

那个星期发生了一段不寻常的尾声,出租车司机比拉让我下车后,遭遇了一场诡异的意外。他停在一家加油站加油。他的出租车跟里约许多汽车一样使用天然气。结果出现严重差错,他的车起火爆炸。比拉一直待在车上,而出租车的门窗已经自动上锁。他力气够大,打破身边的车窗,上半身大部分都爬出车外,不过身体还是有大面积严重灼伤。我星期一在办公室得知消息,大家一起募集了一笔钱帮助他的家人。

回家之后,这个消息依旧让我震惊。我回到巴西已经两个月,情况不应该这样。我当初想象,回来之后应该充满归属感,身边围绕着看起来和我相像的人,大家说着我祖父母的语言。我知道会有出乎意料的事,但这次返乡却比我预期的还要难熬。

不管是谁,眼中都没有出现任何热诚欢迎的眼神,没有人认同我潜藏在美式作风底下的巴西之魂。我走路速度太快,问话太直接。在聚会上,当卡里欧卡主动靠近,希望减少隔阂,我发现自己会尴尬地缓缓后退,试图与对方保持一定的距离。就连我讲话的节奏也让别人觉得怪怪的,进而发现我不是本地人。

里约的生活并没有带给我终于回到故乡的感觉,反而一再提醒我,自己已经变成陌生的杂种。我开始预料到,不管跟谁说话,对方都会怀疑地看着我,问道:"你到底是哪里人?"出租车司机如果注意到我像外国人,就会载着我绕路兜圈子;服务生会在账单上多加额外费用。我从来没有像"返乡"刚开始那几个月那样,感觉如此不自在。

我认为里约最难面对的一个地方,是渗入日常生活中的暴力。它可能是严重贫富不均的社会所固有的暴力,反映在民众的无动于衷和我在山上见到的环境上，或是贫民窟的枪战和车窗伸出步枪的巡逻警车所象征的公然侵略行动。卡里欧卡的生活伴随着这些现象，而他们依旧习以为常地冷静过日子，这令我困惑。

特雷索波利斯附近的山区有将近千人丧生，失踪的200多人始终没有找到。随后几年，我重回当地不下数十次，总会在倾斜的山肩上寻找昔日的伤痕。我会经常分神，用目光搜寻特别深的陡坡、光秃秃的山坡，或是非常不稳固的民宅——如果再出现一场持久的暴风雨，此地的土地就会塌陷。我看见四处都可能会有惨剧上演。

我的想法并非完全错误。媒体在灾难过后指出，先前曾经在3个受损最严重的城市所做的调查，都曾提出过相关的风险警告。降雨呈现猛烈、集中的趋势：在暴风雨的高峰期，单日降雨量相当于预期中的两星期雨量。可是这在热带的夏季并不罕见。大型暴风雨确实会发生，也可能再次出现。里约全州各地都有民众生活在危险之中。这一点大家心知肚明。

然而从那时至今，情况却未见多少改变。里约地质部门在2013年9月发表的数据显示，里约热内卢州有二十万七千多人生活在危险区域，这些人几乎全住在贫民窟里。其中大约有10万人住在州府里约，人数次多的则是2011年深受重创的那些偏远城市：新富丽堡、特雷索波利斯，以及佩特罗波利斯。

第九章

美丽，却也残缺

里约宛如一个性感尤物。这座城市永恒的诗人汤姆·裘宾在他的歌曲《飞机桑巴》（Samba do Avião）中赞颂过这种美：基督像在瓜纳巴拉湾上方张开双臂，陡峭的巨石直入海中，科帕卡巴纳海滩尽是白沙。"Este samba é só porque, Rio eu gosto de você——我写下这首桑巴，就是因为，里约，我爱上了你。"

卡里欧卡以他们这座"*cidade maravilhosa*——美妙城市"为荣。每个夏日傍晚，当太阳落到两兄弟山的峰线后方，伊帕内马海滩上的游客都会鼓掌，感恩他们又在这美妙城市度过一天。天然环境也是里约的最大卖点：2016年申办奥运会的宣传影片便主打这一点，联合国也将里约的景观列为世界遗产。

然而，真相是，只要你靠近一闻，里约其实臭气熏天。

如果将美如明信片的风景放大，你会看见滨水区堵塞了垃圾，污水由破裂的水管渗出，涌入人行道上的臭水坑。数百年来管理不良的结果大大破坏了这片景致：污染物造成湖水含氧量降低，导致湖中出现大量死鱼；拍打海岸的波浪往往含有惊人的粪便细菌，根本不适合游泳。新开发计划无视生态系统保护问题，一片片的湿地消失，雨林被砍伐殆尽；长期的交通阻塞也让地平线上始终笼罩着灰蒙蒙的雾霾。

在山区采访的那一个星期，我亲眼目睹了里约热内卢最大的矛盾之一：

让这座城市和这个州令人惊艳的环境,如今已被滥用到了极点。

我在管风琴山上见识到将山坡和河岸上的森林砍伐一空的可怕后果。在那个案例中,忽视环境的代价是以人命计算。身为记者,我在那场泥石流发生后,带着新的疑问回到工作岗位。其他地区不重视环保的后果是什么?它让人付出什么代价,谁又被迫去承担?

若是有时机能扭转这种局势,那必然就是奥运之前的这几年。里约申办奥运会时,曾经承诺将清理海湾,种植2 400万棵树。此外还制定了新法规,例如2010年曾有一项联邦议案,要求在四年内淘汰不受管制的垃圾场。

我也希望这段时间不要像过去那样,只是做做表面功夫,只是为了给外国人看,还要能唤起卡里欧卡的危机意识,认识到如果继续糟蹋自己最大的财富,长期以往将会有什么后果。我的担忧不单是出于新闻记者的职责。我已经回到里约定居,在这里找到自己的栖身之所。住了一年后,我觉得这座城市锯齿状的山脉和荷叶边般的海滩,就跟葡萄牙语的声音和护照上的国籍一样,都是我的一部分。它们也是我的家和我承继的资产。

于是,我从检视里约的垃圾开始——我自己的垃圾。

调查显示,里约的垃圾跟巴西绝大多数的垃圾一样,最后都进了未经处理的露天垃圾掩埋场。这当中也包括我的废弃物,它们的处理并不像旧金山那样,把可回收垃圾和有机肥料分开来,而是全部装在同一个塑料袋内,丢进大楼的垃圾道。那是我最后见到垃圾的情形。所以我不禁好奇,那一包垃圾接下来的命运如何?

要追踪并不难。我的垃圾和大里约地区1 300万人的垃圾殊途同归:全都进了格拉马绍(Gramacho),一座巨型垃圾山,有超过6 000多万吨的垃圾,涵盖面积相当于262座橄榄球场。

它的规模令人瞠目结舌。我和罗德里格斯、司机以及美联社摄影团队一同前往。就在我们接近之际,出租车开进了一长列的车流当中,它们都是18轮大卡车,轰隆隆地在大门外等着进入。我看着每辆卡车获准进入后,开始爬上一座陡峭的山。面对入口的那一侧山坡铺上一层又一层的黏土，构成一座平滑的半球状物，上面绕着盘旋而上的道路。底下覆盖着累积数十年的垃圾。高度将近四米的大卡车成一纵列，往山坡上爬，看起来好像一排儿童玩具。这就是我的垃圾最后的归属——就在这座巨大土墩上的某个角落。

真正的处理工作在另一边进行，也就是格拉马绍面对瓜纳巴拉湾的那一面。覆盖物在那里被掀开，垃圾一堆堆朝水里滚下去。我踏出车外，试图在滑溜不平整的地上找到立足之处。令人作呕的气味直冲口鼻，仿佛只要一口气吸进太多，就会有某种浓稠的黏性物质让我窒息。肥大的黑色苍蝇像迷你双引擎飞机一样俯冲下来，虽然还没碰到我，拍动翅膀的嗡嗡声就已经让我浑身起鸡皮疙瘩。

卡车往上攀爬到垃圾堆上，倒出车上垃圾，吃饱的秃鹫不得不飞到其他安全的地方。现场男男女女争先恐后，伸手到倾泻而下的垃圾里，迅速抓住能抓的东西。一旦卡车开走，这些捡垃圾的人就弯腰捡拾剩下的东西，搜刮遗留的任何值钱物品。秃鹫在空中不耐烦地盘旋，接着又冲回来吃食物残渣。

瓜纳巴拉湾像一片深色油污，自土墩底下向外扩散。安详的基督像在海湾对面对此视而不见。

格拉马绍是南美洲最大的垃圾场之一，就像一颗从海湾西岸长出来的烂牙。这座垃圾掩埋场的历史差不多快跟我的年纪一样，在20世纪70年代末期从这处沼泽岸边冒出来。它在大部分时间里几乎可以说是无人管理，污染周围的空气、土地和水。在最繁忙的时候，它从不关闭，每天约有900辆车在这里倾倒9 000吨的垃圾。

垃圾场内有机物发酵所产生的有毒液体流进了海湾，接触到的植物无不枯萎，造成岸边出现一圈死亡带。它散发出来的甲烷污染了大气，偶尔发生爆炸的危险。这座垃圾堆甚至对飞往不到5公里外的国际机场的飞机造成威胁。2008至2011年间，垃圾场的秃鹫曾造成286次飞鸟撞机。

这种情形与里约州大多数的城市并无二致。2010年，里约州每天制造出20 000吨左右的垃圾，其中仅有10%送往规划过的废弃物处理场，其余的全进了露天垃圾场。回收垃圾当中仅有1%经过"catadores——拾荒者"捡拾，找出能卖的回收材料。

在格拉马绍垃圾场，这些拾荒者组成了一支5 000人的收破烂大军。在2011年2月的那一天，我发现他们引发了一场骚动。在默默无名数十年后，这些拾荒者和这座垃圾场竟然声名大噪。

这件事情从巴西艺术家维克·穆尼斯（Vik Muniz）在2007年造访此地开始。穆尼斯利用粉尘、钻石或糖等特殊材料进行创作，经常将社会议题融入作品当中。他与垃圾场拾荒者的互动催生出了一项长达3年的艺术创作计划，将他们的特殊技能与他们从格拉马绍挽救出来的材料整合在一起。

穆尼斯请他们摆出经典艺术画作的姿势，拍成照片：例如大卫（Jacques-Louis David）的《马拉之死》（The Death of Marat），或是毕加索（Pablo Picasso）的《熨烫衣服的女人》（Woman Ironing）。接着他将照片放大，直到面积足以占满附近一间仓库。他用依颜色分类的回收材料填补在影像上，完成由垃圾构成的拼贴作品，他再从上方拍摄这些庞大的肖像。

这些作品改变了格拉马绍。在此之前，有些拾荒者从没看过自己的照片。他们的家人因垃圾而蒙羞，同时又以其为生。看着自己出演，由垃圾填充的影像，他们改变了看待自己的眼光。他们的生活也因此有了显著改善。销售作品的收入回馈到这个小区，他们盖了一座分类中心，让工作更轻松，里面还有厨房以及休息处。

纪录片《垃圾场》（Waste Land）记录了这个过程，并且入围奥斯卡最佳纪录长片奖。奥斯卡颁奖典礼就在我造访后的那个星期举行。如果这部纪录片得奖，格拉马绍的那些拾荒者就可能在电视屏幕上看到自己的脸孔，让他们进入好莱坞的奢华晚会，即便只是隔海参与。格拉马绍的期望从来不曾如此之高，拾荒者的生活从来不曾这么美好。

与此同时，也有其他消息传来：格拉马绍垃圾场即将关闭。

尽管近期有了一些改善措施，例如能让垃圾堆不透水的黏土层，或是一套拦截长期流入海湾的有毒液体的系统，关闭格拉马绍还是相当重要，因为当地大批的拾荒者、广大的面积，以及对周遭环境的破坏，都带有负面的象征意义。位于 40 英里外的城市塞罗佩迪卡（Seropédica）已经在兴建一座通过审核的垃圾掩埋场。

从环境的角度来看，这是唯一的办法。根据市政府的说法，这个办法预计每年可减少 190 万吨的碳排放。我小心翼翼地走在垃圾间，希望有人告诉我这件事对拾荒者的意义。

一名年轻小姐没跟众人一起争抢。她的渔网袜里穿了火辣的粉红色内搭裤，外搭一件牛仔短裤，脚蹬及膝橡胶靴。黑色紧身衣遮住她的手臂，以阻挡垃圾和阳光，她头上绑着一件 T 恤，垂到背上。她敏锐的目光搜寻着现场，一只手搁在翘臀上，身边有一个塞满东西的袋子。在格拉马绍的垃圾间，她展现出一种末日风格的迷人魅力，无视周遭的肮脏混乱让她显得独树一格。

21 岁的苏爱莱德·达西瓦（Sueleide da Silva）跟着在这里工作了 25 年的母亲学做这一行，她母亲直到因为受垃圾感染，失去了视力才没继续。苏爱莱德 14 岁时生下第一个孩子，15 岁再度怀孕，同时跟 3 个姐妹一起在这座垃圾场工作。她们的学历最高只有四年级，不过却齐心协力抚养自己的孩子和母亲。

苏爱莱德的生活从没离开过格拉马绍，也培养出了适应这里特殊需求的技能。她解释，拾荒者在白天靠眼睛工作，培养出找到玻璃和金属光芒的能力。不过夜间运来的垃圾量增加，所以孩子跟父母学会如何靠触感和声音辨别材料，区分 14 种可回收塑料和不同等级的纸张。

大部分拾荒者都住在由夹板、铁皮和硬纸板搭建而成的单斜顶小屋，走一小段路就能抵达垃圾场。他们的拾荒收入不多：硬纸板一公斤 10 美分，干净的打印纸一公斤 13 美分，脏的 11 美分。重量大、不容易处理的玻璃一公斤可赚14美分。苏爱莱德的专长是打印纸。这种纸的重量较轻，状况好时一天可赚40美元回家。这样的收入挺不错的，巴西最低工资一个月不到300美元。

关闭垃圾场说了好多年，但总是雷声大雨点小。早在1996年，这里就有了一些重大变化。有关单位禁止童工在此工作，而且要求拾荒者登记。政府规定格拉马绍只能回收居民垃圾，工业及医院废弃物必须改送到更合适的地点。

现在，大老板们说关闭垃圾场势在必行。苏爱莱德却很怀疑。要改善格拉马绍当然没问题，但要关闭这里？这座垃圾场已自成一个世界，而且贡献出的汽水瓶、纸箱和旧杂志，经过清洁及分类后养活了她一家三代。她无法想象大量垃圾再也不可能存在的那一天。

苏爱莱德说，格拉马绍的人很害怕。塞罗佩迪卡的那座先进垃圾场没有拾荒者生存的空间。

政府为这些拾荒者做了一些安排。垃圾山上开始凿井。垃圾分解所产生的气体预计可产生能源，15年可赚到大约三亿六千万美元。拾荒者除了一次领取7 500美元之外，也有一部分能源收入会分给他们。拾荒者还能接受职业训练。然而苏爱莱德不抱太高期望，或许是因为她短短的人生中已经遭受太多次无情的打击。

遭遇一次厄运不会让人来到格拉马绍。她指着别人，逐一列出那些问题，心中或许也想到自己的家人：疾病、家暴、毒瘾、文盲、意外怀孕……她愈说愈小声。她说，6个月的职业训练根本解决不了这些问题。

"如果有选择，就不会沦落到格拉马绍。"她说，"这里大部分的人都不太识字，外面的工作全都需要高中或大学学历。这里有人甚至连铅笔都不会拿。"

格拉马绍这样的地方提醒着大众，历史、文化与经济和环境之间复杂的相互影响，塑造出里约的面貌。想要恢复周边的沼泽、净化海湾，关闭这座垃圾场是关键，不过如此也会带来在重新栽植红树林和复育螃蟹之外的难题。我原本希望能写出一篇关于里约逐渐好转的温馨报道,但心中却惦记着苏爱莱德。

关于格拉马绍和那位艺术家的纪录片最后并未赢得奥斯卡奖。垃圾场也没有出现重大胜利,没有美好的快乐结局。

之后,格拉马绍垃圾场在2012年6月关闭,距离我造访的时间不到一年。正如苏爱莱德所预料,职业训练计划以失败告终:大多数课程都要求高中学历,但拾荒者平均只受过4年教育。就像她之前说的,他们有将近一半不具备读写能力。

接着,州环保局长签署了一纸大合同,打算兴建一座回收中心。我心想,这有可能成功,格拉马绍的民众可以发挥他们所长。我回到垃圾场附近的小屋去找苏爱莱德和她的孩子,想看看大家过得如何。结果她已经离开了。没有人知道她搬去哪里,目前在做什么。她去了里约,消失无踪。

两年后,我造访格拉马绍附近生态逐渐恢复的沼泽时,一名生物学家指着盘旋在尘土飞扬的主道路不远处的秃鹫。

"那是另一处垃圾场。"他解释,一个区域里有某处垃圾场关闭后,往往会再冒出非法的新垃圾场来。"你永远能从秃鹫的踪影判断出来。"

即便暂时解决了一个地点,问题还是会出现在其他地方。关闭垃圾场固然困难,更难的是改变态度。

一群以自己的城市为傲的海滩常客,怎么能坐视自己生活的那一片土地向下沉沦?部分答案就在于卡里欧卡的生活态度——逃避现实的"里约禅"(Rio Zen)。里约人专注地活在当下,关心自己身边、近在眼前的事物。他们十分在乎自己的家、亲友,注重此时此刻的快乐。可是,如果要卡里欧卡拟定周末计划,你会发现他们的未来是模糊不清的,不管这未来是明天、明年,还是下一代。

同样的短视也出现在大众对公共空间的态度上。它们距离个人太遥远,让人不觉得这需要关心或保护。属于大家的事物就等于跟谁都无关,因此工程废弃物会被丢进沼泽，喝完香甜的椰子水，空椰壳就扔在沙滩上，糖果包装纸从手中飘到街上，飘进入水沟和海洋……眼不见为净。

虽然法律严禁乱丢垃圾，不过，只要是曾经到过科帕卡巴纳海滩过新年，在那满地啤酒罐、三明治包装纸和空酒瓶的沙滩上看日出的人都知道，那些法令几乎无人理会。每年1月1日，大批身穿亮橘色制服的清洁队员都会在科帕卡巴纳的沙滩上清出400吨的垃圾。

2013年的一项教育计划终于让卡里欧卡稍微收敛了乱丢垃圾的习惯，执行计划的稽查员有权当场重罚违法者。根据新规定，乱丢烟蒂可处75美元罚款，乱丢啤酒罐则罚200美元。将旧沙发或旧电视丢进海湾，罚金超过400美元。这项铁腕措施立即见效：不到一个月，废弃物管理公司就指出，市区街头的垃圾量降低了50%。罚金似乎让乱丢垃圾成了人人切身相关的事，后果让卡里欧卡不得不注意。现在，唯有时间能证明这项法律是否能深入人心，成为民众的习惯与价值观。

搬到里约时，我就知道乱丢垃圾和废弃物管理的问题相当严重。不过有另一项环境问题倒是出乎我的意料：空气污染。在没下雨、无风干燥的冬日里，地平线上会有一层棕色烟雾笼罩，玷污了天空与海洋之间的那条蓝色细线。

里约污染的原因来自当地的环境。让这座城市如此美丽的地形，却也让它无法铺出一条笔直的道路。车辆被迫沿着蜿蜒的柏油路行驶，绕行湖泊、穿过隧道。此外，里约的汽车数在20年内增长了3倍，道路面积却没有显著增加，结果就是猛按喇叭的怠速车辆每天将废气灌进这座城市。卫星导航设备制造商TomTom所进行的一项调查发现，里约交通混乱的程度高居世界第三，仅次于莫斯科和伊斯坦布尔。事实上，里约州环保局也指出，空气污染的来源有77%正出自汽车与公交车。

这也意味着户外生活质量受到联合国赞赏的里约市，空气质量堪称全巴西最糟。世界卫生组织在2011年发表了一份报告，比较当地的空气悬浮微粒，他们发现里约的悬浮微粒数比建议值高出三倍。

里约的问题也是巴西的问题。交通问题在全国各地日益恶化，此外还有炼钢等污染工业造成的损害。

我在公寓安顿下来之后，空气之肮脏也变得显而易见。我拖完木地板一两天后，它又会出现一层光滑的黑色物质，那是公交车排放的油污废气，混杂了来自半个街区外的海洋水汽。在擦拭这种东西的同时，我也纳闷自己的肺吸进了什么。

没错，接下来那一年，我从一个原本一季只感冒一次的健康宝宝，变成经常擤鼻涕的弱鸡，每两周就出现喉咙痛、鼻窦炎，以及其他呼吸道毛病。我把肺脏里气球般的肺泡想象成某个疯狂科学家手上的培养皿，他将轮胎的塑料微粒、燃油油烟，以及真菌孢子混进去。这一次，我的家具和衣物已经到了，而且也沦为湿气与霉菌的受害者，这也是热带海边生活的大劣势。我的皮鞋、皮带和皮包很快就蒙上一层毛毛的白色物质。没穿的羊毛外套出现霉斑，罐子里的香料长出假根，茶叶也凝结成有毒的球状物。

过了几个月，我发现自己被藏在沙发布和肺脏里的微粒击倒了。我不想搬离好不容易才找到的公寓，再找房子不但困难，也会因为违反合约上租满30个月的规定而遭重罚。可是，等到我坐在国际奥委会记者会前排，鼻血喷在我的整台电脑上时，我决定是时候离开那间房租过高、滋生霉菌、充满公交车废气、紧邻海滩的公寓了。我得另外找个能善待自己肺脏和钱包的地方。

我落脚在面对瓜纳巴拉湾的住宅区弗拉门戈。虽然伊帕内马代表我渴望的一种里约形象，不过这里才是我父母最早在里约立足的区域。它的街道两旁立着宏伟的老树以及装饰艺术风格建筑，这些房子有高耸的天花板，还能远眺基督像。虽然附近的海滩污染太严重，无法下海游泳，但房租也因此较为低廉。我迷上它无声的节奏，还有戴着串串珍珠、大清早牵着小狗出来散步的老太太。

此外，我的新公寓面对着窗户丘（Morro da Viúva），这座壮观的圆顶花岗岩丘每一边都被建筑物包围，不过丘顶林木葱郁，其他地方则有健行步道互相交错。可是除了在这个区域，窗户丘在里约的知名度不高，与海湾对面的甜面包山双峰相比，也显得小巫见大巫。但多亏丘顶上的树木，我的窗外终于有一片如画的景致，看得见随风摇曳的棕榈树、偶尔现身的猴群，以及叽叽喳喳的鹦鹉。

虽然要到伊帕内马海滩慢跑、游泳，不再是几步之遥，但这个区域有自己的滨海公园：弗拉门戈堤岸公园（Aterro do Flamengo）。它是一条绿色地带，从市区的桑托斯杜蒙特机场（Santos Dumont airport）开始向外延伸，沿着弗拉门戈海滩，到达博塔福古隐蔽的小海湾。[1]

我在搬到此地后第一次踏进弗拉门戈堤岸公园，炮弹树乳黄与绯红色花朵如蜜糖般的香气勾起了我深藏多年的回忆。记得蹒跚学步时，我就在这些树下凝视着手中花瓣肥厚的花朵；我也记得自己把手伸进长了许多花蕊的花心里，将它撕碎。花香停留在我的指尖，提醒我做出第一个有意识的破坏行为后的那种羞愧感。数十年后，树下的蜂蜜香让我心头涌起童年那个下午的强烈罪恶感。这也终结了一个缠绕我心许久的疑惑——这座城市终究有属于我自己的事物。

我的慢跑路线进入公园，经过那些长着艳丽花朵的炮弹树，一直来到海湾岸边。我会在那里伸展身体，眺望矗立在海湾对面的甜面包山巨型花岗岩，前方的博塔福古湾有一小段海滩和许多浮浮沉沉的帆船与渔船。左边那段长长的白色沙滩是弗拉门戈海滩，在我背后则是高高耸立山上的基督像。

当年达尔文（Charles Darwin）搭乘小猎犬号沿着南美洲海岸航行时，

---

[1] 弗拉门戈堤岸公园的缘起也是一个精彩的故事。它的工程是由萝塔·马塞多·苏亚雷斯（Lota de Macedo Soares）负责统筹。出身巴西精英阶级的她是自学成功的现代主义者，主导这座公园的开发计划。她和美国诗人伊丽莎白·毕肖普（Elizabeth Bishop）维持了16年充满戏剧性的恋情。这座公园独树一格的设计，有不少都是萝塔构思出来的，例如高达150英尺、发出月光般光芒的灯柱。

曾经在里约热内卢停留。那是1832年秋末。小猎犬号转进瓜纳巴拉湾,在那里下锚,停泊在博塔福古湾的怀抱里。达尔文在附近发现"一间十分可爱的房屋",在那里住了两个月,在沙滩上漫步,搜集标本,长途骑马,将令他赞叹的丰富动植物记录下来。

1832年6月1日,在一趟美好的骑马出行后,达尔文有感眼中所见,在日记中写道:"我不知道该用什么修饰词来形容这样的景致,'美丽'显得太单调乏味。每个形态、每种颜色都是如此夸张,远远超出我过去见过的一切。"

读到这段文字,我认为达尔文可能停留在我跑步时会停驻的地方,往海水的方向望去,看见斜射的午后阳光在甜面包山那灰红色的岩石上反射出金色光芒,与我一样因为这番美景感动不已。

然而,污水的恶臭也正是在这里变得让人难以招架。当初达尔文收集珊瑚的博塔福古湾,如今已遭海水严重污染,已有数十年被认为不适合游泳。如果你像几个勇敢的家伙那样,天气炎热时受不了诱惑而下水,那么就有可能皮肤真菌感染、罹患肝炎,或是因感染大肠杆菌而腹部绞痛或腹泻。州环保局在检验过四五次之后,发现弗拉门戈海滩的海水污染实在太严重,人类不宜接触。在弗拉门戈海滩旁注入海湾的卡里欧卡河(Carioca River),因为受到污水影响,变成了一滩灰色的死水。

我在里约所见的所有环境浩劫中,看起来最严重的当属遭到严重蹂躏的水道。海湾旁那个具有典型卡里欧卡景观和恶臭的地点,每天都提醒着:里约,美丽,却也腐臭。

第十章

第一个卡里欧卡

里约生于水畔,水从一开始就塑造着它的面貌。

这座城市是1565年3月1日在瓜纳巴拉湾湾口两座花岗岩山峰之间的狭长沙地上建立起来的,里约另一方面也是葡萄牙人阻挡步步进逼的法国人的结果。整个20世纪,里约的港口都是巴西与外界联系的主要窗口。海滩文化影响了卡里欧卡某些最典型的特点——他们不拘小节的打扮与举止、他们悠闲的行事作风,以及对身体的自在感。

土生土长的里约热内卢人被称为 fluminense,这个葡萄牙文字来自拉丁文的 flumen,意即河流。出生在里约市的人叫作卡里欧卡,这个名称源自我每天跑步都会经过的那条涓涓细流——不过大多数人知道这一点都相当惊讶。事实上,很少有人知道卡里欧卡河的名字,甚至根本不把它当成一条河。

它的河岸已铺上水泥,大部分河道都位于地下。等到它抵达弗拉门戈海滩,注入海湾时,河水已经十分肮脏,因此2002年河口上兴建了一座污水处理厂。途经这里的人如果认为那停滞的灰水是废水处理系统的一部分,绝对情有可原;然而卡里欧卡河的源头其实就在不到5公里外那基督像山脚下的巨大花岗岩与葱郁森林之间。

这条河里流的并非一直都是肮脏废水。曾经有一段时间,里约的生活完全仰赖卡里欧卡河。从16世纪开始,它就是里约市最重要的水源,葡萄牙水手仰赖它补充淡水，直到19世纪里约的需求超出它的供水能力为止。由于与这座城市之间的独特关系，卡里欧卡河也最早激发出当地的环保意识，让居民明白人类滥用天然环境、破坏河流流经的山坡，会带来什么直接且可怕的后果。

由于卡里欧卡河是里约主要的饮水来源，它的河道在17和18世纪大部分时间都受到法律保护。事实上，当地市议会（Câmara de Vereadores）在1611年2月16日所颁布的关于卡里欧卡河的一项公告，即可能是巴西最早的环保法规："卡里欧卡河的河水必须保持洁净，不得种植香蕉和蔬菜等作物……上述河流周边应维持原始林貌……河水若作为饮用与洗涤之用，周边区域便适用本法。"

17世纪，卡里欧卡河便为里约第一个经过规划的饮用水供水系统。而后，一条石头输水道在18世纪中取代了这套系统，将河水从山上引入城内。

目前我们仍能看到这个输水系统的遗迹，包括位于历史市中心十五广场（Praca XV）的高大石质喷泉，当年老百姓会聚集在那里取水；此外还有优雅的白色拉帕水道桥（Arcos da Lapa）。这座水道桥原属于输水道的一部分，从18世纪到19世纪负责将河水输送到下方的公共喷泉。[1]

当年达尔文登上还没有建起基督像的科可瓦多山山顶时，他沿着卡里欧卡河的输水道开始走：

> 路线的前几英里是输水道，水在山脚下升起，随后沿着一座斜山脊被引到城市里。每个转角都有不同的绝美景色迎接我们。最后，我们开始登上陡坡，这些山坡都通往覆有浓密森林的顶峰。
>
> ……不久之后我们抵达峰顶，观赏那里的景色。那可说是

---

[1] 卡里欧卡输水道在1896年废弃不用后，拉帕水道桥立刻转型为用来支撑连结市区与圣特雷莎（Santa Teresa）高地的电车轨道。

图注：毕伍 译

幼时的作者、她的弟弟在伊帕内尔海滩上与叔嫂的合影。两兄弟山在远处若隐若现。
© personal archive

孩童时期的作者在屋外与牧羊人的两个女儿一起玩耍，此时她生活在伊拉克的巴士拉。© personal archive

2010年10月28日，星期三，时任巴西总统的卢拉正在参观巴西石油公司位于里约近海图皮油田的钻油平台，他向镜头展示沾满了盐下油的双手。
© AP Photo/Felipe Dana

2009年4月7日，里约市长爱德华多·佩斯（左）、商人埃克·巴蒂斯塔（中）和里约州长塞吉欧·卡布拉尔（右）共同出席一个庆典，在这个庆典上，埃克为里约竞标奥运会主办权捐献了1 000万雷亚尔（约合450万美元）。
© AP Photo/Ricardo Moraes

2009年10月2日，在哥本哈根举行的奥委会会议上，里约热内卢击败芝加哥、马德里和东京，获得2016年奥运会主办权。巴西总统卢拉听到这一结果，激动之情难以抑制。注意他的左手少了一根手指。
© AP Photo/Claus Bjørn Larsen, Polfoto

里约热内卢获得2016年奥运会主办权后，卡里欧卡在科帕卡巴纳海滩上狂欢庆祝。这也是南美城市首次获此殊荣。© AP Photo/Silvia Izquierdo

2012年9月,炎热的一天,伊帕内马海滩上聚满了晒日光浴的人们。里约因拥有世界上最令人惊叹的城市海滩而自豪。© AP Photo/Felipe Dana

2010年10月25日,星期三,一辆公交车被纵火焚烧,消防员正在灭火,旁边的一个小男孩惊恐不已。那一年的很长时间里,为了抵抗一项治安计划(这项计划威胁到黑帮控制贫民窟的权力,他们可能还会控制贫民窟数十年),黑帮成员们设置路障,焚烧小轿车和公交车,向警察哨所射击。© AP Photo/Silvia Izquierdo

2010年11月27日，星期六，在阿莱芒街区，一个毒贩用枪瞄准了摄影者。这一天，警方向毒贩们不断施压，装甲车蓄势待发，准备碾过通向贫民窟的路障。人们相信，贫民窟的毒贩是发动暴力袭击事件、威胁整座城市的元凶。
© AP Photo/Felipe Dana

装甲车在街上巡逻，一位妇女抱着婴儿躲在门后，这是警方针对阿莱芒街区某次行动中的一幕。2010年11月28日，星期日，2 600名警察和士兵占领阿莱芒街区，这里当时是里约最大的毒贩基地。© AP Photo/Andre Penner

2010年11月28日，星期日，警察在阿莱芒街区的制高点插上巴西国旗，标志着他们攻下了这片杂乱无序、纵横交错的贫民窟集群。这是他们保卫里约的一次空前的胜利。© AP Photo/Silvia Izquierdo

2010年11月6日，里约州公共安全厅厅长贝特拉米（右二）正在和身穿蓝制服的维和警察队（葡萄牙语缩写为UPP）警官交谈。贝特拉米——UPP计划的创造者，在猴子山庆祝第13支UPP行动队成立。这个月，武装分子设置路障、烧毁车辆，里约陷入一片混乱，而警方的应对举措则是攻入了20多个贫民窟，并和毒贩们展开激烈枪战。© AP Photo/Felipe Dana

阿莱芒街区街头,两个穿校服的小女孩走在上学路上,经过两个正在巡逻的武装警察身边。军队占领了这个大型贫民窟聚落后,仍然在此留守了一年多。军人和警察的交接差不多就在拍摄这张照片的时候——2012年3月27日。
© AP Photo/Felipe Dana

五岁的古斯塔沃·纳西门托·席尔瓦,正在圣玛尔塔贫民窟的一个屋顶上放风筝。2008年警察攻占了这座贫民窟,并将其作为UPP计划的一个试点。UPP计划旨在从黑帮手中夺回这些社区,重建后交还给政府治理。
© AP Photo/Felipe Dana

客人们在齐多·卡莫的理发店里理发,这家店位于圣玛尔塔。里约经济的改善、警察的派驻使得这里的房租陡然提升,精明的商人卡莫抓住了这个机会。
© AP Photo/Felipe Dana

2010年12月17日,蕾德玛·巴雷托站在她的房子外面。圣玛尔塔成为UPP计划的示范贫民窟之后,安全状况得以改善,犯罪率有所降低,但这里的生活成本也提高了,对于蕾德玛这样的单身妈妈而言,生活更加艰难了。© AP Photo/Felipe Dana

2011年1月16日,里约州北部的新富丽堡发生泥石流,造成近千人死亡。这幅航拍图展现了山体滑坡对这一地区的破坏。经历了连续多天的暴雨折磨,为应对更多的暴风雨,幸存者们带着水、食物和毯子救济困在偏远村庄的朋友、邻居和亲戚。
© AP Photo/Felipe Dana

2011年1月14日,星期五,一家人正在哀悼他们在特雷索波利斯泥石流中死去的亲人。雨依然连绵不绝,浇湿了四周新挖的坟墓。© AP Photo/Felipe Dana

2011年8月18日,瓜纳巴拉湾海岸上一片狼藉,垃圾遍地。数十年来对环境保护的忽视,导致了日益严重的污染,影响了海岸的环境,对当地居民的健康构成了威胁。但当巴西准备主办两个世界级体育盛会——2014年世界杯和2016年奥运会的时候,环境问题引起了国际性的关注。©AP Photo/Felipe Dana

这幅照片的拍摄时间是2013年7月14日,星期日,拍摄于曼吉纽斯的瓦格尼哈贫民窟。孩子们在一条被污染的河边玩耍。由于不进行污水处理和垃圾收集,这些贫民窟的居民健康经常受到巨大的危害。©AP Photo/Felipe Dana

2011年2月10日,格拉马绍垃圾场,卡车刚刚倒出车上的废物,一个女人迅速冲上去捡拾可回收垃圾。© AP Photo/Felipe Dana

一群拾荒者在格拉马绍填埋场捡拾可回收垃圾。秃鹫在他们头上盘旋,等待人群散去再上场。远景则是瓜纳巴拉湾。© AP Photo/Felipe Dana

照片里是正在施工的2016年里约奥运会的高尔夫球场，拍摄日期为2014年5月13日。高尔夫球场的选址引发了大量的环境问题。高尔夫球场的四周，也兴建了不少在里约西部富人区常见的封闭式社区。© AP Photo/Felipe Dana

2013年10月14日，生物学家佛雷塔斯正在给一条宽吻凯门鳄称重，随后将把它放生，送回雷克雷尤班代兰蒂斯岛西部富人区的水道里。© AP Photo/Felipe Dana

在世界杯之前的预热——洲际国家杯比赛期间，超过100万的巴西人涌上街头抗议。2013年6月17日，示威者们在里约市中心游行，照片左侧是一栋大楼的玻璃幕墙，上面映射出游行的场面。2012年的一次投票中，超过四分之三的巴西人表示，他们觉得腐败已经渗透到了巴西世界杯的筹备之中。高涨的愤怒情绪逐渐蔓延，并激发了强烈的反政府抗议。© AP Photo/Felipe Dana

2013和2014年，无论是巴西境内，还是在里约，警察和示威者之间的抗议和冲突接连不断地爆发。在世界杯召开的前一个月，紧张情势还在不断加剧。这幅照片里，警察向抗议人群喷射辣椒喷雾，殴打示威者。这些抗议者来自帕沃—帕沃津尼奥贫民窟，这个贫民窟位于横跨伊帕内玛和科帕卡巴纳的山上。冲突是在一个年轻人的葬礼之后发生的，民众相信他是被警方杀害的。

© AP Photo/Felipe Dana

2014年1月9日,一个妇女正在给孩子洗澡。他们住在梅特罗贫民窟,这里正好靠近马拉卡纳体育场,政府要为2014年世界杯和2016年奥运会对其进行改造,强制这里的居民搬迁,而他们经常得不到足额赔偿或合理安置。
© *AP Photo/Felipe Dana*

2013年1月12日,星期六。两个人坐在一栋废弃印第安博物馆的窗台上,一个戴着头饰,一个戴着滑雪面罩。这个博物馆挨着马拉卡纳体育场,是一个原住民的聚集区(有10户家庭),防暴警察已经把这里团团包围,准备实施武力驱逐。2016年奥运会的开闭幕式和2014年世界杯总决赛将在马拉卡纳体育场举行,因此场馆需进行翻新。© *AP Photo/Felipe Dana*

一个原住民扒住印第安博物馆的墙头，往墙内张望。这个废弃的博物馆毗邻马拉卡纳体育场，已经被改造成了原住民的居所，是他们在里约的容身之地。警察包围了这栋大宅，准备赶走他们。这一区域将重建成一个主打购物和运动的娱乐中心，作为重建计划的一部分，体育场周围的街道将进行彻底的改造。
© personal archive/Christopher Gaffney

2014年7月8日，星期二，世界杯半决赛——巴西对德国。赛前巴西国家足球队带领球迷们高唱国歌。照片最右是大卫·路易斯和守门员朱利奥·塞萨尔，他们唱国歌的时候举着受伤的巴西球星内马尔的球衣。
© AP Photo/Matthias Schrader

经过几个月与警方的抗议和冲突矛盾逐渐和解。在 2014 年世界杯将召开的前几天,里约市民开始巴西国色装点街道。
© *personal archive*

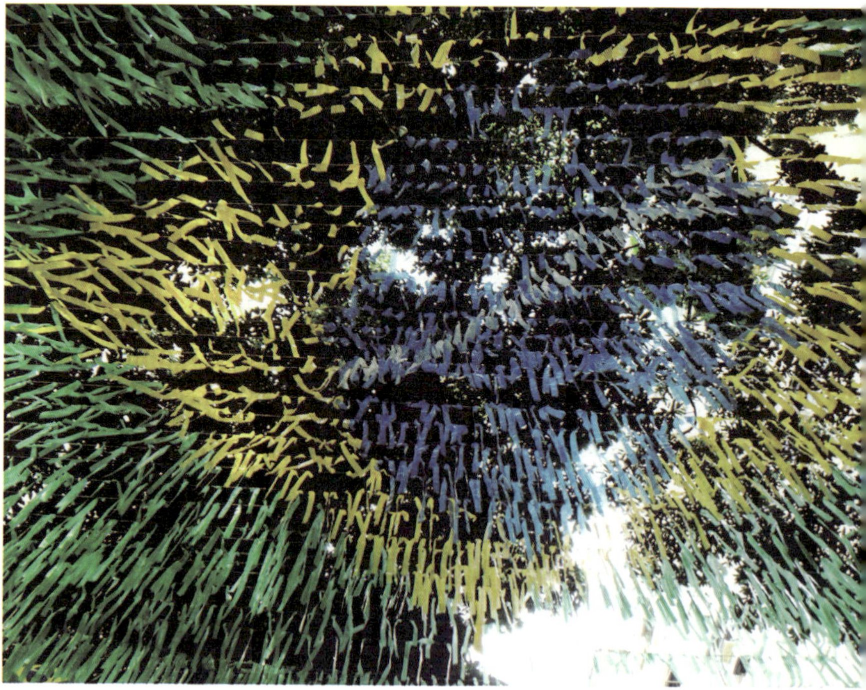

世界上最驰名的美景，或许唯有欧洲堪可比拟。如果我们以令人惊艳的程度来排名，这里肯定名列前茅……

尽管有法律的保护，一度覆盖在里约山区的树木到了19世纪中期大多被砍伐殆尽，以腾出空间种植咖啡，或将木柴当成燃料焚烧。当达尔文沿着河边走，爬上科可瓦多山时，那片令他动容的景致其实已经遭到破坏。

森林消失造成土壤侵蚀，危及卡里欧卡河的源头。这个威胁促成了里约展开第一次复林工作：在葡萄牙皇帝佩德罗二世（Dom Pedro II）统治期间，政府从1844年开始征收泉水附近的土地，进行大规模的重新造林计划。[1]

居民多年来无视法规，侵占河岸土地，于是政府更改河道，最后让下半段进入地下，河水直到弗拉门戈海滩旁才再度现身，成了一条发出恶臭的水渠，那就是我最初认识这条河的地方。

受到卡里欧卡河的启发，我开始挖掘水污染的相关资料，结果发现，卡里欧卡河是全里约州各水路现况的缩影。

里约的垃圾只有三分之二经过处理。这意味着当民众冲马桶时，排泄物会有三分之一的机会在未经处理的情况下直接流入河流、湖泊、海湾和海洋。这不是什么秘密。州环保局INEA警告居民，暴雨过后24小时内不要接近海滩，因为倾盆大雨会冲刷河水，将海洋变成一座大粪池。

里约的情况也不是特例。大约54%的巴西人家里没有安装污水排水管，连接到废水处理系统的比例甚至更低。如果与其他基础设施相比较，这个问题更显特殊：98%的巴西人有电可用，81%有自来水，91%有电话。2013年，七成的巴西人拥有手机，这个数字比拥有基础卫生设施的比例高出许多。

不过里约可以表现得更好。它是世界上最早受益于现代污水基础建设

---

[1] 这项计划在裸露的山坡上栽种数万棵树，进而在1861年催生出蒂茹卡森林（Tijuca Forest）和派内拉斯森林（Paineiras Forest）。这是后来蒂茹卡国家公园（Tijuca National Park）的核心；这座公园位于里约和世界最大城市森林之一的中间。

的城市之一，仅次于伦敦和汉堡。佩德罗二世不但支持在卡里欧卡河上游周围重新栽种树木，也在19世纪中期下令兴建里约市最早的污水排水管。[1]

里约位于森林茂密的山脚下与海面同高的冲积平原上，因此排水工作打从一开始就困难重重。缺乏基础卫生设施又使得污水流进沼泽地。由于瘟疫在此实在太过猖獗，商船在夏季都避免驶进里约的港口。对一座贸易城市来说，这种现象在经济上无疑是严重的打击。葡萄牙皇帝在1848到1851年的黄热病大流行之后，同意政府可雇用一家卫生与清洁公司。这项工作最后是由靠英国提供资金的里约热内卢市改善公司（Rio de Janeiro City Improvements Company）接下，该公司后来简称"城市"（City）。卫生改善工作在1862年大举展开。到了1887年，里约已经有7座污水处理站。

尽管里约很早就开始处理污水，但在一个多世纪之后，该州的河川与溪流每天还是将约合480座奥运游泳池水量的未处理污水排进海湾。几乎所有海湾旁的海滩都因此遭受严重污染，让人无法下海游泳。每天早上跑步经过卡里欧卡河河口时，迎面而来的都是河水的恶臭。污水从破裂的水管中汩汩流出，积在我住的弗拉门戈街头人行道上。专吃这种有机物质、颜色呈现荧光绿的蓝绿藻（Cyanobacteria），就这样漂浮在西边的潟湖上。

这是怎么发生的？这些未经处理的排泄物有些是从没有卫生设施的贫民窟流出来的。这一点显而易见，也容易闻得出来。不过这不是事件的全貌。

在一场水质研讨会上，我得知了不尽完善的里约卫生系统中不为人知的一面。有不少污染其实来自某些拥有污水系统的区域，其中部分发生在系统网络老旧，而且负荷过重的地区。老旧水管会破裂，或是满溢到雨水

---

[1] 在里约建立最早的污水系统之前，必须由奴隶在夜里提着一桶桶的排泄物到海湾倾倒。历史学家表示，这些搬运工人称为"*tigres*——老虎"，因为他们的皮肤上有粪便喷溅出来所留下的条纹。将房内便壶里的排泄物直接往窗外倒的习惯也很普遍，由于结果实在太糟糕，市政府在1831年颁布法令，试图管制这种现象。自此之后，排泄物只能在晚间倒在街上，而且必须先警告三次，大喊"*Agua vai!*——水要来了！"违者必须缴纳罚金，并对蒙受天降横祸者给予大笔赔偿。

排水系统、地下河，或从下水道流出来。

但这些污染不尽然是意外。住宅、大楼或购物中心之间也有违法的私接管线，将污水直接注入雨水管、河流、潟湖或海洋中。

我之所以发现这种现象，是因为里约州环保局有一次试图清理里约南边的海滩。他们派出一个携带摄影机的迷你机器人，到里约最高级区域之一的莱布隆检查地下水管。检查结果发现，某家收费高昂的海滩饭店、某高级小区内的一栋豪宅，以及一栋高租金住宅大楼全都违法将废水排进总水管。接下来如何，你应该猜出来了。总水管将废水直接排进大西洋，也就是打从源头制造废水的那些人也常造访的海滩。显然，里约的污水问题绝对不是没有方法或资源去做正确的事。

一如往常，卡里欧卡已经学会如何应对。在前往海滩之前，他们会查看报纸的最后几版。气象信息旁会有一张表格，罗列出当天不适合戏水的海岸线区段。[1]

然而，环境恶化的代价不只是在大热天不能下海泡水而已。真正的损失是民众的健康。关注水资源与污水问题的公益团体"关心巴西研究中心"（Instituto Trata Brasil）曾进行一项为期四年的研究，检视健康与废水收集之间的关联。研究中观察的最后一年是2011年，根据当年巴西的公共卫生系统记录，有396 048人因为肠道感染而住院，据推测这应该是接触污水所致。这些病患当中，有超过三分之一是五岁以下的儿童。

为了了解里约何以陷入这种境地，我参加了各种研讨会，访问专家。不过为了明白这所代表的意义，了解生活如何被一条河流影响，我将关注焦点转向了卡里欧卡河——我的卡里欧卡河。我决定追随达尔文的脚步，登上山岭回顾历史，从它在海湾的河口走回它的源头，卡里欧卡山（Serra da Carioca）山脊上的某处。

---

[1] 即使是靠摆在沙滩上的发电机为动力的海滩淋浴设施也不安全，因为它们接的是被污染的地下水。

站在卡里欧卡河注入海湾的弗拉门戈海滩上，我转身背对海水，抬头仰望5公里外、矗立于里约上方700米处的基督像。我们中间是一座山谷，弗拉门戈、拉兰热拉斯（Laranjeiras）以及旧科斯梅（Cosme Velho）等区域都在其中，游客可以在旧科斯梅搭乘小火车抵达基督像脚下。那就是卡里欧卡河的方向。问题在于我要如何找到它，又该如何在眼前拥塞的城市景观中认出它来。

我打电话向菲利佩·纳西门托·希尔瓦（Phellipe Nascimento Silva）求助。这个28岁的光头男生露出灿烂笑容时，圆脸颊上方的眼睛就会变成明亮的半月形。他在卡里欧卡河附近的瓜拉拉佩斯（Guararapes）长大，那座贫民窟高居卡里欧卡山上。现在他经营"旧科斯梅主人"（Anfitriões do Cosme Velho）这个团体，训练瓜拉拉佩斯的少年担任导游，也教导他们对环境的责任感。我之所以知道这个团体，是因为它与国家公园员工共同合作，举办一天的卡里欧卡河净河活动。那是我唯一一次看到大众对这条河表现出关心的态度。

菲利佩的小区与他们在山上的土地关系特别紧密。那些山坡上曾经有一片农场，瓜拉拉佩斯最早的居民就是农工。1967年，众人集资，买下他们居住的8英亩土地。拥有土地的骄傲感让菲利佩与小区和这片土地紧紧相系。

我们约好在"旧科斯梅主人"设于旧科斯梅山上的小型询问摊位见面。我在弗拉门戈跳上出租车，往山谷上去，缓缓在大楼林立的拥堵车流中前进。

当道路变宽，进入一座广场和公交车总站时，有一块标示牌吸引到我的注意。我下了车，进入那个多云午后的迷雾中。牌子上写着"卡里欧卡河"，而且注明了河长2.6英里，终点为弗拉门戈海滩。这是我离开平地之后见到的第一块河流指示牌，我很高兴，这地方没有其他线索暗示有一条河从这里流过。

在这块画满涂鸦的牌子后面有一道水泥墙，高度及腰，包围着一个椭圆形开口。我探头一看，那是一口浅井，底下就是那条地下河。原来我们一直开车从它上方经过。灰水冲流过深灰色的水泥河岸，从破塑料袋、损坏的玩具，还有被太阳晒到褪色的汽水瓶之间流过。这令人倒胃口的污水味闻起来并不陌生。我们距离海滩才3公里多，卡里欧卡河就已经成了一条垃圾输送带。不过，这只是一小部分。我继续上路。

回到出租车上几分钟后，我们经过一条死胡同的狭窄入口。我从出租车上看到巷内发出彩色闪光——淡黄、蓝绿、浅粉红与薄荷绿。这就是我一直在找的地方——药剂师广场（Largo do Boticário）。当初一名药商将卡里欧卡河的河水装瓶销售，宣称这河水对健康有益，因而大发其财，广场也因此得名。他是这里的地主，在1836年将它分成小块土地出售。我请司机停车，顺着铺上宽大石板的窄巷走进去，来到一座小巧的广场。

踏进广场，远离繁忙的街道，周遭瞬时静了下来。在我面前的是两三层楼的新殖民主义风格建筑，它们静悄悄，破旧不堪，虽然上面装了百叶窗，补了一些碎灰泥，仍能看见原本的鲜艳色彩。多云午后的稀薄阳光射进房子后方的森林，形成一片斑驳绿意。门窗及长椅周围贴上带有蓝、白或黄色几何形图案的手绘瓷砖，构成带状的装饰。

毛毛细雨此时增强为小雨，更突显了这些色彩，也为空气带来一丝凉意。广场中间有一根小柱子，上面用葡萄牙文写着："住在这个角落的人有幸享受这泓清水与宁静。请记住，此地的魅力全靠你们维持。"

事实上，这个角落有种化外之境的感觉，独立于大都会的喧嚣之外。我听见鹩鸟三种音调的鸣叫、鸽子的咕咕声、水从屋檐滴到下方石头，还有在这层层声响底下，湍流溪水的低语。我转身走到河上，那条石板走道是卡里欧卡河上的一座小桥。

跪在一张边缘贴着瓷砖、上面结了蛛网，还有裂痕的水泥长椅上，我低头往下看。河边有墙，古老的石阶通往水边，不过河水在这里是在天然河床上流动，流过苔藓和丛丛青草，河上方则有湿淋淋的过沟蕨菜在雨中点着头。潮湿植物的新鲜香气依然带有污水味，河水虽然稍稍显白，但明显比较干净。大部分的污染物都在过了这个地方后注入河里，因为接下来它会流过人口密集的中产阶级区域，包括我住的弗拉门戈在内。

几分钟后，我发现菲利佩和他指导的那些少年蜷缩在一块白色防水布底下。那些男孩显得不太友善，当时天气潮湿，十分寒冷。他们没料到有这么多观光客。菲利佩这时有空了，我陪他一起去看他认识的卡里欧卡河。

坐上他的车之后，我们往山上前进。不久，路面从柏油变成严重磨损的黑色鹅卵石。这条路深入山区，原本路两旁的房屋逐渐被树木取代。他靠边停车。道路旁有一道平行的深谷，瓜拉拉佩斯的简陋砖造民宅就盖在对面山坡那陡峭的地形上。他说，这是他住的地方，一边指着接近山顶一栋盖得还不错的灰泥住宅。在右边的小区上方，一片绿色植物在雨中轻轻起伏摆动，吊钟花风铃木。奇久卡国家公园包围着菲利佩所住的小区。

然后，我看到它，在裂隙底部流动的一条溪。那就是卡里欧卡河。我们小心翼翼地往下走，来到河边的那条小径。它的外观和味道就像一条山间小溪，蜿蜒流过平滑的巨石和竹林。一只不习惯陌生人出现的混种狗对着我们吠叫，菲利佩叫它安静。我们沿着河水边缘的浓密植被走：有绞杀榕、结着外皮粗糙果实的波罗蜜树，以及垂到地上的一团藤蔓。雨滴在香蕉树的宽阔叶子上不停敲敲打打。

这一带处处可见塑料水管从山坡上曲折而下，每根水管都将一户房屋的废水灌进河内。原来这里就是问题的源头，上方没有其他住户了。这里跟下游的情况没两样，只不过，瓜拉拉佩斯的污染出现在地面上，我们看得见。

知道这种污染同样发生在其他各处，对菲利佩并没有帮助。他儿时洗澡的这条溪正逐步迈向死亡，而自己的社区也是元凶，这一点让他相当难过。他卸下活泼的面具，开始侃侃而谈，在举出"旧科斯梅主人"所做的各项努力时，右手也用力比出劈切的动作：他们协助筹划沿河岸捡拾垃圾的行动，以防下雨时洪水泛滥；他们也推动社区回收计划。他们募款购买米和豆子，提供给瓜拉拉佩斯最贫穷的民众。

"我们与国家公园合作，负责教导孩子了解这个地方。"我们调头走出山谷时,他说,"它属于我们。但是我们没有资源处理这个。"说着,手一边指着伸入河中的排水管。

回到车上,菲利佩释放了压抑心中的挫败感。瓜拉拉佩斯和附近塞罗科拉(Cerro Corá)与维拉坎迪多(Vila Cândido)两座贫民窟的居民经常见到的政府官员,只有在2013年中期UPP成立之后开始巡逻的警察。除此之外,这些贫民窟没有基础建设,无论是卫生设施或危险山坡的支撑结构都付之阙如。那些山坡有时会因暴雨而崩塌,就像2010年泥石流掩埋了一间房屋,当时屋内有三个小女孩在睡觉。菲利佩与其他人一起挖土救人,抢救到天亮,结果却发现她们被压死在水塔底下。

天快黑了,我们浑身湿透。可是菲利佩还要带我去看一个地方:"Mãe d'Água——水之母"。这个地方我从没听说过,十分好奇。我们再次往山上爬。道路转弯又往回绕,带着我们愈爬愈高。左边是一道陡降的沟壑,右边是充满绿意的高耸山岭。我们进入森林深处,黑暗的雨中只剩下我们。他在路边一个急弯处停车。车外的空气弥漫着腐叶、湿泥,还有某种花朵极香甜的味道。鸟儿在浓密树荫中啾啾啼啭。走到路对面,我低头俯看一道沟壑,看到一些红砖屋的屋顶。我们来到了瓜拉拉佩斯上方。一道河水从道路底下的一条水管涌出,像瀑布般倾泄而下,汇集在下方的一座池子里。

菲利佩带我走回对面,来到一个小型的平顶化岗岩构造,它坍塌的门口隐藏在藤蔓与浓密植物构成的杂乱顶冠下,外头用红黑两色的涂鸦牌子遮住。菲利佩告诉我,这就是水之母,卡里欧卡河的水最初便聚集于此,然后引入输水道,再输送到山下的里约市。他告诉我,我想看卡里欧卡河的源头,这就是了。

我先前曾经骑自行车经过这里,却从来没有多看它一眼。现在我看到面对街道的那一面有一块石匾,上面深深刻着一些字。石匾上的涂鸦实在太多,我不得不用手指触摸那些有棱有角的字母,才能看懂:"若奥五世(Dom João V)在位期间……"这是此处建造时葡萄牙国王的名字,最底下标示了年代:1744年。

就在我们上方,一道破旧铁栅栏外,有一些在水流进输水道之前集水用的蓄水池。细绳绑住了高度及腰的栅门。现场一切都已经荒废。菲利佩显然准备要离开了,但我还不想走。

在1730年出版的《葡萄牙美洲史》(History of Portuguese America)中,历史学家塞巴蒂昂·罗沙·皮塔(Sebastião da Rocha Pita)描述了一条"名为卡里欧卡的丰沛河流,河水纯净清澈。"当地人相信,它的水"能让音乐家的歌声更温柔,女人的容貌更美丽。"他写道。那才是我想看到的河。

菲利佩耸耸肩。我想做什么都成,但他不想再淋湿身子,他到车上等我。

我跳过尖端犹如箭头的栅栏,在另外一边低下身子。地上散落着芒果和过熟的菠萝蜜,湿气让果实的甜酸味更加强烈。一棵香蕉树伸出短小的分枝,上面挂着即将成熟的香蕉。没有人特地来此采收香蕉,感觉此地已彻底被遗弃。正前方的一道石墙长了青苔与地衣,呈现出斑驳的橘色与绿色。有一道阶梯往上通向它的侧边。

最上头是老旧的蓄水池,里约曾经有不少水储存在这三座庞大的石盆里。如今有小树从那坚固石结构的裂缝里冒出,树根正缓缓将花岗岩块撬开。往后面走,那里有一个比较小的蓄水池,上方则有一个像是控制室的地方。我继续往上爬,走进去。脚后跟底下有碎玻璃吱吱作响,残存的木头窗台和门柱已经变软,底部正逐渐腐烂。

山岭隐约矗立在蓄水池后,被雨中摇摆的植被覆盖在下。黄昏让阴影更显昏暗,但我能听见河水汩汩奔流的声音。

我轻手轻脚地跨过围在蓄水池后面的那道厚墙,攀上山坡上颜色斑驳的花岗岩。那里的河水清澈冰凉,从上方的灌木丛里涌出,接着沿着岩石中一条明显的断层线流动。它在我的脚下往下冲,绕过蓄水池,流进一条引水渠,流向瓜拉拉佩斯上方。

我坐下来,感受身体底下的裸露岩石,手指伸入水中,整个人则已被雨淋湿。黑暗将森林拉近,空气显得轻柔深沉,生命的声音穿透其中,但看不见其踪影。我觉得,若是将这条溪流捧在手中,应该能看见卡里欧卡河、山岭，以及在四周展开的风景反射水面；看见当年达尔文眼中所见，美到无法以言语形容的景色；看见历史学家罗沙·皮塔在达尔文之前一百年见到的那般景观；也看见原住民图皮人（Tupi）在葡萄牙人踏上这座山之前见到的风景。

我所爱的这座城市，结合了岩石与水、白色沙滩与碧绿森林，令人惊艳，但它就像一首支离破碎的诗，遗失了一些最华美的段落：鲸鱼曾经在迁徙时游经伊帕内马，那片裸岩如今的名称"阿帕多"就是在纪念那段旅程；海豚曾经出现在里约外海，如今遭受污染的海湾里已鲜少见到它们的身影；此外还有卡里欧卡河。

我寻找一条河流，但也想寻找它所诉说、关于这座城市的故事。河与城市已经紧密纠缠数个世纪，卡里欧卡河造就了里约的生活，里约也改变了这条河。如今这条河反映出这座大都会浑浊的一面，以及它与这里优越的自然环境恶化的关系。

我起身，感觉寒冷又气馁。我往下走回菲利佩车上。回程途中，我们聊到他的工作，还有他对自己的小区、与他合作的青少年，以及对这条河的期望。

卡里欧卡河若要一路清净地流向大海，需要什么条件？答案是经费、强大的政治意志，以及民众的合作。它也需要里约市与里约州之间相互配合，前者负责管理河流，后者负责管理瓜纳巴拉湾、海洋，以及海滩。

然而，这一切在短期内都不可能实现。

如果撇开卡里欧卡河不谈，先关注瓜纳巴拉湾，那么前景就稍微乐观一点。净化这座海湾是里约申办奥运会时的一项承诺。帆船竞赛届时将在这个海湾举行，然而漂浮水上的垃圾可能干扰船只，造成选手痛失奖牌。这个问题因而有了确切的改善期限和所需的经费。

里约州环保局长卡洛斯·明克（Carlos Minc）向我保证，里约会及时做好准备。他已经开始推动一连串计划，如果成功，便能大幅净化瓜纳巴拉湾，并让周边民众享受到基本的卫生设施。

其中有些计划目前已在进行中,例如关闭格拉马绍等垃圾场,以及利用迷你机器人检查现有的水管系统,根除违法私接的废水管线。其他计划则刚刚起步,包括为海湾畔的市镇装设污水系统、提高污水处理厂的处理能力与数量,以及在河口设置名为生态拦网(Eco-barrier)的漂浮围篱,防止垃圾漂到海湾里。

另一项计划是兴建处理设备,就像卡里欧卡河三角洲的那一组,设置在注入海湾的五条污染最严重河流的河口。当然,此举有助净化海湾,却改善不了河流本身的问题。这项计划纯粹是把那些河流当成废水输送带加以处理而已。

不过,这些计划即使面临奥运的时间压力,经费也已经到位,还是有许多进度落后,当中有几项根本尚未开始进行。一旦奥运结束,推动计划的动力就会烟消云散。我跟大多数卡里欧卡一样,怀疑真正实现的计划能有多少。

卡里欧卡已经不是第一次听到类似的承诺了。1992年,首次的联合国环境会议在里约举行过后,政府当局宣布要利用国际银行贷款和州政府的经费大力兴建废水处理厂。在耗资七亿六千万美元、费时20多年后,4座处理厂兴建完工,风光启用,但其中一座处理厂所处理的废水量少之又少,另外3座则从来没有处理过一滴废水。为什么?因为没人建造处理厂和污水系统之间的连接管线,或是设置将废水送进处理厂的抽水站。虽然当时政治意志与经费也都到位,却不足以防止整个计划沦落至管理不善和贪腐的窘境。

艾索·格雷尔(Axel Grael)把这个问题看得更远。他是前州环保局局长,也是关注瓜纳巴拉湾的环境清洁与教育的非营利组织"格雷尔计划"(Projeto Grael)董事长。

格雷尔家族对改善环境非常投入,也远比大多数人了解瓜纳巴拉湾,这座海湾等于是他们家的后院。艾索的兄弟拉斯(Lars)与托尔本(Torben)是得过奥运奖牌的帆船选手,在那片水域上练就出优异的驾船技巧。托尔本 22 岁的女儿玛汀妮·格雷尔（Martine Grael）从小也在海湾上驾帆船，希望能在里约奥运中代表巴西出赛。

里约主办 2011 年世界军人运动会（World Military Games）时，主办单位找来格雷尔的非营利组织紧急清理帆船航道。他们利用装有网子的特殊装备船只，在比赛开始前从水中拖出了半吨垃圾。他说，这种应急方法不适合奥运会。海湾净化工作需要数年甚至数十年才能见到成效。他并不乐观。

里约诞生在瓜纳巴拉湾旁，卡里欧卡河口。从河口三角洲走到源头，让我回到过往时光，发现了许多历史，也看到里约市的水路污染为何变得如此严重。不过，若要了解里约市未来的方向，我必须离开旧城往西行，到巴拉达帝茹卡郊区以及更远的地方。那里是里约的都市边境。开车到那里，能瞥见里约的未来。

第十一章

工程万岁

我穿着橡胶套鞋和雨衣在矮树丛里穿梭,一边捏起黏在脸上的小虫子。那天早上我已经想了第三或第四次,这趟行程究竟是不是个好主意。

深及脚踝的泥巴拼命想吸住我的靴子,我吃力地紧跟着前面的男子,一位头戴破帆布帽、脚穿滑稽五趾鞋的生物学家。此外,我们在找宽吻凯门鳄(*jacarés-do-papo-amarelo*),我不太确定找到时自己会有什么感觉。这些短吻鳄的南美洲远亲极度重视自己的地盘,身长在 1.8 到 2.5 米之间,较老的野生公鳄甚至能长到 3 米,拥有强韧的皮革、牙齿和肌肉,一口就能轻易咬碎乌龟壳,或是人类的胫骨。

在丛林里披荆斩棘是生物学家里卡多·佛雷塔斯(Ricardo Freitas)开的一门课的课程内容。他是凯门鳄专家,教授巴西唯一的鳄鱼处理实务。有 25 名学者和野生动物兽医师专程从巴西中部及北部飞到里约,希望学习里卡多的技巧。到周末结束时,我们已经懂得如何捕捉、测量、加标签,然后安全地释放这些不悦的粗暴动物。

你能在里约西区发现这些鳄鱼。这一带位于山岭的山脚下,里约都市区最高峰白石山(Pedra Branca)。就在此处,同时还有一座广达 31 000 英亩的森林白石山州立公园(Pedra Branca State Park)。山上的径流从高处流向平地,平地上的红树林和彼此相连的潟湖里共有 5 000 多只肚皮呈现乳白色的宽吻凯门鳄栖息着。

佛雷塔斯是个乐观派。他转头轻声说，我们迟早都会碰到鳄鱼，它们喜欢这条串连两座咸水潟湖、上方树叶繁茂的狭窄水道。他说，这个沼泽区域一直都是它们的家园。我途中开车经过的区域雅卡雷帕瓜，名称来自原住民语，指的正是"鳄鱼之地"。

可是情况不只如此，这些鳄鱼根本别无去处。这条岸上筑了墙的小水道沿线有许多住宅区街道，上面都是设有围栏的大楼，位于顶楼的豪华公寓要价上百万美元。

身穿亮丽紧身衣的妇女靠在栏杆上，看着佛雷塔斯闲晃；她们正要去不到两个街区以外的海滩健走。一对牵着贵宾狗散步的老夫妇停下来问：那些野兽真的会把宠物吃下肚吗？

这种对比显得很不真实，不过这个鳄鱼之乡，也就是包括巴拉达帝茹卡、雷克雷尤班代兰蒂斯岛（Recreio dos Bandeirantes）、雅卡雷帕瓜等地在内的地区，也是里约成长最快速的区域。没有任何地方比里约西郊更能展现这座城市的具体转变。

尽管过去这5年已经有了快速的改变，这个过程却直到2016年才会继续加速。里约的奥运场馆分布当中，位于这个生态脆弱区的场馆为数最多。根据里约申奥时的要求，这场体育盛事将突出里约的天然资产，同时提供相关措施以补救既有的损害。这些承诺在里约成为奥运会候选城市时，一直是主要卖点。一项针对申奥宣传内容进行的论述分析显示，"环境"或其变体"环保"是使用次数第二多的字眼，仅次于"安全"。

西区的快速开发，以及即将逼近的奥运工程如何融入这项要求？

答案是，从鳄鱼开始。最先住在那里的是这些鳄鱼。鳄鱼也比其他物种更强悍，先天条件就足以适应、承受那些可能让其他动物灭绝的环境条件。鳄鱼将是我衡量环境的判断依据。

在这座挤满自然特征的城市里，密集的建筑阻挡了景观与气流，因此对生活其中的卡里欧卡而言，西边的郊区提供了令人向往的空间。这个区域直到20世纪80年代都处于低度开发状态，此后则容纳了里约大多数的新建住宅。我很熟悉这个区域。我的父母从国外搬回里约时，就住进此处最早的封闭式小区之一。几十年后，我哥哥在他第二个孩子出生后也跟着进入。

如果要去探访家人，我就得从弗拉门戈开一个小时的车。那条路线展现了巴拉达帝茹卡的迷人魅力。它从博塔弗戈永远堵车的街道出发；博塔弗戈曾经是一个精英郊区社区，如今则成了交通干道，两旁住宅大楼、商店、学校与政府机关林立，路上挤满公交车、摩托车和汽车。行人多到溢出狭窄的人行道之外，骑摩托的人则在车流间钻行，造成交通越发混乱。这条路线接下来继续行经雅尔丁（Humaitá）、里约植物园等其他拥挤区域的拥塞街道，进入通往西郊的隧道。

经过那阵混乱与拥塞，进入巴拉达帝茹卡这个西区第一个区域，就像是探出头呼吸空气。开车离开最后一座隧道后，左边是海洋，右边则是有青翠山峦作为背景的一个潟湖。一块告示牌上写着"欢迎光临巴拉达帝茹卡"。

行人、柴油废气、拥挤乱象在这里皆不见踪迹。西区显得时髦优雅，这里有16条公路、豪华购物中心以及门禁小区。这里是一片为了汽车、而非行人设计的区域。这里的生活局限在各式住宅内，都是设有保全及围篱的大楼和房屋，保证住户享受到随着里约发展而失去的一切：宁静、新鲜空气、安全。有些住宅的名称会让人回想起过去失落的美好乐土，例如我父母住的新伊帕内马（Nova Ipanema），还有新莱布隆（Novo Leblon）。有些名称甚至赤裸裸地采用英文或某种适合的欧洲语言，象征让人梦寐以求的生活：摩纳哥宅邸、花之蔚蓝海岸、巴拉黄金绿园。某种程度上，这里的高级氛围并非自吹自擂：如果撇开里约其他区域不谈，此区的人类发展指数（Human Development Index）与挪威及新西兰并驾齐驱。

要在一个不平等社会中维持这种与外界隔离的生活，需要付出的代价远远超过住宅支出和汽油钱；这种生活本质上就像是住在黄金牢笼里。我想要探望父母，就得开车到有保安看守的大门前，等待有警卫亭保护的保安人员打电话通知他们。获准进入后，大门打开，我驶进一片童话般的田园景致，孩童依然在街上玩耍，广大的景观公园也是可供他们奔跑、躲藏的游乐场，此外还有运动场、游泳池、一家餐厅和一家酒吧。一个人的一生，或至少某种人生，都能在这个社区绿意盎然的街道内度过：那里有发廊、按摩工作室、除毛与美甲店、面包店、便利商店，以及一所私立学校。

　　巴拉达帝茹卡的生活方式受到许多人青睐，甚至包括奥运在内。各种竞赛项目的场地散布各区，包括南区的伊帕内马、科帕卡巴纳与弗拉门戈一带；中北区则是马拉卡纳（Maracana）与恩任豪（Engenhao）体育场所在地；还有西北区的迪奥多罗（Deodoro）。不过主要的奥运场馆都集中在西区，共有 15 处场地举行拳击、桌球、游泳与体操等竞赛项目。

　　如同里约 2016 奥运筹委会所言，这个区域提供了"极其美丽的环境……周围环绕着潟湖、山峦与公园"。他们忘了提及海滩——超过 25 公里、令人目眩神迷的大西洋沙滩。此区的潜力显而易见，几乎人人都想分一杯羹。

　　这也就意味它成了一片大工地。每次到访，我都看着施工人员在土坑里兴建 10、15、20 层的高楼。根据人口普查，里约人口在 2000 年到 2010 年之间增长了大约 8%，但巴拉达帝茹卡却增长了 47%。不过，这个数字相较于更西边的区域，却又显得小巫见大巫了。在雅卡雷帕瓜、雷克雷尤班代兰蒂斯等区域，大楼如雨后春笋般冒出头来，人口的增长幅度高达 150%。在那十年间，巴拉达帝茹卡和周边八个区域总共增加了 278 000 个新居民，令人咋舌。即便在崭新的公路上，交通也因为车辆数大幅增加而降至龟速。

　　这种疯狂竞赛毫无停止的迹象。连锁酒店预计奥运会将带来商机，在这个地区大肆增建了将近 4 000 个房间。根据隶属市政府的都市计划组织培雷拉帕索斯研究所（Instituto Pereira Passos）估计，从 2010 年到奥运前，巴拉达帝茹卡预计会再增加大约 65 000 位居民，雅卡雷帕瓜则会增加 53 000 人。

　　在这座交通拥塞的城市里，交通建设绝对会是奥运会过后留下的最实用的东西，包括延伸的地铁线，以及隶属快速公交系统（BRT）、长度将近 160 公里的公交车专用道,这些全都通往西区。BRT 卡里欧卡线(Transcarioca)

连结了西区与国际机场；BRT 奥林匹克线（Transolímpica）连结这些工人阶级区域与北区。最早完工的 BRT 西线（Transoeste）则从巴拉达帝茹卡中心出发，穿越原始湿地，到达里约市西端。在它通车后，新的封闭式小区开始迅速出现。

别忘了，这些设施全都位于"鳄鱼之地"。

没有人比创立鳄鱼研究中心（Instituto Jacaré）的生物学家佛雷塔斯更懂里约的宽吻凯门鳄。自从他在 2000 年成立这座研究中心开始，他已经捕捉了将近 500 只鳄鱼，并为它们加标签、编目。不过，在我加入他们，来到那条泥泞溪流岸边的潮湿初春早晨之时，夹带雨水的南风导致气温下降。沉重的云朵遮挡了阳光，那不是捕捉凯门鳄的理想天气。这些冷血动物觉得待在水里比较温暖。

拖着沉重脚步走了几个小时后，我们已经看到数十颗眼珠和鼻孔探出溪面，但是在溪岸上游荡的凯门鳄并不多。我们看见的少数几只更在我们靠近时以惊人速度滑过草丛后游走，无视我们绑在绳子上、放进水里拖着走当诱饵的鱼块。虽然佛雷塔斯说凯门鳄通常对人类或宠物狗不构成威胁，我们还是不打算硬逼健康的鳄鱼离开水里。大家决定休息吃午餐，晚点再试试。如果凯门鳄在冷天里不出来，我们也没有理由待在外头。

我跟佛雷塔斯、他的实习生卡米拉（Camila），还有几位研究生来到海边一家烤肉小馆吃饭。几乎就在这时，乌云散去，天空透出淡淡阳光。我们挤在户外的桌子旁，点了一桶啤酒。即便是在轻松悠闲的里约，我们也引人侧目：在水道里走动一上午后，大家浑身都是泥巴。看看那些泥土、我们身上的丛林冒险打扮，还有绿眼睛的佛雷塔斯五天没刮的胡子和破烂帽子，说我们是印第安纳·琼斯（Indiana Jones）电影里的临时演员也不为过。

我们的对话内容开始谈论各种将这些湿地掩埋在混凝土板之下的开发计划。这类新建工程从奥运场馆、大型公路到私人住宅，有不少都必须填补沼泽地，或是抽掉当中的水。对于当地聚集的鳄鱼爱好者来说，此举就像诅咒。

佛雷塔斯手伸进冰桶拿出啤酒。他说,我们早该从泛美运动会学到教训。

"我们还在为那场灾难清理善后,付出代价。"他表示。

2007年的泛美运动会被认为是2016年奥运会的试金石。不过佛雷塔斯指出,也能将其视为一起警告。泛美运动会在操作上相当成功,可是支出费用十分吓人。根据巴西联邦审计法院(Tribunal de Contas da Uniao,简称TCU)的资料,账上已经支出两亿五千万美元的泛美运动会,至少花掉十一亿五千万美元财政资金,实际总金额可能还会更高。这份报告撰写之际,政府还没完全将所有经费申报完毕。即使总支出未明,2007年泛美运动会就已经是史上最花钱的一届,比2003年在圣多明各举行的上一届赛事贵上15倍。

除了严重超支,泛美运动会也留下维护经费高昂的蚊子场馆。这些场馆有些交给私人使用,不对大众开放,有的质量十分低劣,其中包括泛美运动会最著名、也最昂贵的场馆:若昂阿维兰热奥林匹克体育场(Estádio Olímpico Joao Havelange,又名恩任豪体育场)。它造价一亿九千两百万美元,超出原本的预算六倍。这座体育场同样转交给一支私人足球队使用,但每个月的租金加维护费只有区区15 000美元。

结果,若昂阿维兰热体育场出现严重的结构缺陷,被迫在2013年3月关闭,这时距离启用还不满6年。所有人都记得那有多荒谬:里约市长曾经在一场记者会上坦承,屋顶可能坍塌或被吹走,"而这取决于风速与温度"。

这座体育场一向不是热门的运动场地,但由于马拉卡纳球场为了奥运会进行整修,它成了里约足球队当时仅有的场地。在它关闭后,热爱足球的卡里欧卡就没有体育场可看球,而且没有人知道这样的状况会持续多久。官方估计,在投入更多经费将45 000个座位扩增为60 000个之后,这里将在2015年再度启用,预期届时将作为奥运会田径比赛场地。

泛美运动会的场馆大多建于西区,因此奥运也追随这个模式。泛美运动村(Vila Pan-Americana)尤其成为规划不善、浪费公款,而且动机可疑的象征。不少工程也跟它一样,受到上述的因素影响。这个由 17 栋大楼构成的工程矗立在一条溪流和卡摩林潟湖(Camorin)之间的森林带上,是由地方政府和一家建设公司合资兴建。这座运动村原本是要提供选手住宿,日后再当成住宅出售。

这项工程从一开始就遭人质疑。没错,州政府亟需兴建住宅——2007 年就有 338068 个住房单元短缺。可是,根据巴西地理统计中心(Brazilian Institute of Geography and Statistics)的资料,需要住宅的大多是年收入不满 8000 美元的家庭。里约当局为何要鼓励私人企业去进行另一个中上阶级开发计划?[1] 就提供运动选手住宿而言,泛美运动村也是一项非常昂贵的方案。他们在那里每天花费纳税人 568.5 美元——几乎是该地区高级饭店每天住房价格 300 美元的两倍。

可是,泛美运动村最大的瑕疵一直要到选手离开后才现形。它的粉色高楼上砌了不稳定的黏土,随后几年,地面位移下沉,街道上出现长长的锯齿状裂痕,导致水管与煤气管外露、电线杆倾斜、金属栅门弯曲变形。

即使正在兴建奥运场馆,市政府现在还继续在为泛美运动村花大钱收拾善后。整修经费原本估计要 200 万美元左右,但截至 2012 年,地面下沉问题就花了超过 1 500 万美元。这些都是为了没有人会喜爱的公寓:尽管位于西区,泛美运动村的入住率始终没有超过三分之二。当巴拉达帝茹卡夜里的高楼灯火通明时,运动村的大楼上却布满黑漆漆的窗户。

联邦审计院在针对泛美运动会的报告中提出,他们已经给这座自然生气蓬勃的城市提供了机会,解决严重的环境问题。报告指出,这个机会却被浪费,各种努力"消极而不足"。

现在,筹办奥运会又给了里约这座城市一次新的机会。不过从参与的生态学家、生物学家以及动物家的角度来看,这场奥运是弊大于利。新的

---

[1] 除了无助于解决里约低收入户住宅不足的问题之外,兴建泛美运动村还必须拆除大约 100 间贫民窟房屋。他们提出的理由是,这些房屋对环境造成威胁。

公交车专用道,大肆兴建更大、更好、更快的交通设施,将更多居民送进这个尚未做好准备的区域……佛雷塔斯气馁地叹气,又灌了一大口酒,开始摇头痛骂,宣泄心中不满的情绪。

"现实是,动物、生物多样性和法律都是狗屁,大兴土木才是硬道理。"他说,"这一切之所以要进行,是因为有些人可以从中狠捞一笔,而且过程不受监督、不关心生态,也无法拯救物种。"

他说,里约的工程往往都是这样进行。西区的数量更多,速度也比其他区域来得快,但是却没有采取相关措施以减缓开发所造成的森林砍伐、湿地流失和栖地破坏等冲击。他表示,管理海边与湿地工程的法规形同虚设,跟着动植物一起不见踪影。要求动工之前进行环境评估的法律也没有认真执行。

"全都只是做做样子而已。你只要环顾四周,看看是否看得到动物,就是所谓的环境评估。"

服务生这时端来盛装在大型浅盘里的餐点,上面高高堆着还带着血的牛排、烤鸡以及香肠。佛雷塔斯自己盛了一大盘牛肉。他后来在入睡前丢出一个反问。"真的,如果法律妨碍政府想做的事,那它算是什么样的法律?"

这正是关键所在。里约官方没有扛起监督之责,而是积极规避法规,以加快工程进度。这种规避行为最恶劣的例子,就是为奥运会而兴建的高尔夫球场。我一直在追踪这条新闻,因为高尔夫在百年来,首次成为奥运正式竞赛项目。

赛事地点的协商打从一开始就令人担忧。根据里约的申奥计划,高尔夫球赛将在私人的伊坦年加俱乐部(Itanhangá club)举行。可是,市长爱德华多·佩斯(Eduardo Paes)却在2011年6月向来访的国际奥委会委员宣布,这项计划有变。[1]市政府无意整修那座私人俱乐部,而是要改兴建一

---

[1] 后来市议员在2012年进行一项调查,发现申奥时被点名的伊坦年加高尔夫俱乐部根本没有接到举办高尔夫球赛的相关征询。该俱乐部总裁在发给媒体的一封信当中证实了这一点,信上也指出,他认为该俱乐部绝对符合奥运比赛的要求。

座全新的球场,地点就选在紧邻马拉彭迪潟湖(Marapendi lagoon)、面对海洋的一片美丽白沙地和海岸沼泽地。这位市长指出,最棒的是,这项工程不花民众一毛钱;出资兴建的开发商将获得球场周边区域的开发权。

最初的障碍是环境。那片土地虽然有部分因非法移除白沙而导致恶化,但仍是受到法律保护的区域,有鳄鱼和其他动物栖息,其中包括卢氏树鬣鳞蜥(Lutz's tree iguana)和阿潘凤蝶(Fluminense swallowtail butterfly)这两种巴西特有的濒危物种。不过,那些只是最初让人担心的事。随着工程在2012年开始进行,其他令人忧虑的事情也——浮现。

3月,当地筹备委员会在一场盛大的典礼上宣布球场设计者的姓名——毕竟这将是一座广达300英亩的先进球场。一家开发商中选,准备领导这项耗资3 000万美元的大工程。如市长先前所言,开发经费将由这家建设公司负担。该公司可取得在球场正后方兴建22栋新高楼的权利作为补偿,那里面对着人造景观、潟湖,以及更远的清凉蓝色大西洋。

里约热内卢市议会在12月20日下午召开特别会议,开发计划正式通过。当时,大多数卡里欧卡早就放暑假去了。会议中,市议员同意一项包含几项惊人条款的议案。首先,这项措施准许在保护区内施工。此外,它也从邻近的自然公园(里面同样有前述的濒危蝴蝶及鬣鳞蜥栖息)额外划出14英亩的森林地,纳入高尔夫球场范围。最后,它放宽球场开发商兴建大楼的高度限制,从6层楼提高到22层楼。

球场旁这座超豪华公寓大楼的顶楼开价600万美元。那只是一间顶楼公寓的价值。

整件事在2013年1月获得市长批准,当时还是暑假期间,市环保局则在4月顺势批准。这个案子没有提出环评报告,也未经过公开辩论。工程随即展开。[1]

---

[1] 后来,市环保局局长解释说,环境评估报告的目的是研究替代方案。既然市议会和市长已经决定高尔夫球场的地点,自然没有研究的必要。

我向佛雷塔斯提起这件事。身为在该区进行研究的生物学家,他一直关注此事的发展,我希望他能针对一片面积300英亩、洒过杀虫剂和除草剂的草地对该区生态将造成什么影响,提供一些深入的见解。那是一块沼泽地,地下水位相当高。化学药剂若是渗入地下水,绝对会殃及附近的潟湖。

对这位鳄鱼专家来说,这是一个令人情绪激动的议题。这个地点最初被提议为奥运高尔夫比赛场地时,他就发了一封电子邮件给当地的筹备委员会,警告说,如果他们在西区兴建高尔夫球场,将会有"不速之客"造访。佛雷塔斯的去信没有得到响应。但是工程一展开,鳄鱼随即现身,为2016年奥运会管理场地的公司便聘请佛雷塔斯去处理那些鳄鱼。

"他们不是突然开始真心在意鳄鱼的遭遇。而是因为奥运,鳄鱼就成了一个问题,需要处理。"

我们吃完午餐。太阳都快把地面上的积水烤干了。我们边聊天、边走回小溪边时,佛雷塔斯用力地吸着烟。

他基本上反对这项高尔夫球场工程,可是也认为,比起置身事外,有他在,对鳄鱼还是比较好。看到鳄鱼因为妨碍施工或出现在游泳池里,进而遭受伤害,这成了佛雷塔斯开设这些周末课程的动机。鳄鱼可能遭到枪杀或受伤——人类利用套索猎捕它们然后拖行,此举往往造成鳄鱼颈部断裂。

还有钱的问题。佛雷塔斯在某所私立大学任教,每星期授课10小时,时薪20美元,其余时间则在鳄鱼研究中心工作。他必须从事顾问工作以补贴工资,例如把擅闯公寓大楼喷泉的宽吻凯门鳄拖出来。保护2016年奥运会高尔夫球场工地上的鳄鱼算是一项还不错的工作。

"我热爱我的工作,我热爱鳄鱼,但是这当中没有回报,没有钱可拿,我也没有时间发表研究论文。"他说,同时将香烟按在裤子侧边捻熄,结束这段对话。"所以,我们去抓些鳄鱼吧。"

下午相当暖和,空气黏腻潮湿,这对鳄鱼来说是好天气。它们的眼睛和鼻子划破几乎停滞不动的溪面。有几只正在水边晒太阳。我们沿着溪岸分开走。我跟实习生卡米拉在一起,她站在横跨溪上的一座狭窄人行桥上,将黏糊的鱼肉绑在绳子尾端。诱饵备妥后,她便将饵丢进水里,用力拉了几下,让饵像摆动的鱼那样拍打水面。此举立刻引起鳄鱼的兴趣,有几只鳄鱼马上朝我们的方向游来。绳子再拉扯几下,两双突出的眼睛就开始滑过来。它们造成的尾波向外扩散、交迭,似乎也勾起了其他宽吻凯门鳄的兴趣。此时来了一位观众。

一名身穿纱笼和比基尼的中年妇女在走往海边的途中停下来,斥责卡米拉搞得木桥上都是鱼腥味。装饵的袋子确实发出恶臭,卡米拉自己也是,她的手肘以下沾满血和内脏。因为用脏手推眼镜,她的脸也沾上黏黏的鱼肉。她瞪着那个愈走愈远的海滩游客肥厚的背。

"他们还抱怨鳄鱼攻击性强,"她嘀咕说,"她整天闻自己的大便,却抱怨鱼腥味?"

这也是真的。虽然这条小溪连接保护园区里的两个潟湖,但那股气味绝对错不了,是人类的粪便。这条溪流着肮脏的污水,有卡里欧卡河的臭味,还有跟那条河一样、在岸边冒着泡的白色浮渣。溪流上方有几根水泥管,其中一根将废水往桥下灌。我亲眼看到一只保险套滑出来,扑通一声掉进水里,它的乳胶体宛如某种不明的无脊椎动物,在水中缓缓波动起伏。

这些西郊住宅区在销售时都保证能让住户享受到过去的里约—安全、宁静、干净,可是当地却很快就沾染上旧城最糟糕的一面。疯狂的开发速度也代表基础建设远远追不上各项工程的发展;在这个地区还没有配套的污水系统之前,巴拉达帝茹卡、雷克雷尤班代兰蒂斯岛以及雅卡雷帕瓜的大多数大楼,就已如雨后春笋般迅速冒出。这意味它们要不根据法律规定,自行兴建自己的废水处理厂,不然就是透过雨水管将厕所废水直接排进溪流和潟湖。由于缺乏监督机制,封闭式社区、购物中心以及办公园区大多采用第二种方法。

根据巴西环境部长卡洛斯·明克的说法,为了改善这个区域的状况,政府砸下将近3 500万美元铺设新管线、兴建抽水站。这些新的基础建设将贯穿所谓的"奥林匹克轴线",包括未来的奥林匹克公园、几座购物中心、饭店、办公园区,以及住宅大楼。2013年9月造访工地时,这位部长表示,经费高达三亿五千万美元的工程在先前六年已有显著改善。在那段期间,此区的卫生设施普及率从零增长到了60%。这确实是相当大的进步。有了地下的新管线,任何新工程都会有一套可以相连的正式系统。

卡米拉怒气冲冲地指出,问题在于我们在水道中的所见所闻。在基础建设出现之前就存在的房屋、高楼和商店,数十年来大多将未经处理的废水大大咧咧地排进大自然。该区域的污水管一旦安装完成,它们就要遵守法律规定,在60天内连上正式系统,并且自行负担相关成本。无论它们是否做到,自来水污水公司都会开始向它们收费,街道于是不再肮脏,此区被认为拥有基本卫生处理设施的比例也往上攀升。

这也就是出口位于巴拉达帝茹卡海滩开端的水道造成那段海洋不适合游泳的原因。尽管官方统计数字显示,区域内85%的地方都连上了卫生处理系统。那条水道是西区潟湖网的终点,也是它与海洋之间直接相连的管道。由于污水实在太脏,有一名生物学家因此称之为"巴拉达帝茹卡的直肠"。棕色的污渍从那个出口往外散开,波及大海。

巴西环境部会进行定点巡查,并对某些大型违规者开罚,其中包括几栋被查获将废水倒进潟湖和溪流的大型住宅大楼。卡米拉指出,那些潟湖与溪流距离居民非常近,当他们享受宽广的门廊时,废水就在他们眼前。

环境部长明克已经展开严厉手段,要完全封堵输送污水行为最猖狂的管线。他将这项简单却有效的策略称为"生态软木塞"。可是政府没足够的人力逐一检查每栋大楼、每间购物中心和办公园区。此外,也没有供快速出现的贫民窟使用的污水处理设施;这些贫民窟内住的是在西区住宅区工作的大批服务业工人。因此,溪流里满是污水。当夏日的太阳照射溪中行光合作用的大量蓝绿藻时,溪水就会变成荧光绿色。

缺乏适当规划、毫无限制的开发,加上里约惯有的环境问题,造成我们那天在下水道里看到的景象:粪便无拘无束地漂流着,即使那是里约的都市边境。

"这项工作对我们最危险的其实不是鳄鱼，而是水。"佛雷塔斯解释，其中的风险从可能感染 A 型肝炎开始，"那就是我们身为城市生物学家面临的现实。"

就在我们继续交谈之际，四只鳄鱼已经围在卡米拉摆动的鱼饵周围。它们犹豫不决，态度谨慎。接着其中一只迅速甩尾，扑向鱼肉，大口咬下。诱饵绑在绳子上的方式经过巧妙设计，让鳄鱼在张口咬食时上颚会被绳子缠住。鳄鱼愈挣扎，绳子就会将它突出的上颚缠得愈紧，虽然绳子本身还是松的。

"稳住！"佛雷塔斯奔下桥朝溪岸跑时大喊。他涉水而过时激起硫气泡，不禁咒骂起自己陷入的那摊脏水。"可恶、可恶、可恶，他妈的脏死了！"

那只宽吻凯门鳄冷静下来之后，卡米拉慢慢走向岸边，缓缓拉起水里那只中了圈套的鳄鱼。除了偶尔不耐地甩动硕大的头部之外，鳄鱼只能乖乖地让自己的身体滑向佛雷塔斯。

靠近泥泞的岸边之后，佛雷塔斯拿起绳子，用力将鳄鱼拖向陆地。我们都在那里待着。他边拖着边解释，说这个猎捕和测量的过程并不会对鳄鱼造成伤害。没经验的人往往把一种看起来像末端有金属圈的竿子当工具，用来套捕鳄鱼。他说，棍子的长度能让人和鳄鱼保持距离，也让操作者感觉比较安全，但是它没有弹性，可能会造成鳄鱼脊椎脱臼或断裂。佛雷塔斯示范给我们的方法需要一点训练，不过对宽吻凯门鳄来说是安全的。

将鳄鱼拖上岸花了一番力气，不过一到了岸上，它竟然一动也不动，仿佛在纳闷到底是怎么回事。它的嘴角微微向上，看起来像是露出邪恶的微笑，大大张开时可看到锯齿般的黄牙。它的金黄色眼睛盯着我们瞧，眼睛中间被黑色的细缝分开。大家的目光始终不敢离开它，我们都见识过这些家伙的动作有多么敏捷。

佛雷塔斯朝它靠近，在它的鼻子上敲了几次。它嘴张得老大。佛雷塔斯拿着帆布帽，将帽缘往鳄鱼的方向伸去。鳄鱼的大口猛然一咬，佛雷塔

第十一章　工程万岁

斯立刻将一根手指伸到鳄鱼的下巴底下，让它的头整个往上翘。接着用食指和拇指捏住鳄鱼嘴。

难怪佛雷塔斯的帽子看起来这么破烂。这次那只凯门鳄没有咬到帽子，可是有时候鳄鱼的速度可是略胜一筹。

"你得利用它们身体结构上的限制。"他一手还抓着鳄鱼嘴。

他说，虽然凯门鳄嘴部的肌肉强而有力，但几乎所有的力气都是用来施展宛如老虎钳的咬功。鳄鱼嘴一旦闭上，用来打开嘴巴的肌肉组织就会变得虚弱无力，弱到只需两根手指头，就能让上下颚合起来。佛雷塔斯的腿在鳄鱼身旁摆动一下，随后蹲伏在它身上，用胶带封住鳄鱼嘴。等到绑好鳄鱼脚，就可以开始进行测量与研究工作。这只鳄鱼身长 1.8 米，体重 64 磅。为了辨别性别，佛雷塔斯得将手指伸进它的泄殖腔内，也就是鳄鱼的全功能排泄与生殖孔，搜寻弯曲而且能收缩的阴茎。这只鳄鱼相当听话地接受检查。结果，没发现阴茎，可见它是罕见的母鳄鱼。

经验较少的研究中心成员有机会执行接下来的工作：在鳄鱼的爪子间植入微芯片，并且割下尾巴上选定的一连串鳞片。这些程序能赋予鳄鱼独特的记号，并让研究人员取得血液和麟甲（osteoderm，坚硬厚实的鳄鱼皮），进行重金属暴露程度的检验。在大家工作的同时，佛雷塔斯利用一点时间回答我的问题，从鳄鱼的角度来看西区开发的意义。

对于抓到母鳄鱼，他十分兴奋，因为至今为了研究而捕捉的近 500 只宽吻凯门鳄当中，85% 都是公鳄鱼。他们还不清楚为何如此，需要进行更多研究才行。但是他们有个推论。丰富的有机物质——佛雷塔斯走进溪里时散发出气体的发酵粪便——使得溪岸上的淤泥更温热，那里也是鳄鱼筑巢的地方。由于鳄鱼性别是由温度决定的，所以温度失衡可能导致公鳄鱼占了优势。这种比例失调的长期效果显而易见。

此外还有其他各种问题。鳄鱼的食物选择变得愈来愈有限：通过检查死亡鳄鱼胃里的东西发现，它们大多是靠昆虫和人类丢给它们的食物维生——像是饼干，有时候饼干甚至还装在包装里。鳄鱼一般赖以维生的甲壳类动物、鱼、蛙、鸟和小型哺乳类,反而成了难得一见的大餐。随着溪岸铺起水泥,住宅大楼矗立在潟湖畔,鳄鱼要找到地方构筑叶密泥泞的巢也益发困难。佛雷塔斯甚至发现,鳄鱼会栖息在输送污水的大型水泥管里。食物匮乏、空间狭小,加上喜欢争夺地盘的天性,构成了不健康的生活条件,导致鳄鱼之间发生冲突。就连它们的遗传多样性也受到威胁,城市环境加大了鳄鱼到其他水池去杂交的困难。

太阳开始西下。我们的鳄鱼老早就停止挣扎,任人摆布,接受检查、触摸和拍照。那一天会有许多以这只凯门鳄为主题的内容上传到Facebook上。任务完成后,我们将它松绑,看着它滑回水里,成为又一双探出深绿色水面的金黄色眼睛。

工作人员收拾器材,为夜间课程做准备。那包括一边在一艘小船上维持平衡,同时捕捉水里的鳄鱼,再将不断扭动的它们吊到船上测量与加标签。我见过那艘船,它就绑在车顶上,长度约莫与那些鳄鱼差不多。我觉得差不多了。剩下的事情就留给他们去处理,我则前往父母家吃晚餐。不到15分钟后,新伊帕内马社区的保安就为我打开安全门。

6个月后,我又想起佛雷塔斯和他的团队。星期天的报纸登出"高尔夫大地"这个项目的全版广告,那是即将矗立在2016年里约奥运高尔夫球场旁的住宅大楼。广告上宣称,这是外观以大理石与坡璃打造的超豪华高楼,上面的公寓宛如"空中豪宅",每间售价在230万到2 300万美元间。虽然还没开工,已经有六成的房间被买家预订了。我显然低估了这场交易产生的价值。

广告文案吹嘘这项新建工程的名门血统,提醒大众种种的细节,像是受到路易威登(Louis Vuitton)新加坡旗舰店启发的银丝玻璃入口。不过,真正吸引人的是令人吃惊的自然环境:"马拉彭迪潟湖、马拉彭迪保留区的植物、蓝色海洋,以及未来的奥运高尔夫球场。"但这广告上面没有提到鳄鱼。

第十一章 工程万岁

第十二章

皮肉生意

时间是星期二下午3点左右,狂欢节正式活动的最后一个整天,五天连续假期累积的欢愉气氛即将到达沸点。在炙热的午后阳光下,大批寻欢作乐的民众正等着里约最受欢迎的伊帕内马乐团(Banda de Ipanema)开唱。我站在沙滩上,背对着大海,双手环抱一棵棕榈树,心想自己能撑多久。

狂欢节的放纵,卡里欧卡的陶醉之情,以及随处可见、带着泡沫冰桶的啤酒小贩,共同将几乎衣不蔽体的人群变成由光滑、黝黑的肢体交缠而成的情欲之流。他们随着逐渐接近的乐团节奏摆动,似乎就要把我从原地推走。这是处于高度兴奋状态、符合刻板印象、宽大包容的里约热内卢,而眼前的景象显示,这座城市性爱开放的名声至少不全然是空穴来风。在拥挤的人群里,眼神交会、耳鬓厮磨、四肢交缠,同性或异性的陌生人双唇与肉体紧贴,但那股渴望既强烈也短暂,几秒钟后,他们就将分道扬镳,又被人群带往其他无名狂欢者的怀抱中。

我在这片波涛汹涌的情欲之海中,宛如一座衣着整齐、头脑清醒的孤岛,更糟糕的是,我在工作,或者说设法工作;我把采访本塞进短裤的腰带间,以免遗失。我感觉得到本子的金属线圈戳进我的肚皮,坚硬的封面因为汗水濡湿而变软。

我想报道一场进行中的反恐同活动,以及同志旅游市场的增长,尤其是狂欢节期间的状况。每年夏天蜂拥至里约的300万名观光客当中,有逾四分之一是男女同志、双性恋者或跨性别者。我打算采访其中几个人，所以停留在声名狼藉的露天碰头场所：法莫阿摩埃多街（Rua Farme de Amoedo），此时对同志最友善的狂欢节巡回乐团正在进行它最压轴、也最具争议性的华丽演出。

我不但沾到别人身上的防晒乳和汗水、被喷到节庆变装皇后最喜欢的甜味苹果香槟，而且还卡在人群当中动弹不得；不管是同性恋或异性恋，根本没有人愿意停下来聊一聊。流行歌曲创作人齐格·布亚奇（Chico Buarque）写道，"赤道以南没有罪恶"；他想出这句歌词的时候，应该就站在我所在的地方。

直到那个乐团喧闹地挤过来，欢欣鼓舞地经过之后，我的手才放开那棵树，费力地逆着人潮方向，往法莫阿摩埃多街前进，寻找说过会帮我忙的朋友。我愈接近法莫阿摩埃多街的中心，女性就愈少，而没穿 sunga 的男性也更少——这是卡里欧卡男性当作海滩裤穿的小块弹性纤维布。穿 sunga 的男生偶尔会搭配蒙面侠面具、海盗眼罩，或是点缀珠宝的羽毛。但不可能有人会搞错：法莫阿摩埃多街当天的重点是性。

最后我找到我的朋友，一位工程师和一位大学教授。他们和其他人一样结实健美、充满魅力，只不过衣着整齐。我们到沙滩上坐下来聊了一会儿。和他们同行的还有一位第四次来参加里约狂欢节的年轻法国男子。里约的LGBT（女同性恋、男同性恋、双性恋与跨性别族群）观光客当中，约有四分之三跟我刚认识的这个新朋友同属一类：年龄介于 20 到 35 岁间，会在里约待个五天左右，准备纵情狂欢一番。

这些年轻男子热爱里约，里约也热爱他们：LGBT 观光客一天的消费金额超过 200 美元，是异性恋观光客的将近 3 倍。这也说明了里约的要求与宣传活动之所以呈现如今这般样貌的原因。当然，市政府塑造出一种轻松包容的形象，正如观光局长所言："里约市热情好客，欢迎来自各地的朋友，狂欢节更是最清楚展现这一面的时候。"不过，将这种热情好客的特质进行包装、销售，也能带来庞大商机。

我们将纱笼铺在沙滩上，喝起啤酒。我问那位年轻法国人为什么一再造访里约。他露出微笑。离我们不远处有一个户外淋浴区，卡里欧卡泡过海水后都会到那里冲掉身上的盐水。我们的目光跟随着一名皮肤黝黑的年轻男子，他从容走过去，展开一场露天冲水仪式，既可以说是洗澡，也可以说是一场精心策划、展现他完美精壮身材的表演。

"这里到处都充满诱惑。"盘腿坐在我身旁的法国人说，他指向淋浴区方向、更远的人行道，还有桌子摆到街道上的酒吧。"你随时都处在性欲高涨的状态。"

即使多次来访，对于挤进个个浑身肌肉的人群里，他还是有点害羞，也缺乏卡里欧卡的满满自信，找个陌生人亲吻。不过他说，他也从来没有为了上床付钱，虽然这样的交易在前来里约短暂狂欢的外国人间并不罕见。从一对对在沙滩上爱抚亲热的观光客与娼妓（包括同性恋或异性恋），我也了解到这一点。他在网络上、酒吧、海滩上找伴，从来不缺迷人的人陪。

里约当然有其魅力，这座城市曾经被 LBGT 旅游网站 TripOut 选为"地球上最性感的地方"，而且当之无愧。但是，这里并不是没有潜在的危险。

就在几天前，一名出租车司机在国际机场外以恐同语言羞辱一对来自巴西北部的同志情侣，甚至出拳攻击。比起我来到里约后所写过的那些 LGBT 族群遭到攻击的其他案例，这起事件的严重程度还算轻微，后来那对男子顺利康复，司机也被逮捕。可是，这也敲响了警钟，提醒大众卡里欧卡文化当中还是存在社会紧张关系。

我明白里约对于我的法国受访者来说有什么吸引力。长久以来，毫无尺度地展露性感一直是这座城市吸引观光客的特点之一。里约的湿热天气助长了某种程度的慵懒，生活步调缓慢，也让人没办法穿上太多衣服。男子打赤膊悠闲漫步，女性则傲于个人的身体曲线，无论自己的年龄大小或胖瘦。这也就表示，你可能在进行某个非常单纯或十分单调的动作时，例如在药房将买好的商品装袋，或是搭电梯进办公室，眼前就会突然出现一道深深的乳沟，或是轮廓鲜明的美臀。这似乎让里约的集体性欲始终维持在热情奔放的状态。

在我先前长期居住的那些国家，展现身体任何的部位都是禁忌，不然就是只有纤瘦、年轻和极为健美的人才有资格享受的愉悦。因此，这种对炫耀肉体的自在对我来说着实让人耳目一新。卡里欧卡外貌上的自由、他们公开表现的热情，以及淫荡的街头聚会，往往让外国人将里约视为一个非常混乱、性欲横流、几乎毫无禁忌的地方。

即使住在海外之时，我也知道现实并不是那么简单。没错，性在这里似乎无所不在：以小时计费的宾馆供人在午休和下班时间偷欢；里约《环球报》电视台制作的黄金时段肥皂剧会播出激情热吻的特写画面；还有宣传男性、女性或跨性别卖春服务的露骨图片，将市区电话亭变成满足各种口味的性爱展示柜。然而，里约也有观光客还没离开机场就遭到殴打的案例，还有更严重的攻击事件，造成巴西每年有 300 多名 LGBT 族群丧命。

这位法国年轻人承认，"里约是一座极端之城"，还说他偶尔会听到恐同的言论。他没有遭受过攻击，却始终提心吊胆。"有时候我有点担心，不确定自己能做到什么程度。说不定我会找错对象，盯着对方太久，或许他们不是同志。"

我觉得很不好意思，让对话变得那么灰暗，于是便让我朋友回去狂欢，自己则挤出人群去搭地铁。街上的游行已经进行了好几个星期。它们早在狂欢节正式开幕之前就已先开始，延续多天，经过圣灰日（Ash Wednesday）中午的传统尾声。我开始向持续不断、无法逃脱的狂欢活动投降。年轻人在地铁站里高声唱着狂欢节进行曲，现场的音响效果让他们的低音鼓宛如阵阵雷声般不断回响；身穿金属亮片服装的舞者正要赶去参加正式的桑巴大道（Sambódromo）游行，他们奋力让自己和肩上的庞大羽毛装饰挤进车厢，跟着即兴演唱的节奏舞动，让车厢仿佛也跳起了桑巴舞。等到我在弗拉门戈站下车时，曾经让我无比怀念里约、无所不在的嗒咔嗒、嗒咔嗒、嗒咔嗒节奏，在我脑袋里就像电钻一样响个不停。我把自己关在房间里，将冷气开到最强，一口气打出我的采访内容。

那天晚上，因为不愿再去面对那种疯狂的局面，我蜷缩在沙发上，思考外头多姿多彩的享乐主义。乍看之下，巴西给人一种先进的印象：它有世界上规模最大的同志游行，只不过是在圣保罗，而非里约；在科帕卡巴纳的人行道来回闲晃的娼妓，她们的职业已经列入劳动部的管理范围；现任总统罗赛夫曾经是个货真价实的游击队员，宣誓就职时陪在她身边的不是离异已久的丈夫，而是她的女儿。

然而，随着里约市进行改造，娼妓场所逐渐关闭，而对妇女与LGBT族群的暴力事件也呈现增加趋势。当然，人权意识提高是一大主因，不过它却无法完整解释这些数字。在那天晚上和接下来几年，这些想法都在我脑中挥之不去，因为我试图慢慢接受巴西这个国家在里约达到顶点的另一项特质：对于性、性行为以及性别议题的开放态度；即使有深厚的男子气概与恐同传统，以及潜在的暴力文化，但它们似乎依旧百花齐放。现在，这些领域也正在法律、文化与结构上经历一连串快速的变化。对于那些生活与它息息相关的人来说，这种改变代表了什么意义呢？

从最早期开始，性产业就是里约这座港口城市声名狼藉的一部分。1820年，法国旅行家阿拉哥（Jacques Arago）便指出，里约的娼妓"数量与巴黎不相上下"，"在每个区域和每条街上"都看得到。记者科亚拉西（Vivaldo Coaracy）写过一些生动的回忆录，描述19世纪末的里约；他发现这座城市到处都是浓妆艳抹的女士，在窗户内、酒吧和妓院拉客。有的人先从在圣乔治街（São Jorge Street）上喝白甘蔗兰姆酒卡夏莎的那些客人拉起，最后来到卡特提（Catete）的高雅旅馆里招揽啜饮高贵香槟的顾客。

Convivência，这个字意指和平共存的艺术，这始终是在里约生活的指导原则。这座城市人口稠密，在地位、种族、血统与职业上都有根深蒂固的阶级之分。唯有娴熟运作、并且遵守一套共同的行为准则，才能在如此紧密的区域里维持那些区别。外国人往往会忘记规范这些互动的原则，错将里约当成一个自由的乐园，黑人与白人、富人与穷人、移民与本地人、

娼妓与吃午餐的女士都可以不带偏见、轻松地往来。但事实完全不是那么回事。

关于共享空间,里约一向都有严格的规定,即使可能没有明说。19世纪末报道过里约的那名记者科亚拉西,在介绍科伦坡咖啡馆(Confeitaria Colombo)时,便深入描述了这种巧妙的互动过程。一百多年后的今天,这家咖啡馆依然在镀金镜子底下供应全套下午茶。白天稍早时,富有的女士会围坐在小桌子旁,聊聊八卦、吃蛋糕。约莫下午4点钟,她们会一同离开,独留还在慢慢啜饮雪利酒、无精打采的文艺圈男士。到了下午五点,咖啡馆里又开始挤满人,这次出现的则是老鸨和妓女,有些甚至堪称小有名气,接着会在水晶和大理石装潢的咖啡馆里接待客人。

我在科帕卡巴纳的人行道上见过同样复杂的互动过程:服务生身着正式服装的传统餐厅将餐桌摆到铺上黑白马赛克的人行道上,娼妓也在现场拉客,一般家庭晚上会在那里散步透透气,街头摊贩向观光客兜售迷你基督像,门卫小心紧盯着,乞丐则向所有人讨点零钱——每个人都非常清楚自己的身份,以及自己与他人之间的关系,小心翼翼地不跨出界限,以免发生令人讨厌的互动。

然而,随着里约热内卢开始提升自我形象,这种细心协调的和平共存艺术创造出来的那种平衡状态也被打破了。里约的妓院可能会被形容成城市之瘤或备受喜爱的传统特色,就看你从何种角度思考。可是,尽管巴西人大致上对于自己眼中的城市生活之恶不置可否,可是当里约成为国际焦点时,公然卖淫可就行不通了。随着世界杯和奥运逼近,进行性交易的妓院、桑拿房和夜店也开始面临数十年来最大规模的扫荡行动。

第一个被锁定的目标是恶名昭彰的迪斯科舞厅"Help!",这家大型舞厅的霓虹灯在科帕卡巴纳中心已经闪烁了25年,提供两千名妓女让嫖客挑选。这些妓女每周轮流替换,嫖客大多是白人,毕竟它是观光客最喜爱的夜店。这家老牌舞厅在2010年1月关门大吉,原址计划改建成音乐博物馆,由负责纽约林肯中心(Lincoln Center)外观修缮工程的同一家建筑事务所设计。

里约另一家著名的妓院在2011年关闭，那就是建于1902年，外观呈现新古典主义风格的巴黎酒店（Hotel Paris）。数十年来，它都是蒂拉登特斯广场（Tiradentes square）上低层次性交易的进行场所。这个地方关闭后，里约备受敬重的娼妓权益团体"达维达"（Davida）失去了根据地，数十名娼妓也没了工作场所。买下此处的一对法国兄弟打算将之改装成精品酒店，名字就叫巴黎（Le Paris），届时会有屋顶游泳池，客房一天要价600美元。

扫荡行动也延伸到了广场上。这座广场是里约最古老的寻欢地点之一，周围酒吧、剧院、音乐表演场所、娱乐设施林立，可迎合各种口味的需求。打从巴西还是个君主国开始，这里的灌木丛就为娼妓及寻欢的同性恋者提供掩护。性工作者如今被赶出广场周围的百年老屋，这些两三层楼高的连栋房屋纷纷改头换面，变成文化中心、艺廊，以及办公室。

人类学家塞迪斯·布兰切特（Thaddeus Blanchette）与安娜·葆拉·席尔瓦（Ana Paula da Silva）表示，这种翻转现象正在体育赛事期间曝光度最高的里约各个区域上演——市区、观光客众多的南区，以及港口区。

这对夫妇从2004年起就开始研究里约的性产业。席尔瓦个头娇小、敏锐机智，她的家族许多世代以来都是卡里欧卡；布兰切特则来自美国威斯康星州奥什科什（Oshkosh），他戴着金属框眼镜、留着一脸左派教授模样的浓密胡须，态度亲切。他们共同建立起一个超过50 000笔报告的数据库，内容都与里约的性交易场所有关，并且根据这些资料绘制出一张性产业地图，上面标示了600家左右的妓院。这些妓院大小各异，包括性交易1分钟要价1美元的独栋破烂房屋；以及达到工业规模的乌鲁瓜亚纳24号（Uruguaiana 24），它是一栋外型单调的办公大楼，其中有四层楼都是性交易场所；另外还有走高档路线的半人马座（Centauro），这家楼高三层的大店位于绿树成荫的伊帕内马街上，顾客光是踏进大门就得先掏出60美元。半人马座是一家桑拿房，顾客可以穿着浴袍在威士忌酒吧彻底放松，或是洗个蒸气浴，然后从价目表上挑选想要的服务，要价200美元起。

某天晚上共进晚餐时，布兰切特和席尔瓦告诉我，里约市长的都市形象改善行动并不是什么新鲜事。里约长久以来不断在驱赶娼妓：过去一个世纪，共有8次由政府领导的迁移、掩盖，或是消灭红灯区的行动。最近的一次是在1996年，政府拆除了一个性交易区域，在原地兴建市政府的新行政中心。卡里欧卡发挥幽默感，随即将那栋气势逼人的新建筑戏称为"*piranhão*——大食人鱼"，也就是俗话中所指的性饥渴的女人。

布兰切特和席尔瓦说，检视市政府何时打击娼妓，会发现三种主要动机。第一种是里约的国际能见度提高时。官员希望里约以美好的形象出现在外国人眼前——也就是传统上只做表面功夫的态度。1920年便属于这种情况，当时贝利时的艾伯特国王（King Albert）来访，警方展开大扫荡，逮捕低阶娼妓。同样的情况1968年再度发生，警方以隔板封锁主要的红灯区，以免让到访的英国女王伊丽莎白二世（Queen Elizabeth II）看见。

另一种动机则是都市更新。位于市政府行政中心现址的红灯区，以及近期"Help!"舞厅和巴黎酒店被拆除，都是这个原因。

最后一项因素，则是具有影响力的人物热心推动，例如警察局长或高级市政府官员要是十分关心里约的道德或健康问题，便会严厉取缔性交易。20世纪刚开始的那十年间，里约曾推动一次大型卫生运动，之后在第二次世界大战过后，一名格外正义凛然的警察局长又扫荡过一次。

我在一个非常特别的时刻来到里约，上述这些因素似乎同时一股脑发生作用。除了"Help!"舞厅这类树大招风的营业场所之外，每年也有数十家小型的低档妓院被迫关闭。我不明白的是这些行动在法律上的理由。毕竟，性交易从2002年起就已列入巴西劳动部的职业类别中。劳动部将性工作者描述为"安排性节目；陪伴顾客；参与性领域之教育活动"的男女。纳入这份职业列表，等于从业者能享有退休与社会安全福利，以及病假和其他劳工权益。我以为这种官方认可能让他们得到一定程度的保护。

这正是我邀请两位人类学家共进晚餐的原因。布兰切特表示，严格说来，卖淫是合法的，可是如果官僚认为他们有必要去逮捕娼妓，那么要找到漏洞也并非难事。尽管卖淫是受法律保障的活动,但借此牟利或引诱他人卖淫却是非法的,而法律条文又写得模棱两可。任何行为都可以诠释成牟利,从剥削卖淫者、经营妓院,到出租公寓都算。

"你可能把这块面包卖给一名妓女,如果有人因此要逮捕你,他们大可那么做。"他拿起一块他带来的面包说道。

这就代表性交易者对于官方的突袭永远难以招架,对于市政府、州级主管机关或地方警察局长异想天开的行动也毫无防备。此外,娼妓对于都市更新与改造的措施同样束手无策;相关单位会透过土地征收、提高房租、突然强力执行长久以来都未施行的建筑法规,或是要求偿还昔日债务等手段,逼迫里约成千上万的低收入居民迁走。

为了了解卖淫对女性的意义(虽然性产业里不乏男性,但是里约大部分的娼妓都是女性),我在下一个潜在目标上花了一点时间:维拉米摩萨(Vila Mimosa),由一堆混乱的简陋店面构成的里约最大的红灯区。

对于在这个工人阶级区域轮班的近2 000名女性来说,卖淫是她们的全职工作,或是让她们在担任收银员、女佣或美甲师之外增加收入。对顾客而言,维拉米摩萨则是一个提供快速简单的性服务以及冰啤酒的便利地点。此处和市区仅有一个地铁站的距离,到一个有数十条主要公交车路线汇集的车站也只要5分钟路程,多条连结市中心与偏远郊区的公路就在附近交错。

维拉米摩萨跻身在公路、铁路和仓库之间,地理位置不算太好。可是在里约这座不断变化的城市里,过去不受青睐的区域突然成了黄金地段。这一带正好位于一条规划中的子弹列车路线上——它将连接里约和圣保罗,是一项希望改善巴西落后的基础交通建设的工程。在政府开放给潜在施工方竞标之前,我前往当地一探究竟。

我在下午5点多抵达,正好是大批劳工从市区办公室倾巢而出、维拉米摩萨生意开始热络的时候。摆到人行道上的金属桌随着重低音放克音乐咯咯作响,打赤膊的男子在啤酒冰桶旁边为烤肉架点火。穿着丁字裤比基尼或衬托其深肤色的荧光内衣的女人,慵懒地坐在塑料椅上,脚上的高跟鞋晃呀晃，或是倚靠在门口抽烟，等待嫖客上门。她们有老有少，脸蛋稚嫩或饱受风霜，顶着棕发或染出的金发。我看到有人肚皮上有剖腹生产的疤痕、交叉的妊娠纹，还有人因为松紧带太紧而挤出一层层肥肉。我也看到柔嫩紧致、毫无瑕疵的青春肉体和脸庞，就像杂志图片那般亮眼美丽。她们象征里约工人阶级女性的一个面向，跟漫长一天结束时，在开往北边郊区的快速公交车上看到的那些女人差不多。

虽然子弹列车路线仍处于规划阶段，这些女人却忧心忡忡。曲线优美的黑人女性克丽丝涂着亮粉红唇膏，搭配鲜艳的弹性纤维上衣，准备迎接高峰期的人潮。她同意一边喝点啤酒，一边跟我聊聊。

她讲话坦白直率。维拉米摩萨没有什么迷人之处。此地大多数房子的一楼都改成简单的酒吧——缺角的美耐板柜台、塑料凳——或是夜店，破烂的喇叭里传出失真的音乐，好让舞者能在一颗迪斯科闪光球底下舞动。性交易多在二楼进行，狭窄的中间走廊两旁排列着一间间没有窗户的小隔间。最低只要花 18 美元，顾客就能购买 20 分钟的时间，在水泥床上盖着塑料布的泡棉床垫上头享受服务。这些用帘子遮挡的空间几乎没有隐私可言，走廊上回响着肉体碰撞的啪啪声。新鲜精液与汗水的咸味一阵阵传来，与刺鼻的化学消毒剂混合交杂。清洁工具则是一桶清水和卷筒卫生纸。

克丽丝说，她在这里赚的钱至少是其他地方的两倍，生意好的时候甚至可达 3 倍之多。这份收入帮助她抚养小孩、买下一间小房子和里面的家具。她现年 48 岁，正在存退休金。如果维拉米摩萨此时被拆除，她将无以为继，因为另起炉灶或从事新工作都会让她的日子过不下去。

"我的客人都会来这里，他们认识我。"她说，"而且这里很安全。这些女孩我都认识。晚上离开时，这里有交通工具可搭，而且随时有人能关照你。"

像这样的故事我听过许多不同版本。有些人还记得拆除时的情景，就像克蕾德·阿梅达（Cleide de Almeida）。她在这个红灯区位于旧城的原址长大，母亲为那里的娼妓煮饭，抚养 10 个小孩。阿梅达目前担任维拉米摩萨居民与商业协会的会长。

"这些妇女被迫到街头讨生活,"她说,"她们在车上接客,什么地方都可以,直到有能力在这里买房子。那时候实在非常凄惨。我们曾经试图搬迁,可是消息传了出去。当我们的搬家卡车抵达时,那里的居民早就在那儿等着我们,然后把我们赶走。"

就在维拉米摩萨的女人等待命运变化的同时,打击公然卖淫的战争仍持续进行。2012 年 3 月,联邦政府要求 2 000 多个将巴西宣传成性观光圣地的网站删除露骨的内容。当年 6 月,数千名外国显要与环保人士搭机前来参加简称 Rio+20 的"联合国可持续性发展高峰会"(United Nations' Sustainable Development Conference);100 名警察对伊帕内马的半人马座,以及科帕卡巴纳的另外 11 家知名妓院进行扫荡。这些地方全都名列以接待外国人为主的色情场所名单。那次突袭行动的正式搜查令列出的罪行,包括贪污(警方往往可分享这些大型营业场所的利润),以及洗钱、贩毒、性剥削等等。总共有三个人被逮捕,其中包括半人马座的经理,在那里工作的女人则是作鸟兽散。

这名经理在一周后获释。到了 8 月,国际媒体的关注趋缓,各国环保人士纷纷返乡,半人马座再度开门营业。9 月初,一名法官驳回对另外两名被捕男子不利的指控,表示没有任何妓女控诉自己遭到剥削,还有"不能将成年女性当成隐形人,仿佛她们缺少做出理性决定的能力。"

这名法官并裁示,"里约热内卢市为了筹备 2014 与 2016 年的超大型运动赛事而实行卫生措施,进而形成镇压性的政治氛围。"那就是这项突袭行动的动机。

我认为法官的看法正确。因此当 2014 年初布兰切特告诉我,他要重新统计性产业营业场所,看看还剩下多少家在经营时,我便加入他的行列。此时距离世界杯仅有区区几个月,我希望多了解情况有了多少变化。

我们在上午 9 点左右跳上自行车,带着布兰切特的地图和一份到市区拜访的计划。我们的目标是在当天走访 32 个地点。这个数目听起来不少,但我很

第十二章 皮肉生意

快就发现，这只是该区性产业的一小部分。几乎每个街区都有一家妓院或某种桑拿房。我们逐一拜访，计算顾客和妓女的数量，以及停业的店家数。

大部分店家都是破旧的老房子，窗户被板子遮住，即使在晴朗夏日的中午也显得黑暗窒闷。当时是1月，大多数巴西人都放假了。这些地方很多都只看得到两三个客人，其中有几家的生意稍微好一点。我们走进去时，那些穿着比基尼或内衣的女人都会打起精神，可是当她们知道我们只想喝点水，并和经理简单聊一下，脸上的笑容随即垮了下来。

看得出来他们对店面花了一点心思布置：吧台四周绕着圣诞节灯泡、天花板上挂着老旧的金银丝饰品，或是有气球随着桌面上电扇吹出的风前后摇摆。有一家甚至设有点唱机，不过唯有在客人愿意投币时才会传出歌声。歌曲一播完，现场再度恢复寂静。这些小细节原本是希望能炒热气氛，然而却塑造出一种殷殷期盼的哀伤氛围，宛如一场宾客缺席的生日聚会。

在一个名叫凡妮莎酒吧的地方，墙上贴着价目表，最低消费为15美元，可以享受15分钟有防护措施的口交或性交。其中1美元是保险套费用，6美元则是妓院的抽成，妓女本身可赚8美元。啤酒一瓶要价3美元。这是这些地方目前的行情，它们服务的对象是市区的民众——不是商人，而是办公室小弟、司机、快递员。以穿西装打领带男士为目标的高级桑拿房则收取22或45美元的入场费，女士止步，除非她们是妓女。碰到这种地方，布兰切特就会单独前往。

我们在沙丁鱼巷（Beco das Sardinhas）吃午餐。这是一条人行通道，两边林立着油腻的小吃店，专门供应油炸沙丁鱼。我们边吃着一大堆油腻的美味炸物，边讨论早上的工作成果。

没错，为了大型国际赛事关闭妓院的虚伪表现令我不齿；赶走娼妓或其他人，好让西班牙酒馆或文化中心这类永远不欢迎他们的地方进驻，这个举动的不公不义也让人心寒。但话说回来，这些营业场所的工作条件却也奇差无比，许多房子不仅丑陋不堪，安全问题也让人捏把冷汗。有个地方的地板已经磨损得非常薄，我竟然能透过缝隙看见楼下的房间。

这些对布兰切特来说都不是新鲜事。在妓权组织达维达被赶出老巴黎酒店之后，组织创办人、曾经当过妓女的加布蕾拉·雷提（Gabriela Leite）也因癌症去世。她是一个充满个人魅力的女人，致力于让她所选择而且公开承认自己热爱的专业领域争取认同。少了她，这个组织群龙无首，也失去了据点。这个变化也使得布兰切特夫妇成为里约最重要的妓权人士。我们造访妓院时，布兰切特会做笔记，不过他也递出印有电话号码的名片，让妓女们可以通报受虐或各种问题。这个号码就是他的手机号。

"听我说，"他手上拿着半只沙丁鱼说，"我跟加布蕾拉不一样。我认为就大多数的情况而论，卖淫都不值得鼓励。是有女人喜欢从事这一行没错，但通常的情况是……她们还有什么其他选择？大家都说卖淫没有尊严。难道帮别人扫厕所，赚养不起自己孩子的最低工资，或是依靠男人，就有尊严可言？在这些其他的选择当中，尊严在哪里？这就是问题所在。"

午餐过后，我们又造访了几处。随着天色渐晚，顾客也愈来愈多。下午5点左右的高峰期，我们最后拜访的其中一家妓院客人川流不息——我算了一下，5分钟内就有10名男子爬上它陡峭的楼梯。这一家也不愿意让我进去。门口的保镖解释说，有时候会有人妻上门，这些太太往往会把场面搞得很难看。

那还好。在我脑海中徘徊许久的是我那天看到的景象：那些女人，她们暴露的身体和硬挤出来的笑容；那些窒闷的房间，那些红色墙壁、粉红气球，以及塑料花。我对里约妓院现状的疑问也得到了解答：在我们当天造访的32个地方里，有11处在布兰切特上回调查过后陆续关闭。有几家收到市政府的警告，表示其建筑状况有问题。

在世界杯足球赛之前的那几个月，我查了过去几年已被拆除或受威胁要拆除的妓院的新建工程或改善状况。没有一个地方完工就绪。

维拉米摩萨依然在营业，而政府已经三次为子弹列车招标，却也三度流标。预计在"Help！"原址兴建的影音博物馆目前还是一处工地，而巴黎精品酒店仍处于纸上谈兵阶段，因为一楼的床垫寝具店老板不肯让步，导致计划停摆。

没错。扫荡色情大致上不过是另一个做做表面功夫的案例,当中有城市改造和道德热忱等冠冕堂皇的理由支持,但那主要动机在于形象,而不是真正为居民创造一个更好的里约。至于妓女们的福祉,在政府的考虑顺序中更是不值一提。

关闭妓院是里约形象改造的一部分,容易衡量:布兰切特和席尔瓦正持续关注。不过还有其他社会、文化与法律上的改变正在重新塑造性与性行为的黑暗竞技场,尽管其方式并非具体可见,却会造成长远的影响。

有一个正在经历改变的竞技场,那就是妇女在家庭与职场的地位,以及两性之间的关系。这些改变有的能简单地以数字解释:目前大学毕业生当中有六成是女性,男女工资差异逐年缩小;在最近一次人口普查中,有将近四成的女性表示自己是一家之主,另外三成则表示自己与伴侣共同承担养家的责任。

这些数字背后代表的是人口结构迅速改变。我只要看看自己的家族,就会发现一个重大的变化趋势:过去母亲生的孩子多到足以组成一支足球队,到了目前这一代,成年人已经比备受宠爱的婴儿来得多。我的两个祖母分别有 8 个和 11 个兄弟姊妹,而且各生下 6 个和 7 个孩子。我的父母生了 3 个小孩。我的姐姐、哥哥和我分别生了 3 个、2 个和 0 个小孩。平均下来,我们兄弟姊妹每个人各有 1.6 个孩子——只略低于 2010 年的人口普查中全巴西每个母亲的平均子女数:1.9 个。[1]

将这些数字绘制成图表,就会发现下降趋势十分惊人,尤其是在一个堕胎依然违法、官方从不鼓励节育的罗马天主教国家。在某个时候,各社

---

[1] 2010 年的人口普查也发现,出生率第一次低于每名妇女生 2.1 个小孩,而这是人口替代所需的子女数。这个趋势预计将会持续下去。联邦统计署预测,出生率在 2020 年将降至 1.6 个小孩,2030 年再降至 1.5 个小孩。

会与教育阶层的女性已经掌控了自己的身体。这种生育数字急速下降的现象在发达国家历经一个多世纪才发生，但在巴西只用了一半时间。

在这种转变当中，联邦政府意外成了推手。卢拉总统在2003年推动"家庭钱包"这个资助金转账计划时，当中93%的个案是将钱转到女性手中。这项措施重新调整了家庭中的权力关系。金钱提升了女性在家庭中的地位。有些轶事证据显示，这帮助女性摆脱不幸的婚姻，掌握家庭的采买大权。根据研究显示，最大的差别在于她们可握有节育的决定权。这一点相当重要，因为到了2014年，该计划的受益者已经涵盖全巴西四分之一人口。

在其他国家，家庭规模缩小之后，许多相对应的变化也随之发生。大部分的改变都对男女关系造成直接的冲击：结婚时间延后、生育年龄提高、未婚而同居的情侣增加，离婚率也上升。与子女数下降一样，这种情况也在巴西出现，不过发生速度十分惊人。

这种剧烈变化的后果仍然持续向外扩散，使得巴西原本已经相当混乱的性别关系更加复杂。即使在狂欢节期间那些放纵的日子里，男人穿上裙子，许多平常的规则也遭到颠覆，但是男子气概在巴西依然生生不息。街头的抚摸和亲吻往往是两厢情愿的，但也不是百分之百。第一次参加狂欢节时，我差点用手肘攻击一个毛手毛脚的醉汉的鼻子，我也听过无数的妇女被人恶意抚摸或强吻，或是在拒绝男性大献殷勤时，遭到对方狠狠羞辱。

除了这些轶事，还有确凿的证据显示，传统以男性为尊的性别角色以及对女性施暴，依旧是一个真实、但往往不被承认的问题。

举个极端的例子：强奸统计数字。强奸案件数量在2009年突然飙升，因为当时有一条新法将强奸的定义扩大到性交以外的性行为，不过后来全国与地方的强奸案数量仍持续攀升，仅里约州发生的案件在随后三年间就提高了50%。

强奸案件数字提高，有部分原因在于报案数增多。各项宣讲活动和热线电话都鼓励受害者报警，有一条新法可保护家暴受害者，还有特设的女性专属警察局可接受她们申诉。但撇开数字不谈，许多人的态度依旧不变，会将女性遭受攻击的责任怪到她们身上。2014年的一项调查显示，65%的巴西人同意，如果一个妇女遭到凌虐后还维持同一段感情，那是因为她"喜欢挨揍"；58.5%的人赞成如果女性"行为检点"，强奸案就会减少；26%的受访者同意，"穿着暴露的妇女遭到攻击是咎由自取"。

这些看法实在太普遍，甚至扩大到里约的精英私立大学PUC。该校会发给外国交换女学生一本粉红色小册子，告知她们"'不就是不'的政策在巴西并不适用于所有状况。如果一个女孩让自己陷入男性以为她同意发生性行为的处境……男性将会尽全力逼她就范。而这种情形将很难被视为性侵，遑论强奸。"一所重要的大学采取这种立场，着实令人震惊，但此举也揭露了某种更深层的原因。

尽管女性在巴西的地位有了变化，但这并非一个简单的线性过程，反而更像一段动荡的狂乱时期，在某些领域获得重大进展，但在其他领域却也遭遇激烈的反击。

第十三章

爱是唯一

里约法院的礼堂里温度不断上升。现场坐满穿着全套结婚礼服的一对对新娘与新郎，一排排座位上净是面纱、蓬裙、礼帽。挤满走道上的亲友来自全州各地，许多新人天还没亮就已起床，希望充分利用里约州政府提供的免费化妆、发型及摄影服务，在下午3点典礼开始前把一切搞定。时间仅剩下几分钟，大家的情绪愈来愈亢奋。我从舞台边的位置能看到大家忙着调整面纱、夹好领结，或是吸掉扑了粉的眉毛上的汗珠，手也颤抖着。新娘与新娘手牵着手，新郎最后一次检查彼此的头发。

里约即将庆祝一场世界上规模最大的同志集体婚礼，共有130对男女同志新人参加。活动的规模突显了这场典礼传达的大胆讯息：同性婚姻不但合法，而且受到里约热内卢州政府的鼓励。州政府动用公共资源，为整场典礼进行宣传与筹备工作，同时负担所有费用。

典礼的各个细节都经过深思熟虑，意在强化这一天的政治意义。这栋建筑物是司法体制基础建设的一部分。变装歌手简·卡斯特罗（Jane di Castro）将献唱国歌，州法院的合唱团则会同台和声。

巴西怎么会成为同志权利的坚固堡垒？看着紧张的新人就位，婚礼证婚人站在台上，我试着调节心情，重新思考眼前的现实和青春期的经历。

自从1830年起，同性恋在巴西已经不是一项罪行，当时的皇帝佩德罗一世（Dom Pedro I）制定了巴西最早的刑法法典，去除了鸡奸的罪名。不过对同性恋者的歧视与暴力在20世纪80年代却又再度猖獗。新闻报道将当时骇人的新疾病艾滋病形容为"同性恋瘟疫",里约的总主教尤任尼奥·沙雷（Eugênio Sales）发表文章,指称该病毒是"大自然对性堕落的回应"。

在我的学校,同学之间非常流行以恐同言论来羞辱别人,足球场上更不乏有人飙骂"*viado*——臭基佬"。我在报上看到有杀人黑帮将同性恋者当成下手目标,后来却未受法律制裁。根据巴西最古老、也最受敬重的LGBT组织巴伊亚同志团体（Grupo Gay da Bahia）的统计,20世纪80年代中期到90年代中期约有1 200名男同志、女同志以及变装者被人杀害。[1]

21年后,我回到里约,发现这个地方似乎与当时完全相反,至少表面上如此。维护同志权利不再依靠经费来源不稳定的非营利组织。州政府与市政府扬起了彩虹旗。里约市政府有一个性多元部门；最初吸引我撰写这个议题的"无偏见狂欢节"（Carnaval Without Prejudice）活动,就是他们所发起的。在州政府层级上,卡布拉尔州长成立了一个促进同志权利的部门。义务宣传并谴责恐同行为,男女同志以及各种性向的所有人齐聚街头一起狂欢。

在全球同志权利运动中心之一的旧金山,我也采访过在法院、投票所,以及在街头上演的婚姻平权斗争。同性伴侣赢得结婚的权利,继而失去,可是在2013年又失而复得。即便当时,美国在法律上认可同性关系的州数也不到一半。

就在我的家乡、世界上最大的天主教国家,而且立法机关里保守的福音派新教徒日益增多,我却在这里先看到了LGBT族群能享受完整的权利,

---

[1] 尽管大环境残酷无情,同志权利运动早期也取得一些胜利：1995年,巴伊亚同志团体说服国家卫生研究院（National Health Counsel）将同性恋从性偏差行为的名单中移除。当巴西在1987与1988年进行修宪时,里约的一个LGBT团体极力游说,将性取向纳入禁止因为"血统、种族、性别、肤色与年龄"而受歧视的条文。结果这项努力并未成功,但是讨论过程却提高了大众对此问题的重视；保护性取向不受歧视写入了几个州的宪法里,后来也在100多个城市成为法律,包括里约在内。

当中也包括婚姻在内。这着实出乎我的意料。

政府已经建立完整的基础建设,以确保这些权利能受到尊重。州政府新成立的同志权利部门在全州各地设置咨询中心,由社工、心理治疗师以及律师处理各项业务,从职场歧视的申诉到紧急安置被逐出家门的青少年同志都有。该部门与州警密切合作,训练了 7 200 名熟悉 LGBT 权利的警察,而且积极推动执法部门纳入他们的报告,评估恐同是否为犯罪的因素之一。这是改善资料搜集的关键步骤。

可是,并非一切都能像婚纱与玫瑰那般美好。根深蒂固的文化规范与新社会道德观之间的紧张对立,往往导致了暴力冲突。事实上,巴西的LGBT 族群命案数量年复一年攀升,在 2012 年达到 338 起。[1] 其中里约州位居第四名。

为了了解这种矛盾,我前去拜访克劳迪奥·纳西曼托(Claudio Nascimento)。他是与里约同志社群有深厚渊源的激进分子,负责领导州政府的 LGBT 权利督导部门。纳西曼托的个人经验与里约和巴西的同志运动密不可分,可以填补我所知不足的部分。

我们约在他的办公室见面。那里光线昏暗,深色的木头镶板与笨重耐用的家具显然是先前的使用者留下来的。克劳迪奥本人迟了一个小时才出现,身上鲜艳的打扮活像一根拐杖糖:红色的正式衬衫配上红白条纹领带,外搭白色外套。他有一张宽脸、高高的颧骨和杏仁形眼睛,看来诚恳,表现出政治人物少见的开放胸襟。接下来几天,我们谈了好几个钟头。

纳西曼托人生故事的开头就和许许多多的里约穷人一样:来自巴西东北部。他出身于一个巴伊亚的贫困大家庭,家中共有 14 个小孩。他最早的记忆是全家人搭乘颠簸不已的公交车来到南方找工作。纳西曼托当年 5 岁,

---

[1] LGBT 族群遭杀害人数攀升的趋势在 2013 年中止。根据巴伊亚同志团体的资料,当年发生 312 起命案,相当于每 28 小时就有一起。数字下跌显示情况有些微改善,可惜昙花一现,2014 年第一个月又充满暴戾之气,发生了 42 起凶杀案,平均每 18 小时就有一起。

第十三章 爱是唯一

他的家属就占掉了公交车一半的座位。

他们到南部来时,没有多少资源。纳西曼托的母亲没学过识字,父亲则在闲暇时间借报纸认字。纳西曼托求知欲旺盛,这让他和其他兄弟姊妹截然不同。他进入大学就读,但尚未得到学位就休了学。他受20世纪80年代中期横扫全巴西的政治旋风所感染,先成为小区的行动人士,接着是学生领袖,而后在15岁时加入当时刚成立不久的劳工党,也就是最后帮助卢拉与罗塞夫掌权的政党。

在一场领导会议上,另一名年轻的行动人士当着他的面揶揄他:"你其实不像自己说的那么有革命精神。"接着他身体前倾,给了纳西曼托一个吻。纳西曼托一阵恍惚,便走出会场,搭了公交车回家。光是一个吻,那个男孩就深深触动了他,没有女孩子能让他如此心动。熟悉的里约郊区在车窗外一一闪过——砖造住宅的窗户外围着铁栏杆,纠结混乱的电线像热带藤蔓似的绕在一根又一根的电线杆上,小孩子不断追逐着球——纳西曼托明白,他的世界再也不复以往。他向自己出柜了。但是,向家人、朋友、小区出柜将会困难许多。

"我的家人很保守,又穷,而且宗教信仰非常虔诚。我与他们还有我的社区感情很深。我担心他们的反应,也怕因此与他们断绝关系。"

纳西曼托对自己的处境深感绝望,两个星期后企图卧轨自杀。结果警察及时将他拉走。与死神擦身而过让他改变了心意,他愿意继续活下去。至于在哪里活、怎么活,他不知道,心中也毫无打算。他走路回家,向家人出柜,把衣物丢进背包里,转身离开。当时他18岁。

接下来8个月,如果有人家愿意收留,他就睡在沙发上;如果没有,就睡在公园或公共长椅上。就在某座广场上,有人发了一张油印传单给他:"请加入这场奋战。如果你是男同志或女同志,欢迎参加。"然后他去了。

那是1989年。那一年,巴西卫生部统计国内有8 993起艾滋病个案,但是政府却没有明确的应对措施。当时尚在起步阶段的同志权利运动把焦点集中在对抗这种流行病与帮助病人,但病毒似乎锐不可当。随后4

年,感染人数增加逾一倍。其中一位是年轻的亚维斯(Adauto Belarmino Alves)——纳西曼托的伴侣。

那是一段残酷的无情岁月。同志们眼看着朋友在缺乏援助的情况下撒手人寰,饱受污名。他们催促纳西曼托做件轰轰烈烈甚至背离道德的事:他和亚维斯举办了巴西第一场公开的同志结婚典礼。那是1994年4月,他23岁,亚维斯29岁。纳西曼托表示,那场仪式是一项个人选择,而非公关噱头,不过那也发生在一个能见度十分重要的时刻。

那场典礼具有重大的象征意义,不但在里约卫生与社会福利工作者工会举行,也由一名前天主教神学院的学生主持。当中包含许多传统婚礼的元素:两人拟出一份确立双方承诺的合约,并通过公证人注册;他们在一家大型百货公司登记了亚麻织品、银器、搅拌器等礼品清单;走进会场时,两人戴着相配的橘色花式头冠。后来在接受访问时,亚维斯公开谈论他感染HIV病毒。媒体记者既紧张又兴奋。他们的结合鼓舞了LGBT运动,同时也感动了许多不关心争取平权的人。

来年,1995年,里约主办了第一场国际LGBT大会,也举行了巴西第一场同志游行。在此同时,艾滋患者数量持续增加。

然而巴西此时踏出前所未有的一步,站上全球对抗艾滋病的最前线。公共卫生系统开始免费发放昂贵的抗逆转录病毒药物给所有需要的病患。这是宪法上的规定:宪法第196条宣称:"健康乃全体人民之权利,政府之义务。"

由于政府官员在这个领域上经验有限,他们便依靠直接参与HIV病毒防治与艾滋病工作的行动人士与非政府组织,将这些人士及他们的构想直接纳入公共卫生系统。

这样的合作模式很快就让巴西成为治疗HIV病毒与艾滋病的典范。巴西努力与外国药厂协商抗逆转录病毒药物的价格与专利,创造在国内生产药物的条件,并筹划积极防制的宣传活动。

刚开始时,新增的感染病例继续增加,在1997年达到23 546例,纳西曼托也在同一年失去了亚维斯。到了1999年，巴西首度出现新感染案例减少的情形。巴西政府与公民社会的共同努力逐渐开花结果，扭转了情势。

长期奋战以及和政府的合作，让LGBT与艾滋病防治团体更加壮大，也得到基础建设、领导地位、经费以及人脉关系。随着20世纪90年代进入尾声，行动人士发现他们拥有了坚固的舞台，可以大声提出除了公共卫生之外的需求。不只在里约，全国各地都开始重新讨论安全、正义以及平等这些更广的议题。

从中央到地方的三级政府以及行政、立法与司法等三大部门里，都有了改变。不久后，法律、法院裁定及对现有法规的新诠释开始发挥效果，共同配置出一个坚实的权利体系。

到了2013年全巴西宣布同性婚姻合法化时，先前已有许多渐进式的改变，因此这项决定没有引发多少庆祝活动或反对声浪。直到那时，著名的纳西曼托式婚礼才开始普及，包括这场世界最大的同志集体婚礼。

从纳西曼托的婚礼算起，时间已经过了将近二十年，但是那第一场典礼的各个方面仍然出现在这天法院礼堂里的集体婚礼中。这场婚礼同样十分感人，有齐聚一堂的家属、紧张的新人，以及在历史上难以抹灭的重要性，但所有人依然想借机强调这场同性集体婚礼的重要性。

现场有十来位法官、政府官员以及各类法律权威人士挤在台上，每个人都准备针对这场重要的典礼发表谈话。接下来，他们滔滔不绝地讲了两个小时，新郎们与新娘们开始烦躁不安。直到纳西曼托站起来朗诵葡萄牙作家费尔南多·佩索阿（Fernando Pessoa）的一首诗，这场聚会才由拘谨的政治集会变成奔放的疯狂婚礼——"爱是唯一；性，纯属意外。可以平等，也可以不同。"

当两名审判长终于请新人起立，彼此面对面，群众间开始传出轻柔低语。为了这一刻，有些伴侣已经等了34年，就像马可斯·卡瓦列（Marcos Carvalho）和塞尔索·席尔瓦（Celso da Silva），他们两人都秃头，身穿相配的黑色皮革夹克。

在新郎新娘交换戒指后,所有拘谨的表象全被抛在脑后,女人靠在彼此怀里哭泣,花束在空中飞舞,男人激动地欢呼,将西装外套甩到头上旋转。卡瓦列与席尔瓦在我身旁拥抱许久:这是爱的赞礼,也是一段漫长抗争的终点。

"我来自一个同性恋者必须躲着警察的年代。"席尔瓦告诉我,"为了这一刻,我等了一辈子。"

这时,礼堂里回荡着欢乐的喧闹声,让人根本无法交谈。卡瓦列和席尔瓦邀请我到宴会上继续聊;那是一场有鸡尾酒和小点心供应的餐会,在市区的一处屋顶上举行,同样由州政府买单。

到了现场,我看到他们俩待在室外,望着海湾景色。吃着一颗颗炸丸子,他们告诉我他们的故事。相识,相恋;面对困难,克服困难;他们盖了一间房子,抚养一个小孩。他们的故事跟任何情侣的故事一样,既独特又平凡。如今,这个故事用了34年争取到一个名字:婚姻。

卡瓦列与席尔瓦还告诉我过去这40年来的变化。他们说,里约变得比较进步,但是社会上有些人却觉得这种新现象相当危险。不久前,同志生活大致都集中在科帕卡巴纳的几家夜店附近,变装者得先卸妆才能上街。现在,他们的地盘不只有夜店、酒吧和人行道,还有里约的法院、海滩、教室以及餐厅——处处都是。

"这引发了某些人的焦虑。"席尔瓦幽幽说道。

这种紧张情势爆发时,最常见的受害者就是处于巴西不平等社会边缘的那些人:穷人、黑人或混血儿、与伊帕内马时髦繁华的法莫阿摩埃多街相隔遥远的郊区居民。他说,他们更弱势。

席尔瓦说,"travestis——变装族"经常成为受攻击的目标;这个字可用来指称变装皇后、异装者以及变性者。他说我应该找在里约拉帕区工作的娼妓谈谈。他正好认识一个能帮忙的人:卢瓦娜·慕尼兹(Luana Muniz)。他把我的笔记本拿过去,写下她的电话号码。他说,去找她,她会在那边。

我听说过卢瓦娜·慕尼兹——高挑、金发、强悍，堪称拉帕区的变性神仙教母。[1] 多年前有一个电视节目偷偷跟拍她，拍到她穿着一件与其说是用布料，不如说是带子组成的衣服，粗暴地对一个可能有意进行交易的客人拳脚相向，因为她认为对方根本是在浪费她的时间。

有几个变装族在高级时尚圈引人注目，那是一个远比外界更能接受模糊性别的稀有世界。拥有丰唇、高颧骨的性感尤物 Lea T 便是其中第一人，她在 2010 年加入巴黎时装品牌纪梵希（Givenchy）。但是，我对那位变性者圈子中的超级名模没兴趣。我想知道里约这些矛盾冲突的方面，有多少反映在不受名声、阶级或金钱保护的变装族生活中。

我给卢瓦娜打了通电话。她同意和我见面，可是也警告："我不谈无聊的话题，我也讨厌蠢问题。"

要找到卢瓦娜的房子很容易：那地方可说是拉帕火辣辣的粉红色焦点，是一间位于其他淡色新殖民主义风格建筑间的一幢俗丽小屋。那些建筑有的仍保留历经数十年风吹日晒的残破正面，但是许多都已经完全整修过，开设酒吧、夜店以及餐厅，每晚吸引数千人来到这个区域。

房子前面的金属门上画了一幅这位女王本人气势逼人的肖像，她身穿黑色的性虐待服装，马甲突显出她的纤纤细腰，也衬托呼之欲出的傲人双乳。涂鸦艺术家笔下的她涂上鲜红色口红，慵懒地倚靠在红色丝绒王座上，小小的王冠俏皮地戴在头上。她细长的双眼斜盯着观察者，传达出的讯息

---

[1] 里约的中下娼妓阶层常有这类的反英雄，莎塔妖姬（Madame Sata）便是其中之一。他出生在伯南布哥州（Pernambuco），本名若昂·弗朗西斯科·多斯桑托斯（Joao Francisco dos Santos），小时候，他贫穷的父母不断想把他卖掉，换一匹母马回来。他在 20 世纪 30 年代落脚拉帕，因为一件得奖的狂欢节服装而赢得他的外号。对于自己的同性恋倾向、桑巴作曲家朋友，还有善用刀子的能力，他都不放在心上，而且为了捍卫附近的变性人以及娼妓，常用刀子来对付警方与找茬的人。

跟我们短暂电话对话中我所收到的信息一样：她是女王中的女王。走进她的王国时，记得步步为营。

我按下电铃。响了一声，门开了，一条狭窄的昏暗走廊映入眼帘。通往二楼的楼梯非常陡，我根本看不见上面的平台。爬到顶再左转，往这栋百年房屋中心的客厅走去，我才看见卢瓦娜和其他人。斜躺在沙发上、坐在饭厅椅子上、靠着餐桌边缘的是她大部分的房客，20个变装族群居在这广大连栋房屋的18个房间里，加上一个身兼保镖的管理员——一位身材壮硕、留着平头的女同志，来去总是默默点头。

卢瓦娜起身迎接我。我认出涂鸦上的她：双眼一样锐利，但现在戴着宝蓝色隐形眼镜，此外还有细长骄傲的眉毛，以及过人的身高。她凹凸有致的身材裹在一件长度及地的紫色紧身衣里，领口开得非常低。她熟练地将秀丽长发甩到一侧，偏着头，伸出一只手："欢迎莅临我的办公室，亲爱的。"

"办公室"可不是最先跃入我脑中的字眼。这个空间感觉起来既像大学宿舍，也像夜总会的更衣室。墙上贴了许多女演员、模特儿和歌手的海报——玛丽莲·梦露（Marilyn Monroe）、奥黛莉·赫本（Audrey Hepburn）、桑巴歌星艾儿席翁（Alcione）以及里约变装皇后洛娜·华盛顿（Lorna Washington）——这些照片全都围着卢瓦娜本人的一张大照片，照片中的她穿着全套舞台打扮，满身羽毛，华丽耀眼。

下午5点，屋里才开始骚动起来。一名变装者无精打采地趴在桌上啜饮咖啡，另外6人像小狗一样，挤在大沙发上。其他人穿着无袖背心或拖鞋来回闲晃，头发凌乱，睡眼惺忪。卢瓦娜介绍我给大家认识。她们里面有卡里欧卡，但有更多是来自外州或其他国家的移民，想来里约这座大城市碰碰运气。所有人都从事卖淫工作，在这栋大房子里租房间住。

卢瓦娜讲得很清楚：她们只需付房租，但不准在家里做生意。"我是房东，不是老鸨。"我们坐下来谈话时，她这么说。

她从我们坐的沙发上紧盯全场，如果对面的人聊天太大声，她就像个老妈子一样开骂。"你们闲聊有比我们的谈话重要吗?"她对那些年轻人开炮。她们无辜地睁大眼睛,乖乖闭嘴。"没有,madrinha。"

Madrinha是"干妈"的意思。54岁的卢瓦娜显然不只是房东。那天晚上,我看到她身兼母亲、父亲、护士、榜样,以及心理治疗师等角色。她会给年轻的房客忠告和限制,对于某些有静脉曲张毛病、多年前隆过的胸部不对称、年纪大的房客,她则在房租上给她们一些折扣。卢瓦娜显然纪律严明:在她说话的时候,她们就乖乖听着;当她的咖啡不够热或不够甜,就会有人从椅子上跳起来帮她处理。

恢复了秩序,咖啡也合她的意,我再次提出我的问题:这些新的防护措施和法律,对她和她的房客们有什么意义?卢瓦娜原本一直挺着背、摆出咄咄逼人的姿势,这时才开始放松下来,将身体往后靠,却不想搭理这个问题。她从她想开始的地方讲起:从头说起。

成长过程中,卢瓦娜就知道自己想改变,不想当男生。一开始,她以为自己想当女人。她的偶像清一色是好莱坞女演员,她的白日梦里净是男人。后来,她发现不尽然如此。多年来,她刻意将自己塑造成她想成为的那个人,"所有性别中最好与最糟的那个。"

"人家都说我们过着一种轻松的生活。轻松还是辛苦,我不知道。但这是我选择的。看看我有多美好:我是卢瓦娜·慕尼兹。上帝给了我女人的感性、两腿中间的老二,还有一颗脑袋。我让自己变成今天你在这里看见的这个了不起的人。我今年54岁,其中43年都在卖淫。不可否认,有些时候固然非常难熬。可是我不后悔。"

"话说回来,这些女孩子,"她边说边把揉成一团的餐巾往那些咯咯傻笑的人身上丢,"她们不懂什么是辛苦。她们的人生就像加了糖的木瓜。"

卢瓦娜在一个传统的中产阶级家庭里长大。母亲是公务员,父亲则是陆军中尉,两人在她还是个小男孩的时候领养她,希望她长大能当医生。

"结果他们挑上我。"她说,"真可怜。"

她11岁逃出家门,开始用性来赚钱。她说,不管当时或现在,能让像她这样的人做的工作并不多。前两次离家后，父母曾出门找过她。但到了第三次，他们就随她去了。

她在基拉甸奇斯广场（Praca Tiradentes）开始卖淫，那里距离她现在的火辣粉红色房子只隔着4个街区。

"拉帕是巴西变装族的摇篮。那些当时待在这里的人都已经走了，但我可以代表她们发言。那样的日子很难熬。大家得武装自己，随身带刀子，动手打架。男人会来这里打我们，只为了好玩。"

她说，军事独裁时期最辛苦。警方会殴打她们，或把她们关进牢里。她们在牢里可能会被迫打扫，或供官员泄欲。卢瓦娜自己就曾被铐在这条街的街灯柱上，被路人用垃圾丢掷、吐口水、辱骂过。

"当时很痛苦，真的非常痛苦。想起那时我就难过。不过现在我再也不怕带枪的男人了。我怕老鼠、电梯和飞机，可是不怕男人。"她说，"变装族必须懂得如何捍卫自己。"

她拿起皮包，从里面抽出一根系有腕带的黑色短棍。

"这是克丽丝朵（Cristal），我随身携带。还有这个。"她把手伸进乳沟，掏出一根细细的防狼喷雾管；在巴西平民使用这种东西是违法的。她挑了挑眉毛，又把管子塞回去。

"以前我们白天不能出门，不能露脸。现在我知道，我们的所作所为并不违法，当时，我们只能默默承受。"

在巴西变装族移居到欧洲各国首都的过程中，街头暴力扮演了重要的角色。数以千计的巴西变装族出走海外，梦想着能被接受、享有金钱和名声——卢瓦娜也是其中之一。她在1980年前往巴黎，成为"赚钱机器"，一个晚上能为多达60个男人服务，包括嫖客和偷窥狂，而且一律事先收钱。

她在一年后重回里约，"趾高气扬，俗不可耐"，手提一个装满现金的路易威登皮包，挺着刚做过第一次手术、大小只有C罩杯的双乳。她的双峰现在已经是第14次手术后的成果，丰满到足以爆开DDD+罩杯——如果她穿胸罩的话。

第十三章 爱是唯一

接下来20年,卢瓦娜不断往返欧洲和巴西。那段时间,巴西度过了它的黑暗岁月,拉帕则继续崩解。她看着同志权利团体站稳脚步,甚至在其中一个组织工作了几年。她说,可是她认识的变装族、从偏乡来到里约街上讨生活的性工作者,依然是社会的弃儿。

"法莫阿摩埃多街上的同志都很有钱,他们是工程师,常去度假。"她说,"但我们就算生了病也没人在乎。"

在我们对面沙发上窃窃私语的年轻变装族已经把声音往上提升了几个等级,现在她们开心大笑,根本没注意到卢瓦娜已经气到眼睛都眯了起来。一瞬间——啪!——她们吓得往后跳。一个挂了二十几支钥匙的钥匙圈砸在她们后头的墙上。

她们抬头一看,吓得不敢吭声。卢瓦娜伸出手,紫色的陶瓷指甲朝她们的方向指过去。

"拿来,拿来,拿回来给我。我警告你们:他妈的放尊重一点!"

她转过头来看我,继续说:"我们需要自己的组织,所以我就自己创立了一个。"

通过她在2006年正式创立的"变性性工作者协会"(Association of Transgender Sex Professionals),卢瓦娜让变装性工作者与社会福利工作者及医疗服务提供商搭上线,协助她们规划退休生活,也提供家属不能或不愿负担的丧葬服务。她说,那一年她办了3场葬礼。

她表示,这并不代表情况没有改善。其实是有的。变装族与警方的关系已经完全不同:警方不再起诉变装族,也不索要回扣,"因为他们知道自己一毛都拿不到。"卢瓦娜和执法部门的关系相当稳固,在拉帕最近的一波犯罪热潮期间,卢瓦娜率领店家老板和居民进行请愿,要求警方展开紧急治安计划,结果如愿以偿。

在她说话的时候,一名年轻的变装族企图溜出门。她身材娇小,瘦得像个小男生,19岁,顶着一头栗色卷发。卢瓦娜在她经过时出手抓住她,我听得见前者不耐烦的呼气声。

"你要去哪里？菜市场吗？"她穿的裙子是一条条的弹性纤维布，平坦的乳房上搭了一件胸衣，卢瓦娜露出嫌恶的表情，叫她回去换衣服。

"这些女孩子都半裸出门……她们还视为理所当然。"她摇摇头。这个区域变化得很快，除了原有的波西米亚族群，还有很多新来者，以及银行等正经的店家。最好还是谨慎一点。

这时候，从客厅到淋浴间不断有人来来去去，女孩们开始为晚上的工作预做准备。该是我告辞的时候了。我跟卢瓦娜一起走出去，她得帮一位生病的房客拿药，还得解决两个变装族之间的地盘之争。

外头天都黑了。拉帕华灯初上，音乐与欢笑声从酒吧和夜店里流泻而出，拥挤的鹅卵石街道上混杂着各种节奏。拉帕一度是里约的落后区，社会边缘人的窝，但如今正搭上区域中产阶级化的热潮。与我擦身而过的有女大学生、饮酒作乐的上班族，以及寻找重新翻修过的桑巴酒馆的观光客；那些酒馆的入场费现在要价 20 美元。变装族也在那里。

她们已经在角落摆好姿势，这些超级女人眼睛化了浓妆、顶着硅胶乳房，还有结实的身躯。我想到我见过的其他妓女，以及将她们逼走的那些力量，心里不禁想着，这些变装族能在她们的地盘待多久。

如果卢瓦娜离开——她终究会厌倦待在前线——她们有什么机会捍卫自己在人行道上的一方天地？我驾车离开，看着她们的身影在后视镜上逐渐缩小。她们脚蹬厚底鞋，身形高大，像雕像般默默站在川流的人群中，宛如这座精彩城市无声的人肉标志。

第十四章

像样的生活条件

梅特罗（Metrô）贫民窟形状狭长，就位于六线道的西拉迪亚尔公路（Radial Oeste highway）与地铁及火车轨道之间的那块狭小土地上。20 世纪 70 年代到此建造轨道的工人是该区最早的居民，他们在工程完工后继续留在此地。随着时间推移，他们的房子就像自己建造的铁轨一样，成了都市景观的一部分。大多数卡里欧卡匆匆经过此处时，往往不会多看一眼。如果他们真的注意到这个社区，也是因为它向外那一面林立的修车厂，在那里换机油挺便宜的。但那不是吸引我前来此地的原因。

这座贫民窟也位于马拉卡纳体育场的视野内，距离近到居民光是听那个混凝土巨碗里传出的欢呼声，就能得知足球赛的比分。这座体育场将举行世界杯决赛，以及 2016 年的奥运会开幕与闭幕式。里约市政府对于这个区域有所规划：经费高达 6 320 万美元的整建计划包括进入体育场的新颖坡道、停车场，以及一条自行车道。公共工程局在 2012 年 1 月提出的一份简报中，公示了相关细节。

但梅特罗贫民窟不在整个建设计划内。

接近这个小区时，我在其中一面外墙上的壮观涂鸦壁画前驻足。上面画的是一个身穿巴西足球衣的男孩在哭泣。他身旁有一个足球，球上的黑白五边形已然模糊，变成一个头颅上的洞。为避免讯息不够清楚，涂鸦上方的横幅以精巧的花式字体拼出："我的社区将因世界杯而受破坏。"

我踏进一条住宅区道路,高速行进的汽车呼啸声被孩童玩耍以及电视节目的声音所取代。这里的房屋虽然简陋,但也坚固,以砖头打造,有些涂上灰泥和油漆,有的则是裸屋。这些屋子全都空间狭小、彼此紧靠,有两三层楼高。一群小孩在一个小型的开放区域上追着球,那里既是他们的游乐场,也是公共广场。敞开的门窗里飘来炸蒜头的气味,此时刚好是午餐时间。

即便街上的生活如常,但各条街巷都有些迹象,显示外头涂鸦上预测的破坏已是现在进行式。梅特罗看起来像是被炸弹轰炸过似的。有的房子完好无缺,但隔壁或对面的房子却已经沦为成堆的砖块和水泥,混杂着生锈的钢筋和碎玻璃,以及一圈圈剪断的电线和灰泥块。有时,二楼成了废墟,一楼却丝毫无损。

依然矗立原地的房子外墙上都被人用喷漆喷上一个号码以及市政府住宅局(Secretaria Municipal de Habitação)的缩写 SMH。这些是下一批预计拆除的目标。

世界杯足球赛与奥运会被宣传成是一股"改变的力量",尤其是奥运会,能够翻新里约的基础建设,提供补救都市陈窠的动力与经费。然而返乡几年之后,我发觉这两项大型赛事发挥的影响力参差不齐,不见得全是正面的。对于伊帕内马的高楼,它助长了正在热潮上的房地产投机买卖,即便赛事吸引的观光客比较少;对于拉帕和港区的房屋,它虽带来都市的更新,却也引来一波中产阶级化的风潮,改变了波西米亚型社区的风格。巴拉达帝茹卡正经历一股兴建公寓大楼的热潮,但事实已证明这无法持久。

里约的贫民窟也经历了重大的改变。根据 2010 年人口普查数据显示,即使在近期的经济繁荣期间,各贫民窟的人口增长速度也比全里约市来得快。有五分之一的卡里欧卡住在贫民窟里,全里约的贫民窟超过 1 000 座。

在数十年得不到官方的关注之后,这些社区如今竟成了几项受到高度瞩目的公共政策的关注焦点。我想近距离看看这些政策的发展情况;像是梅特罗这类社区的遭遇、发生的过程,以及居民在各方面受到的待遇是否能反映出里约更大的转变。

"不平等"始终是里约最大的阻碍。这一点不仅表现在收入差距,也包括享有的公共服务与资源,甚至是基本公民权和人权的高度不平等。富人与穷人所受的待遇在历史上一直呈现怪异的不均现象,即使是政府机关与警察等机构、法律体系以及民选官员,对待人民也有贫富之别。

贫民窟是这种缺点的具体呈现。它们聚集了里约与巴西最贫穷、权利被剥削得最严重的公民。我希望这些社区能解答我一个最主要的问题:目前进行中的转变是否深入本质,改变了资源分配、权利以及机会的不平等结构,让它们不至于集中在某些人身上,或者那只是表面功夫,对真正的现实并无影响?

在里约申办奥运会成功之后欢欣鼓舞的那几个月,市政府宣布了两项有关贫民窟的政令,可能会为里约的市容,以及贫民窟居民的生活带来重大的影响;经过一段时间,它们也能为我提供答案。

其中之一,是2010年7月宣布的一项大胆的都市化计划。"卡里欧卡生活"(Morar Carioca)是一项耗资40亿美元的计划,预计在2020年为里约各贫民窟引入自来水、污水处理系统、柏油路面以及公共照明。此举因此成为里约市史上最全面、经费最充裕的贫民窟升级计划。此外,它还有一项独特的参与元素:除了都市计划专家、建筑师以及工程师,这项计划也邀来曾经主导居民协商的社会学家与人类学家。市长宣称,这项计划会是奥运会遗产的展示窗。

来自海外的反应好评如潮,"卡里欧卡生活"可以成为将贫民窟整合到正规城市当中的全球模范。美洲开发银行称其"野心勃勃",提供了一亿五千万美元的贷款;后来,该计划还为里约赢得气候变迁团体"C40城市"(C40 Cities)所颁发的可持续社区奖。

另一项政策则与"卡里欧卡生活"相反。它是里约数十年以来规模最大的贫民窟拆除计划,我在梅特罗已经看到这项计划正在进行中。

第十四章 像样的生活条件

根据市长的说法，此举是必要之恶。有些小区侵占了环境保护区、位处公路规划路线上，或者太靠近奥运场馆。他说，不少贫民窟因为位于太陡峭或太湿软的地区，因此"无法进行都市化"。他解释，为了居民安全起见，大部分贫民窟都得拆除，因为生活在不稳定的区域，容易面临洪水或泥石流的威胁。

"这是根据岩土工程研究所做的决定。"他说，"我们没在开玩笑。我不想为有人丧命负责，这是为了他们着想。"

2010年1月，奥运公布主办城市之后仅仅两个月，这项巨变的首批具体细节就出炉了。有一份最先要被拆除的119个社区的名单，梅特罗正名列其中。

梅特罗的居民协会会长是法兰西蕾德·苏萨（Francicleide Souza），人称法兰西（Franci），我找到她时，她在忙着炖煮一锅黑豆。她的黑发包成发髻，尽管年仅44岁，双眉之间却有深深的皱纹。她将炉火转小后，走出闷热的小厨房，来到巷子里和我交谈。

必须搬迁的消息让居民十分绝望。贫民窟居民的房子往往是他们最有价值的资产，这些人大多没有银行账户、没有存款、没有退休金，也没有生活上的替代方案。那些房子代表他们这辈子省吃俭用、添购物品，以求生活改善的结果，这片头上遮风避雨的屋顶，是一旦自己不能工作，还能传承给孩子的遗产。失去房子可能会毁掉一个家庭。

政府提出方案，给予梅特罗的居民补偿金，或是入住西北边偏远的工人阶级住宅区科斯莫斯（Cosmos）的游民收容所或公租房。法兰西表示，这两个方案都不可行。政府提出的补偿金额平均为16 000美元，这笔钱在里约市的任何一个地方都买不起房子，毕竟此地的平均房价是每平方英尺400美元。至于科斯莫斯，它的坐落地点远在72公里外，可说跟在月球上没两样。从梅特罗先搭公交车再转火车前往该处，需耗时将近4小时——这还只是单程的时间。居民一旦搬家，等于也要失去工作、失去朋友人际圈，几乎会断了与里约的所有联系。

没有人想离开,可是压力排山倒海而来,要他们非接受条件不可。

"他们告诉我们,我们没有任何权利,连我们自己家的墙壁都不是我们的。"法兰西说。

我知道实情并非如此。巴西宪法保障每个住在未利用土地上超过五年的人,都有权在法律上主张拥有土地;但是若要执行这项权利,需要金钱、法律知识以及时间,但这些都是贫民窟居民缺乏的。由于巴西司法制度效率低下,即使是拥有法律协助,也都可能得花上20年,才能取得土地所有权。

法兰西说,大约有一百个家庭在唯恐失去财产的压力下屈服,接受了政府在科斯莫斯提供的住处。其他家庭则继续坚持。随后,拆除工作展开:拆除人员会前来拆掉人去楼空的房屋。由于贫民窟的公寓彼此共享墙壁,仍留在原地的房子因此开始出现安全问题。法兰西的房屋屋顶上就冒出一条裂缝,其他人说,拆除工作造成他们的房子岌岌可危,一场暴雨可能就会让房子倒塌。

想到他们与街道之间唯一的东西可能被拆除,某些人着实吓坏了,而且这能交换到什么?换到哪里?什么时候?实在令人担忧。但就像法兰西这样,有些人拼了命也要留下来。

法兰西在19岁时独自来到里约,也是一位来自东北部、搬到里约找工作、饱受惊吓的女孩。25年后,她有了一份工作、一个她与丈夫携手建起的房子,还有她在梅特罗贫民窟里抚养的家庭。每当决心动摇时,法兰西就走到房子外头,盯着那几个喷漆缩写——SMH——还有提醒她可能就是下一个拆迁户的号码。

时间一久,居民的压力愈加沉重。由于房屋拆除后的瓦砾没有运走,这个小区看起来就像是垃圾场。吸食可卡因的瘾君子住进破烂的空屋内,他们在距离法兰西这些家庭几米外的地方抽烟、打炮、大便。他们把塑料杯和锡箔杯改成简易吸毒管,用过后就乱丢在拆后的破屋里。垃圾堆成了老鼠筑巢的地点。这种改变开始削弱剩下的267户家庭的意志力。

当政府官员带着更好的条件又来到梅特罗，开口提供附近一个住宅区让居民安顿，又有大约100户人家接受了；不过那些公寓还要再过好几个月才能入住。法兰西说，那是一场盲目的赌博，为了一个承诺，他们抛下所有，但生活早已变得十分悲惨。

"我们从头到尾都很害怕、不安。"法兰西说，"那让人心力交瘁。"

选择性的拆除工作持续进行，破坏了社区的完整性，以及仍旧坚守原地的居民的抵抗意志。

当我向国际奥委会以及当地的2016里约奥运筹委会提出梅特罗的问题时，他们不断重复市政府的官方说法。"所有住户离开时，绝对都与市政府签过协议，并得到补偿金，搬迁期限也是根据法律定的。"他们在一份官方声明中如此表示。

他们的回应与我亲眼所见的情况并不相符。相关法规禁止逼迫民众迁居遥远的住宅区，不准在替代住宅完工前破坏民众的住处，也禁止补偿金过低；然而我在采访期间的所见所闻，却是正好相反。责任划分的骗人把戏却允许他们将皮球踢回给地方政府。

市政府里有个主导拆除工作的特别机构。贫民窟即将拆除的房屋墙上所喷的缩写便说明了一切：SMH，市政府住宅局。我在这个机构里采访的人是约格·比塔尔（Jorge Bittar）。我有满腹疑问——有多少人要搬走？为什么那个区域还没有具体规划，也还没有地方供他们住，就急着要赶走他们？

除了梅特罗，还有100多个社区已经成为完全拆除的目标。这三年间已有15 000多人被迫搬迁，接下来得搬走的人还更多。市政府住宅局内部在那么短的时间内，可有专业和人力去研究每个个案、提出适当的配套措施？如果有，那些报告在哪里？

打了几个星期的电话，加上多次不请自来，我终于在某个星期五下班时间前找到受访的对象比塔尔。

在他的玻璃墙办公室里，比塔尔打开一张马拉卡纳体育场周边区域的建筑示意图。图上能见到平坦的长坡道,通往那座椭圆形大体育场。在梅特罗旁,随意搭建的修车厂已经改建成一排整齐的店面,仓库也被改成小型工厂。房屋已不见踪影,就像当时它们也没出现在我最初看见的幻灯片里一样。

"我们会提供给他们像样的生活条件。"比塔尔还在重复奥运筹委会和市长讲过的老调。

那次短暂造访已让我搜集到足以完成一篇新闻报道所需的相关说法,但却无法解答我心中更大的疑问。在返回办公室的路上,面对周五夜晚的车流,我回想起法兰西帮家人煮午餐、孩子在屋外巷子里玩耍,还有让贫民窟看起来千疮百孔的瓦砾堆。这个故事里还有更多值得挖掘的内幕。

像法兰西这样的民众会对里约政府表现的善意没有信心,是有原因的。消灭贫民窟的宣传活动在里约见怪不怪,跟那些社区一样,都是里约的一部分。

州政府始终没有妥善规划供低收入劳工或穷人居住的住宅,因此他们只好在未利用的私人或公有土地上盖起自己的房子。里约市人口在1870到1890年间增长了120%,但房屋数量只增加了74%。从那时起,一直到1906年,里约市刚被解放的黑人与欧洲移民人数暴增;新居民人数远超过可供人居住的生活空间,比例将近3:1。到了1920年,人口普查记录中出现了第一座经认定的贫民窟普罗维登西亚(Providência),当中共有839户家庭,6家商店。

即使规模逐渐扩大,贫民窟的存在还是仰赖一种脆弱的利益平衡。一方面,这些社区让里约的穷人能住在离工作机会密集的富裕区域不远之处,政府大致上对这些聚居地也是睁一只眼闭一只眼;这里能提供供应稳定的廉价劳动力,而且无需财政投资。另一方面,大部分居民都没有土地所有权,是否能占用该处,全在有关机构的一念之间。只要一项政治或经济上的变化,就可能将数万人逐出家园。

这种情况发生在20世纪的最初几年，里约当时大约有20 000名穷人在一次都市更新计划期间被逐出市区的廉价公寓。后来在20世纪60年代又发生过一次，当时在经历快速工业化的十年之后，巴西内陆有大量人口移民里约，导致贫民窟居民增加近一倍，从大约17万人提高到33.5万人。

这种现象让那些把贫民窟小区视为问题的人更加不安，其中包括右翼里约州长卡洛斯·拉塞尔达（Carlos Lacerda）。他拟定了里约州史上最激烈的贫民窟铲除计划，在1960至1965年之间驱逐了42 000多人。巴西的军事统治者为该计划提供了助力，在1968年成立一个缩写为CHISAM的机构。该机构的目标，是在1976年前彻底消灭里约的贫民窟。

收拾家当，走出门外，眼睁睁看着自己盖的房子被拆掉的那种悲痛心情，不仅铭刻在地貌上，也记录在歌曲里，就像桑巴歌手阿东尼兰·巴尔波沙（Adoniran Barbosa）的《Saudosa Maloca——乡愁小屋》："如果你不记得，先生，就让我告诉你，眼前这栋高楼原本是一栋老房屋……"[1]

这些小区背负着沉重的污名。政策制定者和许多民众都将贫民窟说成是都市之瘤，玷污了里约这座美妙城市的优雅形象。CHISAM的首席协调官吉伯托·科法尔（Gilberto Coufal）便用这种疾病与感染的说法，解释为什么仅仅为贫民窟提供基础建设无济于事："贫民窟居民的想法、行为和生活，再怎么样都会是贫民窟居民那一套。"他在1971年告诉《巴西日报》（*Jornal do Brasil*）："贫民窟居民生的小孩长大后，心智上还是个贫民窟居民。"

CHISAM的计划是要把被迫离开家园的民众送进公共住宅。许多家庭一开始很乐意搬家，相信那对下一代来说会是一个更安全、健康的环境，也渴望能得到一间拥有土地所有权的住宅。只是，当他们走下装运家当的卡车，却赫然发现自己真的被逼到了边缘。那些公共住宅的地点多位于里约市外的偏远郊区，没有大众交通运输设施和工作机会，连最基本的基础

---

[1] 阿东尼兰·巴尔波沙来自圣保罗，不过里约的桑巴作曲家也会探讨这种现象。

建设都付之阙如。

消息传开后，尚未搬迁的贫民窟居民开始反抗。那个时期的报纸刊登了居民因为拒绝离开而遭枪击、殴打、逮捕甚至失踪的故事。平托海滩（Praia do Pinto）贫民窟原本位于莱布隆的黄金地段，但在1969年5月11日半夜，居民正在睡梦中时，这座贫民窟却在大火中付之一炬。居民当时的简陋棚屋大多以木材建成。新闻报道指出，共有5 000名居民无家可归，32人受伤；虽然有人在受访中表示，有些邻居在大火中丧生，但是官方始终没有公布死亡人数。

卡塔昆巴（Catacumba）贫民窟位居高处，俯瞰着拉各亚潟湖与伊帕内马，当地居民反对政府的提案，提出了自己的社区改善计划。他们的计划刊登在1969年9月15日的《日报》（*O Dia*）上。

"这座贫民窟可以进行卫生化与都市化。"他们写道，"我们不要救济、捐助或施舍。只要有公权力认同，我们将自行出资兴建自己的房屋。"

然而里约政府没有理会居民的提案。卡塔昆巴小区的2 158户住宅全数被拆除，住户四散到几处公共住宅。根据1972年州政府都市规划局的一份报告，官方给的理由是，该区"土壤不稳定，以及附近罗德里戈佛雷塔斯潟湖（Rodrigo de Freitas）的污染"。这种以居民安全及环境为理由的拆除借口，几十年后将再次出现。

直到1973年结束运作为止，CHISAM共计拆除了62个贫民窟。平托海滩和卡塔昆巴都是典型的例子。被拆除的小区中大约有60%跟它们一样，原本都位于南区的高价土地上，后来被迫迁移到偏远的西边及西北边郊区。"上帝之城"（Cidade de Deus）是那些住宅开发计划当中的一个，它容纳了来自63个不同贫民窟的人口。它的故事很典型——官员弃之不顾、早期的居民生活艰困、落入毒品走私贩的掌控，紧接着暴力问题日益严重。几十年后，这个故事被写成了一本书，甚至拍成一部同名电影。

随着20世纪70年代步入尾声，军方逐渐放松对国家的掌控；巴西走上开放之路，大规模强制迁移的梦魇亦逐渐消散。80和90年代，除了特殊案例之外,"拆除"这个字眼大致上已从公共论述中消失。1992年,有一份都市规划文件首次提出"将贫民窟整合到正规城市中",并"保留它们的地方特色"。"Favela-Bairro——贫民窟到小区"这个都市化计划在1994年开始在贫民窟铺砌街道路面,装设公共照明。这似乎象征政府对贫民窟的态度已有所改变。

如今,里约市正为了奥运会整修门面,"拆除"这个字眼再次跃上了新闻头条。贫民窟居民显然清楚记得这座城市的历史,因此对于承诺给他们"像样的生活"的政府官员开始提高警觉。

自从里约上一波拆除热潮以来,情况改变了多少?

2013年1月的某个星期六早晨,我还在啜饮咖啡时,一通电话突然让我清醒过来:穿着防暴装备的武装警察已经包围了一处聚居地,准备攻坚。我抓起采访本,立刻赶去现场。

在战线另一端的人是卡洛斯·图卡诺(Carlos Tukano),巴西图卡诺族的原住民。他来自跨越巴西西北部与哥伦比亚的亚马逊地区,目前担任一个原住民族团体的非正式领导人;该团体成员来自十几个原住民族,包括瓜拉尼族(Guarani)、帕塔修族(Pataxó)、坎刚族(Kaingangue)以及瓜亚亚拉族(Guajajara)。他们来到里约工作、寻求医疗保障、求学,或在街头贩卖手工艺品。由于没有人脉,也没有安全的居住地点,大家于是搬到一栋废弃的十九世纪豪宅的地盘上,旁边就是马拉卡纳体育场。

那栋豪宅的屋顶大部分早已坍塌,藤蔓沿着墙壁攀援而上。在一座经过精心规划的花园里,原本的造景树木如今长得又高又乱,遮掩了废墟,让建筑埋在阴影中。这个地方位于花园墙内,附近公路上疾驶而过的司机和涌入马拉卡纳体育场的球迷都没注意到,卡洛斯和其他人就在这里用砖块和茅草盖了一些简陋的房屋。他们称呼自己的聚居地为马拉卡纳村(Aldeia Maracanã)。

随着这个社区日渐成熟,他们也开始举办文化活动:说故事给小孩子听、原住民工艺工作坊、原住民仪式。美联社一名摄影师要为他们拍摄摄影专题，我为了写稿也一同前往；我们就是在那时候见面的。

图卡诺体贴周到、充满耐心，颧骨宽大突出，眼尾和嘴角都下垂。在这忧伤的外表下，却隐藏着机敏的智慧。

"要我戴上头饰吗？"在我们第一次访谈时，图卡诺问道，"那样我看起来才像真正的印第安人。"他露齿微笑，同时温和地嘲弄了我们和他自己。

我们交换电话号码，保持联系。在我某次造访时，图卡诺解释为什么原住民与这栋年久失修的老宅有着紧密的联结。后来我在一份2011年由一名历史学家和一名建筑师为里约市文化遗产委员会联合所做的报告中，得以确认相关细节。

这栋建筑物和所在的土地是在1865年由萨克森公爵（Duque of Saxe）、萨克森科堡哥达王朝的路德维希·奥古斯特（Ludwig August）捐赠给国家；他也是佩德罗二世皇帝的女儿莱奥波汀娜公主（Princess Leopoldina）的丈夫。当初捐赠时有一项条件：此地必须作为巴西原住民文化的研究中心。

官方有几十年的时间都遵循捐赠者的这项要求。"印第安人保护中心"便设于这栋大宅内，直到1962年才迁至新首都巴西利亚。接着，此地改成一间印第安博物馆，营运到1977年后，馆内展品又移到目前位于博塔福古的馆址。这栋宅邸随后被废弃，直到原住民在2006年开始占用这个空间为止。

尽管有这些历史渊源，卡布拉尔州长还是在2012年10月宣布将夷平这栋建筑。体育场周边的规划没有多余空间可供图卡诺和马拉卡纳村使用，就像梅特罗贫民窟一样。

马拉卡纳村居民是通过新闻才得知这个消息的，没有人事先特地来向他们说明离开的期限或日期。他们必须离开的原因或该地点将作何规划，他们并不清楚。图卡诺试图利用从报纸上找到的零碎信息，拼凑出里约政府在打什么主意。在我造访时，他会把剪报摊在一张户外的桌子上，问我

第十四章　像样的生活条件

有没有什么新消息可分享。现在,长达几个月的猜测已经结束。那天早上,图卡诺在电话那头的声音中透露着惶恐。

当我抵达现场时,警方与原住民之间对峙的情势已经十分紧张。警察身穿外层以凯夫拉高强度纤维制成的黑色防暴服,手持一米长的武器,在大宅前方排成一堵人墙。老宅大门已经上锁,我透过生锈金属栏杆的间隙,看得见一双双湿润眼睛里闪着泪光。里面传来鸟鸣、歌声,以及笛声。有些原住民跨坐在墙上,手中拿着以羽毛装饰的仪式用弓箭。许多人戴着头饰,身上涂了黑色与红色的几何图案。

一名警方指挥官告诉我,他们在等进入的命令;在那之前,他们会看守大宅周边。宅邸里传出吟唱声。我走向墙边,告诉某个坐在上面的人说我认识图卡诺。一分钟后,他们放下一道木梯。我从墙上俯瞰那个超现实情景:一边是防暴警察摆开阵势,准备进行都市反暴动行动;另一边则是戴羽冠、打赤膊的男子唱着歌,摇着拨浪鼓,妇女和小孩则四处转来转去,通过大门向外凝视。

图卡诺和其他人已经找来所有他们能召集到的人前来,宅邸内至少有200名行动人士、学生和记者。二楼上方的一座塔楼上,有脸上戴着蒙面罩或绑着T恤的男子正在观察双方的对峙情形。他们的弓箭不是楼下原住民以木头和羽毛制成的那种,而是专业的射箭设备。

上百名支持者聚集在后院,也就是居民的茅草房屋旁,图卡诺也在其中。他试图对激动的群众说话,这些人包括许多原住民、各路行动人士、一名反对党政治人物,以及两名公设辩护律师。现场情况非常混乱,人群的声音一同飙高,大家意见纷纭,根本听不出所以然。

一名公设辩护律师表示,没有人知道警方为什么没有法院命令就跑来,但是只要没有法院命令,他们就不能赶走居民。

"这绝对是恣意妄为,"他说,"可能造成严重的流血事件。"

没有人知道法院命令是否会送过来,或是命令送来之后,警方会用什么手段执行。因为紧张的气氛,群众焦躁不已,现场情况感觉起来并不安全。愤怒的人太多，双方却没有实质性的对话机会，大门外有大批武装警察，上方甚至还有那些蒙面特警。图卡诺呼吁大家冷静，但他的声音根本传不远。

"我们不能用弓箭对抗他们，他们会攻进来。我们必须态度坚决，但不发动攻击。"

图卡诺比较适合在平静时期担任领导人，而不是那种登高一呼就能号召群众的领袖。我有种感觉，马拉卡纳村现场可能免不了一场血腥冲突。

警方的封锁行动持续到下午。天黑后，因为还是没有准许进入的法院命令，警察便撤退离去。回到家中后，我跟抵达现场时一样困惑。这有没有可能只是恫吓的伎俩？如果是，那么这个伎俩成功了。在我离开马拉卡纳村时，群众的情绪很紧张，大家扯开嗓门，激烈争辩是否要采取不同的行动——离开、留下、妥协、对抗。

接下来几个月，法庭上的法律攻防、律师到访，以及警察经常出现在大宅附近，每次都让这种紧张情势持续升高。后来，当州长派出突击部队时，我正在外地旅行，但我不必到场就知道发生什么事。它登上了巴西全国与国际新闻：配备宛如机械战警（Robocop）的警察大步走过催泪瓦斯与辣椒喷雾，铐住大批原住民与抗议人士的手脚，将他们拖出住宅。图卡诺人在现场，他裸着上身、头戴插了黄色羽毛的头饰带，与身穿防弹背心的警方发生争执。

原住民被安置在配有双层床铺的金属货柜里，地点位于里约市西区，旁边就是一个麻风病患集中区。那些货柜摆在一块水泥平台上，用防水布盖起来。结果，下了第一场雨就发了大水。

在梅特罗、马拉卡纳村，以及其他数十个社区发生类似事件之后，我注意到里约在筹备奥运期间的拆迁计划，与20世纪60与70年代军事独裁时期执行的那项拆除计划之间，有一些相似之处。

当年与现在被挑出来的聚居地都有一个非常重要的特点：它们都位于价值飙涨的土地上。拆除贫民窟往往是让一个区域的房地产潜力全面暴涨前的最后步骤。

数十年前，大多数被选定的社区都位于南区。现在，被选定的社区有将近一半位于西区，也就是里约房地产正热络的兵家必争之地，以及大部分奥运场馆的所在地。第二个重要的拆除区域依然是热门的中南区。

那么，这些住户会被安置到哪里？有三分之二预计要搬到偏远西北区的公共住宅，也就是在巴拉达帝茹卡与雅卡雷帕瓜山区以外的那个地方。该区域将有八成的房屋供给最穷的贫民窟居民居住，也就是那些每年生活开支不到 11 000 美元的家庭。

偏远的西北区是里约房地产最便宜的地方，也是工作机会最少的区域——仅占8%，而中南区高达60%——而且最缺乏公共照明、污水处理、交通、学校与医院等基本设施。这跟20世纪60年代的情形差不多，资源最少的居民被迫迁移到基础建设最少、距离工作机会最远的地区。

然而，这两波拆迁潮之间有一个非常明显的差异，那就是被选定的贫民窟的反应。过去虽曾发生过一些抗争，例如卡塔昆巴的居民提出自己的都市化计划，但现在的居民远比当时更有组织。

让巴西引人注目，并让它赢得世界杯与奥运会主办权的某些进步，例如经济稳定、渐趋平等、中产阶级增加等，同样也拉高了民众的期望，因此，要让民众接受与自身利益不符的计划，自然也就更加困难。

这种新的认识同样出现在里约的贫民窟里。居民要求不要再使用"贫民窟"和"贫民窟居民"这样的羞辱性字眼称呼他们，而是改采用"社区"（comunidade）这种比较中性的词汇。像法兰西这样的领导人就坚持，贫民窟非但不是问题，反而是解决里约市住宅与大众交通运输不足的方法，尽管那并非完美之道。他们说，提供这些社区缺乏的设施，进而将它们整合到城市的整体结构中，会比拆除再迁移的做法更简单、更省钱，而且也是更理想的都市规划。这些居民已经准备好要迎战他们的民选官员，捍卫自己的立场。

这一切都意味着，居民拒绝拆迁的态度在某些案例中相当普遍而且坚定——还有，大众对"卡里欧卡生活"计划的期望很高。这项计划承诺在2020年前让剩下的贫民窟全数升级。根据计划的官方指导方针，"卡里欧卡生活"将促进"社会空间的包容性与城市权利的扩展"，希望能直捣这座分裂城市的问题核心。

"卡里欧卡生活"计划公布之后不久，市政府住宅局聘请了一个非营利组织进入那些小区进行民调；巴西建筑师学会（Institute of Brazilian Architects）也举办了贫民窟都市化提案的国际竞标，从40家建筑事务所中挑选最佳提案。

里约市长在2012年竞选连任时，经常推销这项计划。在他胜选后，该计划的目标纳入了他在2013年1月发表的第二任就职演说："对卡里欧卡来说，我们将留给后代子孙一项资产，它将改善里约的生活，对最贫穷的民众尤其如此，提升基础建设、流动性，为发展提供一个策略性的愿景。"

因此，当"卡里欧卡生活"计划最后破产，大家无不非常失望——贫民窟居民很失望，他们已经在民调上回答了自己想看到哪些改善的问题；专业人士很失望，他们设计的开发计划将永远停留在绘图板上；像我这样的人也很失望，因为我们相信，那本是里约解决自身严重不平等的良机。

"卡里欧卡生活"计划被取消时，官方并没有正式公告，也没有向大众、小区或建筑师及工程师说明。相关经费就这样没了下文。市长的第二任期就职之后，市政府便与受聘对贫民窟居民进行民调的组织解约。到了2014年中，也就是计划宣告后四年，40项工程中只有两项开工。[1]拆除行动却继续飞速进行。

---

[1] 里约的贫民窟真正得到的，是一项高度受瞩目、迫使贫民窟开放观光的计划，而且往往需要迁移数百个住户。坎塔加洛（Cantagalo）兴建了一座造价2 000万美元的钢铁玻璃电梯，可通往一个瞭望台，俯瞰伊帕内马。为了这座电梯，有300户家庭被迫搬走；另外有2 100户也为了阿莱芒街区一套造价一亿零五百万美元的缆车系统而迁移。此外，普罗维登西亚另一个造价3 700万美元的缆车系统，也逼走了数百户家庭。

有时候，这种令人摸不着头绪的政策大转弯也能在一个社区里看见。比方说，库里西卡联合村贫民窟（Vila União de Curicica）原本名列在"卡里欧卡生活"改善计划的优先名单上，不到两年后却沦为预定拆除社区。

我对巴西建筑师学会里约分会的会长佩德罗·达卢兹（Pedro da Luz）提起此事。这个组织备受敬重、拥有近百年历史，经常担任规划争议的仲裁者，包括与里约奥运工程相关的那些问题。

达卢兹说起话来条理分明，不时停下来思考，但是"卡里欧卡生活"莫名无疾而终的状况却让他一时语塞，手指不断搔着他灰白的乱发。

"这样的公共政策理应事先规划、坚守承诺、彻底执行才对。"他说，"但是这……"他张开双手，举到面前，摇摇头，仿佛在表示言语无法形容他的挫折感。

该学会平常不会介入公开的争执。可是它与市政府合作，让这项计划使用学会的名号与声望，结果却看着"卡里欧卡生活"被政治人物拿来炫耀利用，然后弃如敝屣。佩德罗无奈地看着计划的美意变成一场空，但仍试图用理性的方式处理这个烫手山芋。

里约放弃都市化计划、加速大规模拆迁，从原本拥有一项贫民窟整合计划，变成积极推动在空间上将穷人区隔开来；这座城市也从投资市中心，变成鼓励都市基础建设扩张。

这样的做法是为了配合其他决策，例如兴建以西区为中心的新交通路线（BRT卡里欧卡线、奥林匹克线与西线），地铁延伸到巴拉达帝茹卡，还有将大部分奥运场馆设在那里。这个区域的交通依赖汽车，目前依然缺乏适当的基础建设，同时以高级封闭社区作为雏形进行建设。这意味里约实行的路线欠缺环保考虑、必须花大钱维护，简直是一个逐渐成形的交通梦魇。这个走向也会让里约市的历史、社会与经济不平等问题更加恶化，将之印刻在地貌当中。

"这座城市是实在、具体的，"佩德罗说，"当我们犯了一个错误，那个错误将延续四五十年。这问题可大了。"

这些改变全都围绕着筹办世界杯与奥运会的需求打转。从里约市获选为主办城市开始，有关单位动不动便设定最后期限，动用紧急措施以追赶那些期限。这种例外状态不仅适用于整修体育场与兴建场馆，也让所有和这些运动赛事仅有间接相关的工程计划取得紧急资格、不受管制。在里约待了3年后，我开始懂了这种例外状态如何被人用来重塑这座城市。如同达卢兹指出的，卡里欧卡将与里约的遗产共同生活数十年。这又回到了我最初的问题：这里正在创造的是一座什么样的城市？谁会从中获利，谁又会有所失去？在这种背景下，世界杯与奥运会又如何被人利用？

这些都不是容易回答的问题。这些问题有强大的政治、经济与社会参与者牵涉其中，但他们的利益所在与支持对象，不见得清楚可见或容易理解。这些力量在某些地方发生了冲突，泄露出内部运作的奥秘，其中一个地方就是大约有3 000名居民、位于西区的小型贫民窟维拉奥托多摩（Vila Autódromo）。

第十五章

我们打造了这座城市

阿泰尔·吉马雷斯（Altair Guimarães）很清楚拆迁是怎么回事。他可以一一数出他看过自己的房子被拆除几次。第一次是在1967年，当时他14岁。为了改建高楼，他家在拉各亚的房子被拆掉，全家只好迁移到"上帝之城"住宅区。第二次是35岁那年，此时他已婚，有两个女儿。这次房子被拆的原因是官方要辟建一条公路。他们收拾家当，搬到维拉奥托多摩，那是西区的一座小型贫民窟，位于两条公路、雅卡雷帕瓜潟湖，以及过去的里约一级方程式赛车场之间。

我们在维拉奥托多摩的社区协会见面时，他已经58岁了，身材高大，五官粗犷，强而有力的双手是数十年从事建筑工作的证明。他正面临第三度失去家园的窘境。

里约在奥运候选档案中称呼这座城市的西区为"奥运之心"，它将成为奥运主要场馆的集中地。结果，维拉奥托多摩正好坐落在那个集中地的中间。根据申奥手册所述，奥运村、媒体村、主新闻中心，以及国际转播中心都位于该小区半径3英里的范围之内。奥运公园将设在它旁边，也就是过去的一级方程式赛车场上。

维拉奥托多摩的房地产价值已经上涨了几十年，奥运会更让它一飞冲天。市政府以迅雷不及掩耳之势展开拆除这个社区的计划。当地居民是和其他人同时知道消息的——而且还是从新闻报道得知。

阿泰尔说话时带着积攒了几十年的怒气。

"努力打拼一辈子，却没有任何成果。"他说，"他们不能把我们当垃圾一样，要我们搬过来搬过去。"

20世纪60年代，维拉奥托多摩一开始是雅卡雷帕瓜潟湖边的一座渔村。随着卡里欧卡往西迁移，这里也慢慢发展，接纳像阿泰尔这样的建筑工人。他们兴建了这一区最早的公寓大楼，接着也在附近盖起自己的住宅。不久之后，封闭小区与购物中心所需的大批服务业劳工也跟着搬过来：女佣、保姆、园丁、工友、保安、门卫、技工、水电工、服务生等。

到了20世纪90年代，开发商发觉里约市西区还有成长空间。维拉奥托多摩在1993和1996年面临到第一波威胁，市政府控诉他们造成"都市环境的破坏、自然环境的破坏，以及美学、景观与旅游上的伤害"，要求采取"迁移民众与建筑物的措施"。指挥那项行动的是年方23岁的爱德华多·佩斯，当时他担任西区副市长，是他个人的第一项公职。

结果市政府输掉了那起诉讼，该社区拿到了几项保命符：100多户的居民在1997年获得土地所有权；1998年，潟湖边的住户取得了使用特许权，可以继续住上99年。2005年，市议会正式承认这里是一个"特殊社会利益区域"，意即他们适合整合到里约市里。整个地区于是开始大兴土木。

接着，2007年泛美运动会登场。许多比赛场馆都位于这个区域，此地的开发速度因而更快，房价也持续飙涨。对维拉奥托多摩不利的威胁再度出现。在计划被推翻之前，拆除大队步步近逼，近到可以在几栋住宅墙壁上喷上市政府住宅局的缩写"SMH"。

不过，比起国际奥委会挑选里约主办2016奥运会之后随之排山倒海而来的压力，这些根本不算什么。从那一刻开始，里约官方就企图铲除这个社区，而且通过各种手段要达到这个目的。

官方拆除的理由随着时间不断改变。最初的说法是市政府需要延伸在其边界交会的两条公路。在2009至2010年间，市长或他的代表又提出了至少3个解释：该地区太难都市化、它将成为奥运媒体中心的设立地点、它侵犯了未来奥运公园周围的一个安全区域。

在行动人士与一支技术支持团队的学者协助下，居民逐一反驳每项理由，然而对他们不利的主张不断改变，他们的地位依旧不明。

接着在 2011 年 8 月，媒体齐聚一堂，等待主办方公布赢得里约奥运公园设计案的得主。那次竞标是由佩德罗·达卢兹的巴西建筑师学会主办，60 件提案分别来自 18 个国家的各建筑事务所。此事受到高度期待，尤其是维拉奥托多摩的居民。他们的土地上将出现何种面貌？

结果优胜者是英国的工程建设公司艾亦康（Aecom），他们也设计过伦敦的 2012 奥运公园。他们的规划中出现一个惊喜：特别为维拉奥托多摩留了空间。在该公司提出的地图上，两座停车场和奥运公园后方入口之间有一小群住宅，那代表的正是维拉奥托多摩。

难道这意味着这座小型贫民窟能留在原地，在赛期间出现在国际新闻摄影机的镜头中？或许更重要的是，也在附近如雨后春笋般出现的高级公寓大楼的视野内？如果不能留下，那又是为什么？

后来，这些问题的答案断断续续出现，也差不多揭露了助长里约转变的那些力量。

2011 年 10 月，里约市政府宣布接受开发商投标，由政府和民间合作兴建奥运公园。这种做法跟惨不忍睹的泛美运动村及奥运高尔夫球场如出一辙。这项占地 290 英亩的工程计划，总经费在七亿美元左右。联邦政府将支付体育场的兴建成本，市政府则负担两亿五千万美元。在奥运会结束后，参与的开发商将有权在奥运公园 75% 的土地上兴建公寓大楼与饭店——这等于是将 217 英亩的公有热门地转为私有。

提案内容包含了拆除维拉奥托多摩，如同巴西人所说的，"simples assim——就这么简单"。居民将搬迁过去的那个住宅区，将由同一家中标开发商用联邦经费盖在市政府所有的土地上。

提案公开后两天，《圣保罗州报》（*Estado de S. Paulo*）注意到了这个提案里的一个小细节：市政府购买那个未来住宅区土地的过程。那么高的经费必须刊登在市政公报上。奇怪的地方来了：原本刊登出来的购地成本是 100 万美元，但这个数字后来修改过，并重新刊登了 3 次。价格一次比一次高，最后达到 1 000 万美元。

该报道揭露，那块土地的所有人正是两家房地产开发公司，而它们曾经大把地给市长、他的秘书长献金，以及直接参与维拉奥托多摩拆除行动的 3 个部门首长——其中之一是住宅局局长约格·比塔尔。

将土地卖给市政府的两家开发商也将兴建距离维拉奥托多摩不到 1.6 公里处的 3 栋公寓大楼。一旦从大楼阳台上望去看不到贫民窟，那么房子的价值还会再提高。

不只如此，根据市政府土地工程专家提出的一份报告，市政府采购的那块土地大约有 90% 被视为"风险地区"。它正好位于白石山州立公园的山峦底下，是一个介于高风险山区和低风险平地之间的"中度风险"地带。

综合起来，这些零碎的信息让人得以一窥市政府暗箱操作决策的过程。这也说明了大多数的社区居民为什么不愿意离开。他们明白将会发生什么状况，其中许多人跟阿泰尔一样，在以前就曾见识过了。

官方提出的拆除理由愈来愈多，居民的怀疑也就愈来愈深。2012 年至少出现了两个新的理由：首先，市政府制作了一部视频，说明 BRT 卡里欧卡线将有一条支线通过维拉奥托多摩。另一个理由则是市长在一次访谈中提出的，他表示"该社区有三分之二位于环境保护区当中"。

所以，他们的社区之所以必须拆除，是因为妨碍了一条公路的延伸，还是因为占据了保护区？抑或是过去那些年提出的几项理由之一？无所谓。每个新计划都只是加深了居民心中的一种感受，那就是不管最新的借口为何，真正的目标就是要他们搬家走人。有人可以从中大捞一笔，而他们挡了人家的财路。

为了努力留下来，维拉奥托多摩采取和几十年前另一个潟湖畔小区卡塔昆巴的居民相同的做法：他们提出自己的都市化计划。靠着一群学者的技术援助，他们进行了一项研究，希望找出符合环保法规，而且让自己的住宅享有相关民生服务的办法。这项兼具可行性与经济效益的"维拉奥托多摩民众计划"（The Plano Popular da Vila Autódromo）在2012年8月呈交给市长。他们的整体计划经费比政府购买他们迁居地的土地成本还要低。[1]

但是市政府的计划并未改变。2013年初，居民将迁入的住宅区开始动工，即使大多数的小区居民依然不肯离开。

拆除维拉奥托多摩的理由实在太多，我不得不开始搜集，就像集邮或收藏卡片那样。住宅局的一位新主管给了我另外一个理由：维拉奥托多摩的土地将变成一座公园。

情形僵持不下，结果市长的态度突然在2013年8月出现了180度的大转弯，同意与居民见面。他承认自己犯了错误，同意所有条件：长期保留维拉奥托多摩，赞同它的都市化计划，也同意因为环保理由而被迫搬走的居民都能回到小区。至于有意离开的人，将获得符合市场行情的补偿金，或是住宅区里的一间公寓。所有的协商都将让居民协会以及技术顾问参加。

那是一场惊人的胜利。维拉奥托多摩终于完全摆脱被拆除的命运。当该小区向大众宣布这个消息时，他们在声明上签下"维拉奥托多摩万岁！维拉奥托多摩万岁！"

维拉奥托多摩万岁。这算是故事的结局。

但是故事并未结束，也没那么简单。这样的故事很少如此简单。

市长明显让步之后那几个月，市政府又对居民公布了另一项计划。这一次会保留社区的中心，可是要拆除社区边界上的住宅，好兴建进入奥运公园的高架坡道——这等于是要拆掉将近一半的房屋。这些离地六英尺的

---

[1] 这项计划后来赢得德意志银行（Deutsche Bank）与伦敦政治经济学院的LSE城市研究中心（LSE Cities）所颁发的都市时代奖（Urban Age Award），以表彰该社区改善环境的努力。

坡道将把剩余的住宅包围在带状的柏油路与车流当中。

市长愿意亲自与民众讨论、回答问题，但仅限于收到邀请函的人参加。这一点甚至更令人焦虑，增加了不确定感。民众不清楚，为什么有人可以参加，有人却不行。如果你被选中，那代表什么？市长会提出新的条件吗？难道这只是另一个分化大家的计谋？

那场会议在2013年10月的某个星期日举行。在事前的那个星期三，大约有150人挤进贫民窟内的圣约瑟夫教堂（St. Joseph the Worker church），讨论应对的办法。男男女女排队，逐一在麦克风前发言，不过他们没有提出什么新的看法。这件事情他们共同面对了好多年，早已知道彼此的故事和感受。这场聚会与其说是分享信息，不如说是再度重申大家的信念。如果市政府企图拆散他们，那么他们的话就是一个警醒，提醒政府是什么让他们团结一致：

"……我们打造了这个地方，我们打造了这座城市。我们有权利。"阿泰尔说。

"……星期天，我们只需要用一个字，告诉市长我们的想法：不。"退休的公立学校教师茵娜娃（Inalva）说。

在后面徘徊的是玛莉亚·彭哈·马塞纳（Maria da Penha Macena）。人家都叫她彭哈，我是在其他类似的会议上认识她的；她忙着为大家倒咖啡和送饼干，很少坐下来。

她没有站在麦克风前发言，但我知道她的故事；那也是许多现场出席者的故事。为了替家人盖一栋三层楼高的房子，彭哈几十年来为人打扫、煮饭。每一担砖块和每一桶油漆都是他们一家子努力存钱挣来的，他们一起挑水泥、贴瓷砖、建起大门。那栋房子是他们的家：它分成许多房间，住着彭哈、她丈夫、她女儿、她母亲、她婆婆、她婆婆的其他孩子，也就是彭哈的叔伯小姑，和他们的家人。而且，这儿也是收藏他们的回忆、努力与未来计划的地方。

会议在晚上11点左右结束，他们做出决定：他们将全体一起去见市长，无论有没有邀请函。星期天上午，他们集合之后走到会议中心；市长爱德华多·佩斯正在会议中心礼堂等着，前方有一条护城河和由保安戒护的三层上锁大门。我跟着他们前往。居民哼着歌，涉水走过护城河，和守门警卫发生争执，手上挥舞着邀请函——最后终于全部一起进去。他们见到了市长，听了他的提案。

感觉上居民们好像暂时获得成功，他们实现了一直将他们排斥在外的一件事。可是，他们赢得了什么？那是漫长、疲累的一天。他们投入了大量的努力、规划与精神准备这场会议，但在我驾车离开时，我知道他们离解决问题的那一步还非常遥远。

多年来，市政府针对这个社区进行了长期的消耗战。那场星期天的会议仅发出有限的邀请函，放出特定讯息，政府明显无意解决问题，而是一再重复地提案与反提案、让步、推翻过程中的另一步，没有结论，没有定案。那里的居民已经这样过了20年，但是逐渐逼近的奥运会让情况难以承受。他们已精疲力竭。

我最后一次前往维拉奥托多摩是在2014年3月的一个星期日。我要参加一场家庭聚餐，于是顺道去看看彭哈和其他人。好几天前，阻止贫民窟拆除工作的法院禁止令被推翻，最早被拆的那几间房子墙上已经出现了窟窿。旁边奥运公园的兴建工程正24小时进行，产生的尘土和噪音渗入了小区。

彭哈和其他人与行动人士及学者在居民协会的会议差不多要结束了。他们整个上午都在调查邻居对这次挫败的意见，并拟定新计划。会议之后，我陪彭哈走回家。阳光相当毒辣，一路上，我们经过曾经有住宅矗立、如今已成废墟的荒凉空地。

这一切似乎都没有击垮她。彭哈个头不大，身高顶多一米五，娇小的身躯和充沛的活力总让我联想到蜂鸟。走回她家的途中，她在几个地方稍作停留，探望某人生病的孩子、跟朋友亲吻打招呼，还触摸了一个教女的额头，对方请她赐福：

"为我祈福,教母!"

"愿主保佑你,赐给你幸福。"她回答。

到达她家时,早已过了午餐时间;她的家人正等着她一起吃饭,我的家人也是,但是我们又利用几分钟时间爬到屋顶上,眺望未来的奥运公园。

从屋顶上可以看见雅卡雷帕瓜潟湖,和另一边发出光芒的玻璃帷幕高楼。奥运公园这时还是一个红色泥坑。一阵舒服的微风掠过水面。

里约市长第一次企图拆除这个小区已经是1993年的事——那是20多年前。他为什么如此坚持不懈?

"他们想把我们变成拉各亚。"她说,一边对着潟湖的方向点头。那其实有道理:拉各亚是从植物园延伸到伊帕内马的潟湖。周围的贫民窟在20世纪60年代拆除之后,该地区成了里约市房地产最热门的区域。

维拉奥托多摩的故事很复杂,充满了死结、逆转、意外。但是如同彭哈所言,它也很简单。它以前就已发生过。如果巴拉达帝茹卡要成为里约的新南区、拥有排外特权的飞地,那么维拉奥托多摩就得拆除。就这么简单。这一切都不是什么新鲜事,一路走来始终都是这个样子。

林木茂密的山峦矗立在平静的水域后方。这是里约展露其动人美景、引人注目的地方之一。看来,值得注意的并不是官方与其支持者想做的事,而是他们一直遭到贫民窟居民阻挡——到目前为止是如此。

我返回巴西时,期望经济、政治人物、世界杯以及奥运会将成为促进改变的动力。事实上,无论是好是坏,这些也确实改变了里约的面貌。但是我也发现,像彭哈这样的普通人同样推动着这座城市深层次的改变。他们要求的不过是自己的基本权利,包括让民选官员听见自己的心声,以及受到合法待遇的权利。

在她家屋顶上,彭哈穿着毛边短裤和人字拖站在我身旁,露出微笑,拍拍身上那件"耶稣爱我"的粉红色T恤,希望感受一点微风。她在2016奥运会开始之后是否还能站在那里,依然是未知数。但是此刻她还在那里,冷静而坚定地享受着那阵微风,这就已经相当了不起了。这确实感觉像是一场胜利——也许不完整，而且短暂，但却是辛苦得来、前所未有的成果，也是在我开车离开时能带走的些许好消息。

第十六章

世界掌握在无畏者手中

当时我正在度假，在土耳其东部的山区徒步旅行，置身冰川和绵羊之间，也是多年来第一次与巴西和新闻断了联系。等我查看电子邮件时，我发现里面充满了令人丈二和尚摸不着头脑的信息。由于网络连接速度缓慢，于是在下载其余的讯息之际，我困惑地盯着那些邮件主题，盯了几秒钟——"希望你平安无恙""你没事吧？"

平安？我根本不知道他们在说什么。

朋友们的信息和巴西新闻网站开始出现在屏幕上，我的心也随之往下沉。促使朋友写信给我的是一则新闻，大新闻，大到足以出现在美国报纸上。

里约、圣保罗，以及其他各州州府的市区爆发示威游行；警方用警棍镇压抗议者、近距离发射催泪瓦斯、胡椒喷雾与橡胶子弹。我的社交媒体页面上全都是抗议者头破血流的画面。我明白我收件箱里成堆的担忧背后原因何在。记者明显成了攻击目标，有一名摄影师眼睛被橡胶子弹击中；其他几个人脸部中弹。在一张又一张的照片中，那些攻击看起来都是刻意的。巴西调查报道协会（Brazilian Association of Investigative Journalism）统计，采访圣保罗抗议行动的记者一天内共有 15 人受伤。

这一切显得相当超现实，仿佛时空错置，令人想起二三十年前军事政权对鼓吹民主的抗议者所使用的暴力手段。

新巴西是个前景看好的国家，有完整的制度、平等气息和言论自由，但是它怎么了？总统罗赛夫和她分别出身劳工和知识分子的两位前任者，曾经以截然不同的方式，为代表人民的政府和民主奋斗，如今，游行人士与记者却再度在大街上流血，凶手则是对管控和平群众不擅长或没兴趣的警方。而我却困在世界另一端的一座山区小城里。

警方的激烈反应让人震惊，但那些示威抗议同样震撼人心。在我出国的那短短几星期，巴西爆发了史上规模最大、反响最惊人的几波抗议潮。

导火索是一场看似无害的游行，抗议圣保罗的公交车票价上涨了10美分。民众不满的情绪就像屋内的煤气慢慢漏气，虽然看不见，但却危险。圣保罗的动乱如同火花，引爆了民众压抑许久的情绪。不到几天，抗议者开始高声要求更好的医院、更好的学校、减少贪腐、减少警方的残暴行为。

在伊斯坦布尔，我在视频中看到巴西一座又一座城市的街头发生暴动。数十万人加入示威活动，政治人物、社区领袖、学者或记者，谁都没有事先预料到这个局面。就连抗议者自己都讶异于这场运动的规模，而这根本不是一项正式的运动。尽管群众很快就拉起横幅，但这些集会背后并没有政党策动，也没有任何一个议题或社会群体位居主导地位。

我了解那种挫败感。那是2013年6月，当时我在巴西待了将近3年，能够体会糟糕的民生服务设施、掏空国库的贪腐，以及腐败的政治阶级。但是，那些问题早已困扰巴西多年。是什么新的因素突然使得老旧的复杂困境如此一触即发？因公共运输费用而起、要求基本服务的抗议行动，又为什么会对执政当局造成如此重大的威胁，引发这样的激烈反应？

答案就在于从我抵达巴西之后观察到的那些变化。自从那一期《经济学人》杂志封面呈现基督像如火箭般飞天以来，这个国家的经济前景就已经改变。2010年巴西经济正兴旺，当时大家谈到巴西，话语中总是充满惊叹号，它的经济增长率也达到如中国一般的亮眼水平。然而，接下来3年的增长却乏善可陈。但这不是完整的解释，甚至连主要的原因都算不上。经济增长减缓尚未损及消费者的钱包。就业情况依然良好，20世纪80与90年代饱受经济不稳定之苦的巴西人最担心的指标：通货膨胀率，也依然在预期范围内。

观看网络上的视频,一再检视抗议者的海报和横幅,我看到的是中产阶级提出的核心要求:一个没有贪腐的国家!停止贪污公款,否则我们就让国家停摆。我们要医院。我们缴的税金花到哪里去了?

有些要求温文有礼——抱歉造成您的不便,我们正在改变国家!——有些则让人捧腹大笑:这个国家的问题罄竹难书,本海报写不下!

就连国球也浇熄不了群众的怒火,里约热内卢马拉卡纳体育场观赏洲际国家杯(Confederations Cup,世界杯的测试赛)的球迷冲破了阵阵催泪瓦斯以及防暴警察。群众抗议政府花了太多公款兴建运动场馆,警方出动镇压。海报也指出这一点:"别管体育场了,我要世界级的学校。叫我世界杯,给我投资!"一名学生的牌子上如此写道。另一名学生的牌子则写:"我的票可不是投给国际足联的!"

尽管衣食无虞,也得到了民主,但我看到的是巴西人想要更多——他们要完整的制度。抗议是一个中等收入国家的成长代价,它的中产阶级已然醒悟,认识到一个事实——他们缴税、投票,所以他们也要他们应该得到的东西:像样的基础服务,以及能代表他们利益的民选官员。

毕竟,这不是昔日那个破产的巴西:拖欠国际贷款,循环使用好多货币,导致已经没有历史人物能让财政部印在新钞票上——尽管这只是笑话。现在这个巴西有数十年的经济稳定与增长作为基础,还有足够的原油储量为它铺设一条迈向未来的康庄大道。看着高举横幅的抗议人士,我看到一个民族早已认识到这个国家根深蒂固的不平等,但是直到最近才明白它的潜在趋势。那是他们在街头歌颂的巴西。

每当基础建设发生重大缺失,卡里欧卡总会想起一句妙语:当暴雨将城市广场变成奥运会级别的游泳池,或是通勤列车在高温下抛锚,必然会有人大声说:"Imagina na Copa!——想象一下世界杯期间的状况!"这座城市已经爆满,却还要在全世界的关注下迎接数百万名观光客。

第十六章 世界掌握在无畏者手中

追踪示威新闻时,我又想起这句话。想象一下世界杯期间,或是之后奥运期间发生那些状况。街上出现数万人,催泪瓦斯飘进体育场。武装警察持警棍殴打抗议者和记者。我能理解镇压行动为何如此激烈。有关部门不择手段,亟欲阻止情势扩大。他们已经向全世界大肆宣传,这个国家民主、稳定、安全,适合投资。那样的愿景可不包含这些愤怒的抗议人士。

政府官员有更深层次的担心理由。这些抗议是源于更高期望的反叛,可能是更多动乱的前兆。可是,这出现在一个经济概况已大幅改变的时候。民众想要更多,巴西的经济却停滞不前。

就连总统罗赛夫也措手不及。罗赛夫政府的支持度从 2013 年 3 月将近 63% 的高峰骤降到 6 月的 31%,因为国内的集体挫败感已经沸腾不已。

民众抗议了几个星期之后,罗赛夫在 6 月 21 日对巴西人发表公众演说。她的目标是与民众搏感情,向大家保证她愿倾听民意,可是过于慎重的语言听起来却与街头的生猛情绪相距甚远。过去她身为年轻好战分子时表现出的决心,如今已经僵化,变得冷漠高傲。她的头发吹得宛如一顶上了漆的头盔,双肩僵硬,外表和语气一再显示毫无让步的余地。她在电视上与选民见面,提出冰冷的警告,露出因为打过肉毒杆菌而十分平滑的额头,做出承诺之余也呼吁民众自制。

"身为总统,我有义务倾听街头的声音,与各阶层民众对话,但是这些都必须以法律及秩序为前提,毕竟这是民主的要素。"她说。

她确实做出了 3 项具体的承诺:发展价格低廉的全国公共运输计划、将原油权利金投资于大众教育,以及引进外国医生,扩大公共卫生网络的容量。

接下来几个月,抗议行动失去了最初的动力,不过依然坚持了下去。在抗议里约州长的几千人当中,有几批民众继续奋战,在州长位于莱布隆的公寓前扎营。卡布拉尔的支持率下滑到凄惨的 12 个百分点。他的支持度始终没有反弹回升,任期尚未结束便辞职下台。

罗赛夫在下一次总统大选之前还剩 1 年任期,她开始忙着推动演说中提出的政见。一项具有争议性的计划打算将古巴医生引进医生不足的地区，国会通过一项法案，将大量产油获利投入教育与卫生。她迎合社会运动的要求，但大多数民众却不为所动。她的支持度依然与高峰时期天差地别，巴西上下依然弥漫着一股反复无常的不满情绪。全国各地仍常见小型的暴力抗议活动。

示威开始之后4个月，罗赛夫回到电视上。这次总统打出她的王牌，向巴西人提出一项会提高公共收益，并使政府得以响应大众要求的开发计划。那就是公开招标里贝拉（Libra）油田，第一座向外国石油公司开放钻探的沿岸深海油田。套用她自己的话，那将成为巴西"迈向未来的护照"。

这些庞大的油藏是在一片史前海洋蒸发期间困于一层沉积盐底下，估计储量高达120亿桶轻质原油。那是美洲在这二三十年来最大的原油发现。

里贝拉油田的石油，加上蕴藏在其余盐层底下油田中的154亿桶原油，以及巴西其他地区已发现的150亿桶原油储量，将足以让巴西的地理政治地位提升到新的层级。如果这些预估数量证实为真，巴西将能从世界第15大产油国跃升至前10名，超越中国、卡塔尔、哈萨克斯坦、美国以及尼日利亚，接近已证实拥有480亿桶储量的利比亚。

我与另外数百万名巴西人都听得懂总统在电视上的发言。我来自一个石油产业家庭，比大多数人更清楚这项商品动荡的历史，以及它在不久之前为巴西带来的经济衰退。

管理不善的能源政策是巴西没落的重要因素。1973年，巴西处于独裁统治，但经济蓬勃发展，靠着低廉的进口燃料以一年10%的速度成长。原本一切顺利，直到当年的10月16日，石油输出国组织（Organization of the Petroleum Exporting Countries）的成员国将原油价格从每桶3美元调涨到5美元以上，破坏了全球经济的繁荣。

当时，巴西八成的燃料都依赖进口。面临原油价格突然飙涨，政府选择借款，继续发展经济，而不是减少石油用量，减缓飞快的发展速度。短期内，这项做法尚且奏效。在包括美国在内的其他经济体步入衰退之际，巴西却继续借款、成长。结果国家债台高筑，通货膨胀也日趋严重。到了20世纪70年代末期，贷款利率上升，巴西开始以债养债，用新债偿还旧债的利息。1980年是那场疯狂竞赛的回光返照时期，巴西那年依然创下不可思议的9%经济增长率。到了1982年，巴西破产，拖欠贷款。通货膨胀率一再飙高，直到1993年创下难以想象的纪录，达到2500%左右。

现在，巴西有了自己的石油来源。罗赛夫表示，深藏在盐层底下的油田里的，是能源自给自足的关键和巴西最棘手问题的解决方案。小时候跟着世界各地丰富油藏四处跑的我，十分清楚石油不见得是天上掉下来的馅饼。对每一个石油储量丰富、社会福利优渥的国家来说，有一些例子显示了石油财富管理不善可能会带来哪些伤害。一夜暴富无法改革不良制度，也未必能强化民主体制。相反地，那往往会巩固既有的社会结构与权力关系。如果这些社会结构与权力关系是贪腐而不平等，那么制度与民主同样也会恶化。这种收益在变化快速的巴西会扮演什么角色尚无法得知，但是我们有理由怀疑，它会实现总统罗赛夫提出的一切承诺。

第一个问题是时机。从2007年11月宣布发现石油的时候开始，巴西就一直在庆祝这场石油大发现。里贝拉油田招标固然是件大事，但却是在发现石油之后6年才开始。此时，最初宣布时的兴奋感已经逐渐淡去，加上巴西各州与联邦政府之间又为了如何分配收益而展开政治混战。几年过去了，巴西发现石油的光彩已被其他地方的开发掩盖，例如探勘页岩油和焦油砂提高了北美洲的能源潜力，使得全球的能源势力版图重新洗牌。

法律诉讼也阻碍了招标价格飙升，而联邦政府为了应对27个法律挑战，特别召集了300名律师。抗议者聚集在举行招标的海滨饭店前，从标举民族主义大旗的人士到罢工的巴西石油员工都有。他们与被派来镇压他们的军人发生冲突，冲浪手和做着日光浴的游客因而被恼人的口号声与催泪瓦斯团团包围。

此外还有招标进行的方式。由于渴望获得短期收益，联邦政府要求投标者必须支付70亿美元的签约金。如此一来将提高巴西大选前一年的基本盈余，可是即使就跨国石油公司的标准来看，这个价格都高到离谱。这一点与其他限制条件吓跑了雪佛龙（Chevron）、埃克森美孚（ExxonMobil）以及英国石油（BP）等业界巨擘。在预计参与投标的40多家公司当中，只有11家确认他们会参与。[1]

结果：巴西珍贵的丰富油藏最后仅仅吸引了一家公司投标。那是以巴西石油公司为首的国际集团，该公司占有四成股份，中国的中国海洋石油（CNOOC）和中国石油天然气集团（CNPC）各出资一成，法国的道达尔（Total）和英国的荷兰皇家壳牌（Royal Dutch Shell）各持有20%的股份。

由于各方缺乏热情参与，罗赛夫的首要工作便是向人民保证这笔交易非常成功。事实上，这个国际集团是一个在政治上令人满意的稳固组合，集结了国内外的国有与民间企业。他们拥有开发里贝拉油田所需的资金与经验。根据石油业最大的顾问公司HIS表示，钻探工作预计将耗费大约4 000亿美元。

此外，根据协议条款，约有85%的利润将直接或通过巴西石油公司回归巴西的口袋。依照先前的承诺，10年间将有约500亿美元专门投入抗议人士高声疾呼、要求投资的两个领域：教育与卫生。

联邦的政策也规定，所有天然气管、支持船只、钻油平台以及其他生产石油的必要设备，70%都必须在巴西生产制造。这一点严重阻碍了巴西石油和其他公司，但是它带来了工作机会与投资，其中大多位于里约。

不过，罗赛夫在招标过后的发言完全没有平息关于该案最受争议的一点：在一个政治敏感期，她的政府强力干预了招标过程，为了保证国库，增加了投标者的限制与成本。

---

[1] 民间公司在钻探期间也必须遵守一大堆规定。巴西已经将以特许权为基础的制度改成产能分享制，油田依然掌握在政府手中，民间伙伴则可因为参与而分得原油。在这些规定之下，巴西石油公司将成为那些盐层下油田的唯一经营者，并保有所有相关企业三分之一的掌控权。巴西政府至少可获得41.65%的石油利润。

第十六章 世界掌握在无畏者手中

这个时候，投资者已经开始提防为了顾面子而出现的其他经济干预措施。通货膨胀控制便是一例。到2013年，通货膨胀率再度飙升，但是仍维持在政府设定的上限6.5%之内。不过，官方的通货膨胀率其实是假的，是政府控制燃料、电力和交通运输等自己所能掌控的价格上限的结果。这些经过调整的花费抵销了日渐高涨的物价，也弱化了一些最重要的国有企业，例如巴西石油和巴西电力公司（Eletrobras），迫使它们亏本出售燃料与电力。

罗赛夫政府逐渐仰赖这种干预。此举在短期内能奏效，但是却无法长期延续，反而为市场注入了不确定性。固定价格会延续多久？当这些费用不得不上涨，对居民开支、产业成本，以及通货膨胀率又具有什么意义？

这些问题加上近年来趋缓的经济增长，让人对巴西的发展方向与其长期的财政健全度产生了疑虑。

21世纪初期的商品价格高，对巴西出口商品的需求大，但那样有利的国际市场已经是过去时了。助长国内经济的消费支出和借贷盛况已经结束，抢购电视、汽车与洗衣机的新消费热潮不再。到了里贝拉油田招标时，这种成长模式已经走到了尽头，而且败象已露。2013年是经济增长连续第3年趋缓，巴西已不再是耀眼明星。

有一则新闻更突显了这种印象，那就是宛如流行巨星的亿万富翁埃克·巴蒂斯塔旗下最傲人的石油公司OGX申请破产保护。这证明了他的企业帝国即将瓦解。

我返回巴西之后就一直观察埃克。他是全国最有钱的人，热爱自我推销，呈现在世人眼前的形象是乐观巴西里一张被璀璨阳光晒得黝黑的富人脸孔。他也十分热爱里约，曾自掏腰包1 100万美元赞助里约申办奥运会，并且每年捐赠1 000万美元给UPP，也对其他许多计划慷慨解囊。

在一年半的时间内，他就从巴西经济起飞的代表性人物沦为南美洲最大企业破产悲歌的主角。他的殒落震撼了石油业，但也引发相当大的反响，大众对于巴西经济的健全性以及他协助重塑的里约的未来，产生了更多疑问。

这个故事有电视连续剧的风格，就像那种让剧迷为之疯狂，有峰回路转的情节和香艳火辣激情戏的黄金时段肥皂剧。埃克自称男主角,他有轮廓分明的下巴,灰蓝色眼睛在灰白鬓角的衬托下更显突出,他的生活宛如一出通俗剧。他是快艇赛冠军,太太露玛·德·奥利维拉(Luma de Oliveira)是《花花公子》杂志插页女郎兼演员,有一年她曾经在狂欢节游行上热舞,当时身上除了圆形金属片和超高厚底鞋之外什么都没穿,脖子上则挂着刻有埃克名字的项链。他们在2004年离婚,不过先前已经将两个儿子以北欧诸神的名字命名:索尔(Thor)和奥林(Olin)。

巴西的超级富豪们通常不喜欢炫耀财富,主要是为了安全考虑。但是埃克喜欢购买最高级的东西。他的私人游艇经常沿着里约蜿蜒的海岸线航行,他还有另一艘改装过的177英尺的长游轮,专门用来举办聚会。在诸多的爱车当中,有一辆银色的奔驰SLR迈凯伦经常停在他豪宅的客厅里展示。

除了八卦杂志的题材之外,让这位亿万富翁的故事如此迷人的原因是,他的崛起与巴西的发展过程极为相似。他的财富大多也是拜大宗商品所赐。尝试过几个行业,并靠一个黄金开采计划度过一小段繁荣与萧条交替的循环之后,埃克在2001年成立了一家能源公司,4年后又开了一家铁矿公司。那两家公司都公开上市。不过,让埃克攀上巅峰的,是卢拉总统称为"巴西的第二次机会"的盐层下油出。

2007年7月,巴西石油公司确定发现盐层下油田之后1个月,埃克创立OGX公司,打算探勘任何巴西石油公司遗漏的近海油田。他过去从来没在石油业工作过,但当时却没有人怀疑埃克是否有此能耐。该公司2008年首次公开募股的规模是巴西史上最大的一次,共筹募了将近40亿美元。

当时,巴西就像一场聚会,想要跳舞的投资者都来找他——包括贝莱德(BlackRock)、太平洋投资管理(Pimco)、穆巴达拉公司(Mubadala)、意昂集团(E.On)、通用电气(General Electric)、埃克森美孚、IBM等赫赫有名的大公司。

在巅峰时期,埃克无所不能。他不断像个青少年一样发Twitter、款待名人、撰写企业管理书籍、让媒体拍照,还以带有他傲慢特色的发言让记者大做文章:"我的公司都是傻瓜型的"或是"世界掌握在无畏者手中"。当美国知名电视节目主持人查理·罗斯(Charlie Rose)问他接下来 10 年想要什么时,他回答:"我想成为世界第一富豪。"

觉得埃克的表现令人厌烦或认为他策略鲁莽的那些人,都选择默不作声,他们乐得分一杯羹。而批评者的声音都被排除掉了。

埃克将自己投射在里约上,以自己的夸大形象重塑这座城市。除了捐款给申奥和 UPP 计划,他也持有马拉卡纳体育场的股份,并捐助清理伊帕内马潟湖的行动。借由国家开发银行的贷款,他开始翻修老旧的葛罗丽亚酒店(Hotel Gloria);那是一栋漂亮的建筑,有着装饰艺术风格正面,以传统的狂欢节舞会闻名。他还买下一栋坐拥海湾美景的 24 层大楼,及时将它改成饭店,准备迎接奥运会到来。

埃克的企业帝国后来集中在深水港阿苏港(Acú)。它位于里约州东北部的一个偏远角落,处处有着他的痕迹,什么都要更好、更大、更宏伟。它的面积足足是曼哈顿的 1.5 倍。完工之后,每年将可处理三亿五千万吨货物,并把埃克的物流、造船、能源以及石油企业串连成一个自给自足的产业链,供应本身所需并创造利润。

2012 年 4 月在阿苏港接待罗赛夫总统以及卡布拉尔州长时,总统穿上了该公司的橘色夹克,滔滔不绝地说:"埃克是我们的标杆……巴西之光。"

然而阿苏港背后的计划其实既轻率又展露赤裸裸的野心——100% 的埃克作风。它全部仰赖他的新创企业,尤其是 OGX 与其石油的前景。

因此,就在总统到访后才一年多,当 OGX 宣布它的油井毫无所获时,这场原本在较谨慎的人手中可能止血的灾难,却一举摧毁了他的帝国。他过度操作财务杠杆,经营的是一个主要建构在债务、个人魅力,以及这个新巴西愿景上的事业。当账单到期时,他付不出钱。投资者纷纷离去,准备采取法律行动。

埃克在里约周边的计划因而荒废,成为他惊人垮台惨剧的视觉象征:巴坦(Batan)有一座盖到一半的 UPP 哨站。葛罗丽亚酒店位于我骑单车到周日农夫市场的路上，它也矗立于废弃的起重机之间。弗拉门戈的那栋24层大楼人去楼空，杂草丛生的破败残骸仿佛再度提出这个问题：埃克在多大程度上反映了巴西的现况，尤其是里约？更重要的是，巴西和里约会步上他的后尘吗？

曾经说过帮助穷人很容易的卢拉，在2010年也表示"在我执政期间赚到最多钱的是富人"，这说明了劳工党执政时的巴西对商业采取非常开放的态度。对于将里约市的需求置于里约州的需求之后，罗赛夫没有那么内疚。超级资本家埃克始终是遮掩这件事的遮羞布。

如今，埃克的帝国分崩离析，政府的财政逐渐恶化，搜寻世界各地经济体，想找地方投入资金的投资者也开始跑路。

巴西人注意到自己原本看涨的经济逐渐失去动力，资源充沛的那些年也没有用来投资在经济或提高生产力上。这些从2013年抗议期间的海报便可看出端倪。赋税负担增加，占到国内生产总值的36%，成为全世界比例最高的国家，民众却没有因此获得更好的服务或基础建设。巴西人只得到了更庞大的官僚体系。

举个例子，由于道路、铁路线、港口和机场的状况不佳，货物运输极其昂贵，如此一来提高了生活成本，也削弱了巴西产品在海外的竞争力。而且，2007年启动并于2010年扩大的联邦改善基础建设主计划——成长加速计划（Programa de Aceleração do Crescimento）进度严重落后，甚至在2013年已经超支。

然而，联邦部门的数量却随着每一任政府不断提高，从卡多佐的24个、卢拉的37个，增加到了罗赛夫的39个。每个部门都有大批的政务官和公务人员。在2013年，他们的人事成本共耗费了纳税人270亿美元。

洲际国家杯比赛期间，选民已经展开了游行。他们同样能在世界杯与奥运会期间如法炮制，将原本应该是国家荣耀的光辉时刻变成火爆的政治集会。

那么，欢乐的时光结束了吗？或许，但情况不尽然那么糟糕。

埃克的企业帝国奠基于债务和他灿烂的笑容。巴西尽管有严重的结构性问题,但经济坚实稳固,只是民主运作尚不完美。它的成长出现在各个重要的面向,即使从经济出发,但成果却远超出经济范畴。2013年6月的游行虽然令总统气馁,但它们正是这种成熟度的表现。

事实上,这个国家最需要的就是示威者所指出的:痛苦、困难但必要的改革,包括政府减肥、改善民生服务与基础建设,以及排除让经营事业或租公寓如此累人的繁杂手续。

税法可以简化。巴西的学校系统可以达到更好的平衡,目前它较注重大多为精英阶级就读的大学,轻视基础教育或职业训练。这些事情都不简单,也无法立即产生经济牵引力,却能让这个国家步入轨道,迈向稳定的进步。

所以,尽管罗赛夫说过那些话,但石油不会、也不可能成为巴西的救星。奇迹不会因此降临。

可是如果管理得当,现金流增加可能会有帮助。全国经济与里约的市场已经出现好转,也已经出现现金流增加的状况。为了了解它可能产生的影响,我造访了位于瓜纳巴拉湾深处的里约港。

数百年来,这座港口里的旧码头一直是里约市的引擎。在混凝土出现前的时代就铺上的花岗岩块,依然排列在海湾漂着浮油的光滑水域旁。这座港口在20世纪70年代晚期撑起了巴西的造船工业,当时它排名世界第二,仅次于日本。

那时候,港内有南美洲最大的造船厂伊尼亚乌马(*Inhaúma*),巴西组装过的最大型船只就从那里出航——例如巨轮奇久卡号(*Tijuca*),它的钢造船腹可以载重311 000吨。20世纪80年代,巴西经济崩盘,整个造船工业也随之瓦解。

到了20世纪90年代末,巴西已经不再制造船只,钻井平台和伊尼亚乌马也跟着废弃。老旧船坞内部和支撑着空仓库的拱形支柱斑驳不堪,看得见一处处亮橘色的铁锈。只剩伸着长长吊臂的起重机仍旧停在现场,无用的躯壳在附近高架道路上的驾驶人眼前逐渐崩垮。

现在，由于海岸线外以及几英里的海洋、沙、岩石与盐底下确定有石油等着开采，造船厂又开始动了起来。2011年，一艘旧船滑过里约—尼泰罗伊大桥（*Rio-Niterói Bridge*）的桥柱，进入瓜纳巴拉湾。那是1993年制造的油轮泰坦西马号（*Titan Seema*），它基本上就像一个装有马达的桶子，在港口之间运送原油，20年后因为旧式引擎造成营运成本太高而退役。

当这艘巨轮驶进伊尼亚乌马，那情景就像两个老兵相会。10多年来，这座造船厂连一艘独木舟都没有生产过。然而，这时却被赋予重任，要将泰坦西马号改成P-74；那是一座漂浮工厂，能从深海将原油吸上来，分离出腐蚀性气体、水和其他油污，储存燃料，接着在公海上将它卸到船上。与此同时，它必须仰赖尖端计算机化系统，在暴雨、强风以及汹涌海浪之间维持稳定。

到了2013年底，让这座造船厂重振雄风的变身工程已经如火如荼展开。造船厂经理亚历山大·克鲁兹（Alexandre Cruz）带我参观伊尼亚乌马内部，说明它复杂又造价不菲的重生历程。他解释说，巴西的造船工业已经严重没落，因此这几乎等于从头开始重新建造。

克鲁兹体形矮壮，因为日晒而显得沧桑，头发长度近乎平头，举止细心拘谨。他打从20世纪80年代起就了解伊尼亚乌马，当时巴西还有一支受到国际敬重的船队。他在巴西石油公司的船上工作，船只需要修理时就会停靠在那里。他说，这个地方当时有许多工人，生气勃勃；伊尼亚乌马干船坞底部的支撑柱上每停靠一艘船，就有另一艘在外面等着。

后来这里缓慢的崩解过程令他心痛。唯一一家继续使用这座造船厂的公司在这里进行基本的维修工作，拆解损坏的机械装置，取用一些还能用的必要零组件，地上则落着机具的残骸。

商用码头寿终正寝后，连带也导致其所在的卡茹区（Cajú）步入萧条。

在18与19世纪，卡茹住的是上流社会人士。如今少数几栋仍矗立原地的殖民风格住宅，正面依然装饰着手绘的蓝白色葡萄牙瓷砖和花岗岩造的入口。很久以前，也就是1808年过后不久，葡萄牙皇室已定居里约，若昂六世皇帝（Dom Joao VI）来到卡茹做医疗海水浴。其他皇室成员起而效尤，继而引发一阵风潮，卡茹于是变成里约第一个海滩度假中心。20世纪初期，泳客都会搭乘电车前往此处的海滩，在海边度过一整天。

在接下来的那些年，卡茹失去了它的光芒，成为码头的延伸，渔民和码头工人的家。滨水区繁忙时，它维持着充沛的活力，但是在巴西萧条之后，造船厂解雇了员工，这个区域也更加没落。[1]

几十年来，这座小半岛日渐衰落。废弃卡车停在人行道上，车身上任何能卖的东西都被拿走。垃圾公司不再收垃圾，废弃物堆积如山；没有人去填补街上出现的坑洞，污水系统堵塞时会喷出污水，将人井变成脏水喷泉。废墟残骸之间还冒出一座贫民窟。

如今位于卡茹中心的造船厂和码头再度开始营运。克鲁兹带我四处参观，了解一个垂直整合产业的概况。虽然我们在水边，不远处还有一些绿意盎然的小岛，但钻刺金属的刺耳声响、腐蚀性溶剂的气味，以及上千名工人的嘈杂声令我们难以招架。

最后我们终于来到那艘船边，它停靠在干船坞里。即使在庞大的造船厂里，它看起来依然非常惊人——空船壳的长度相当于一栋百层摩天大楼的高度。

克鲁兹解释说，钻探原油的竞争实在太激烈，使得这艘船和这座造船厂同时重出江湖。6 000名焊工、技工、油漆工、电工，以及其他那些以疯狂速度匆忙走动的人平均分成两组，分头进行两项工作。"我们已经浪费太多时间了。"他说。

船的内部已经掏空，准备放置钻井平台的零件，旁边则有一大堆扭曲变形的钢板。金属工人已经检查过它洞穴般的内部，看看是否有哪处已经磨损得太薄，无法使用；船内的空间足以储放140万桶原油。船身隆起的

---

[1] 公路也将卡茹与市区分隔开来，使它更加孤立：先是20世纪40年代完工的巴西大道，然后是连接机场与市区的红线公路。

部分有闪亮的痕迹，是换过钢板的部位，此外还有用粉笔画的叉叉、箭头和圆圈等只有专家才看得懂的记号。

这艘兼作钻井平台的船正准备上漆。翻新粉刷之后，它会前往巴西南部的巴拉纳瓜造船厂（Paranaguá shipyard）安装相当于三层楼高的尖端设备，然后驶向那些盐层下油田。

克鲁兹说，让伊尼亚乌马重生的就是探明的那庞大的原油储量。即使现在，这座造船厂都还有一张订单，要为巴西石油公司建造四座钻井平台。

我们离开那艘船，开始走回入口。我注意到安全标示上写的是葡萄牙文和中文。克鲁兹说，那是因为新的起重机，它们由韩国船从中国载运过来。那里已经有3台，红白相间，在明亮的灰色天空衬托下格外亮眼。另一台停在船上的起重机差不多也要卸下，然后由随船抵达的中国工人进行组装。

我问起吊在港口多年的那些受损起重机。它们扭曲的形状已经深植我的脑海，象征着码头和里约的荒凉。

克鲁兹停下脚步，望向那些起重机所在的地方。他说，那些机器已经被拆解了。那是他最早做的一项工作。

"我是这么想：我们必须处理技术层面的问题。我们得同时取得许可、翻新、进行作业。"他说，"不过还有心理层面的问题。我们得改变这里的模样。这里的环境影响了工人的士气、他们的生产力、我们的可信度。我们必须让大众看到情况正在改变。"

参观过造船厂之后，我想走一走，思考像克鲁兹这种人的超乐观态度，以及里约与巴西所面对的更大挑战。既然人在卡茹，我又一直想看看皇帝的浴场，于是我开始去找那个地方。它依然位于这个区域的某处。

我在造船厂大门以外看得到改变的迹象。2013年初，一支UPP进驻之后，此地已经恢复了秩序，身穿蓝色衬衫的警察经常在狭窄的街道上巡逻。供应米饭与豆子的当地餐厅一一出现，喂饱回流的工人。街上树木最近刚被修剪过，一堆堆垃圾大多也消失了。

废弃卡车依旧霸占着人行道，逼着我不得不走在马路上；即便只有少数车辆经过，路上也会卷起小型的沙尘龙卷风。虽然还是傍晚，我在某些街道上竟是唯一的行人。殖民时期风格房屋的门窗虽钉了木板，但板子已裂开，它们的蓝色窗台有缺口，曾经是白色的墙壁也破旧不堪。

卡茹如今只剩下名字没变。垃圾掩埋场将海洋往外推了数百英尺，卡茹海滩（Praia do Cajú）如今成了位于昔日海湾与沙滩交会处那条街道的名称。皇帝的浴场位于385号，一路上的路面都铺了鹅卵石。那间俭朴的白色房屋装有绿色百叶窗，前方有6棵棕榈树守护着。要不是繁忙的里约—尼泰罗伊大桥跨越其上，它面对的那座小广场应该能展露些许乡村田园之美。车辆彼此紧贴，疾速驶过，形成一阵强风，吹乱了棕榈树顶的树叶。

大门上了锁。我敲了敲门，一个睡眼惺忪的男人打开窗户。浴场没开放，他不知道为什么，亲爱的，他不知道何时开放，也不知道该问谁。晚点再来吧。他就是不知道。

不远处，伊尼亚乌马正在打造巴西一部分的未来。站在克鲁兹身旁，我已经感受到这个地方惊人的能量，也因而感受到这个国家的愿景。站在皇帝浴场前因为午后阳光还暖烘烘的鹅卵石上，面对那个警卫一贯的冷漠，我感受到巴西过往的重担。这个国家过去15年的成就十分优异——经济稳定、不平等改善、中产阶级扩大，不过还有数百年的历史需要超越。

两只发亮的大蟑螂从我脚边急窜而过，就像发条玩具般坚定而天真。我转身向警卫挥手道别，但他已经关上了百叶窗。

第十七章

足球王国

这个想法令人无法抗拒：由"足球不只是运动，更是一种热情，一种国魂"的那个国家来主办全世界最盛大的足球比赛。

卢拉以这段话代表巴西，接下 2014 年世界杯足球赛的主办权。这位平常健谈的总统，难得如此惜字如金。只要问巴西人关于足球的问题，你通常会听到滔滔不绝的夸张答案。其他国家因战争而团结，为了各种冠军赛、独立日游行、选举而升起国旗，巴西则是会每四年为了国家足球队（Seleção）挥舞国旗。套用一句巴西最知名作家之一尼尔森·罗德里格斯（Nelson Rodrigues）的话，11 名身穿鲜黄色球衣的队员是"全国之所系"；他们的比赛总会吸引大批人潮集体庆祝或哀悼。

光是足球就为这个面积大如一洲的国家提供了一项共同仪式与集体故事。数十年来，这种与足球的联结已经具有神话般的地位；如果文化是我们诉说关于自己的故事，那么巴西的故事便围绕着足球打转。

有一种风格，一种利用足球跳出来的好玩舞蹈"艺术足球"（*futebol arte*），就被视为具有典型巴西风，它源自巴西多元的种族与文化熔炉。它不只是一种踢足球的方法，也被誉为巴西人身份与生活方式的表现。巴西人认为，他们这个民族在对抗艰难环境时，靠的不是血腥暴动，而是他们的机智、不敬，还有务实的小聪明。他们用到一点踢足球时所用的"*jeitinho*——旁门左道"，还有"*jogo de cintura*——弹性"、节奏、即兴。

艺术足球与刻板印象中的欧洲风格恰好形成对比,后者有组织、专业、纪律严明——换句话说,就是僵硬呆板、事先规划、单调无趣。

巴西的这种踢球方式不但能射门得分,也能让比赛过程充满乐趣,同时具有表演功能,在让对手困惑之余,同时也逗乐观众。但是,它也非常有效。在 20 世纪 50 到 70 年代之间,这种风格在四届世界杯足球赛中凝结成三次冠军。1970 年的世界杯正值巴西独裁统治最严重的年代,巴西国家足球队六战皆胜,让巴西人看见即使在暴虐、无知及恐惧中,艺术依旧得以胜出。

巴西总计夺得过 5 座世界杯足球赛金杯,傲视世界各国。足球就像一面可靠的镜子,总是呈现出最好的巴西。因此,在巴西人几乎没有什么能拿来作为国家之光的那段漫长岁月里,足球始终备受钟爱。

它也让巴西在国外赢得不少赞誉。世界杯轮流在世界各国举办时,巴西国家足球队几乎是各国第二喜爱的队伍,仅次于球迷自己国家的球队。我数不清自己已有多少次曾亲身感受过这种喜爱,一听到我是巴西人,希腊小镇上一名近乎全聋的制鞋匠立刻无比热情,在油锅前炸北非春卷(*bourek*)的阿尔及利亚小贩请我吃午餐,罗马一名脾气暴躁的停车场管理员向我点头示意,表示赞赏。只要我手指着自己说:"巴西!"毫无共通点的两个人之间原本无话可说的尴尬境地,气氛就会立即改变。在全球许多地方,这都会引来一个笑容,还有必然的反应:"球王贝利!球王贝利!"

由于这个缘故,卢拉总统极力争取主办世界杯的机会。他的意图相当明显:何不好好利用这样的善意,成就一项更庞大的政治计划?

巴西的世界杯将担负两项重任。第一是炫耀巴西近期的进步,证明该国有能力承办大型国际赛事,彰显巴西在国际上的地位。第二项重任纯粹关乎足球,那就是再次确立巴西在世界足坛上的霸主地位,并且抚平一个旧日伤口。

2014 年并非巴西首次主办世界杯足球赛,它在 1950 年也曾担任过东道主。第二次世界大战之后,由于欧洲百废待兴,国际足联的目光移向了南美洲。二战对巴西并未造成伤害，工业与农业发展兴盛，这个国家也在南美洲扮演了政治与经济上的领头羊角色。对这个试图在冷战初期争取全球地位的年轻民主国家来说，世界杯将是树立其现代进步形象的良机。体育基础建设将能反映巴西的工程与技术能力，而它高超的足球实力也可以促进国家建设的计划。

这种演出需要相称的舞台，需要一座宏伟现代的体育场，足以反映该国的能力与未来的前景。巴西有一部分人强力反对这种铺张浪费之举，他们要的是学校和医院，但是经过媒体上与市政厅里的多次辩论之后，市政府同意兴建体育场。它将成为全球最大的体育竞赛场地，地点就落在里约的地理中心，如同一个超大的卡扣一样，连接起富裕的南区和工人阶级的北区。

兴建巴西首次主办世界杯的体育场成为一项爱国行动，工程经费不足的部分由 30 000 个家庭认捐，他们则可获得场内一个座位的使用权，时间可能是几年或永久。场馆的正式名称是市立体育场，后来则以最主要的提倡者为名，改名为马里奥·费劳体育场（Estádio Jornalista Mário Filho）。不过卡里欧卡以那条流经附近的河为名，私下称它为马拉卡纳，这才是大众惯用的名称。

这项工程问题不断，进度一再延误。即使到了 1950 年 7 月 16 日世界杯决赛当天，民众都还得在外露的钢筋之间寻找座位。无论如何，马拉卡纳体育场即便没有完工，还是显得姿态优雅而且气势逼人，庞大的双层白色混凝土结构恰如一顶象征巴西胜利在握的王冠。

巴西人最盼望的莫过于荣耀。巴西队以极高呼声进入 1950 年世界杯，而且一路踢进冠亚军决赛。在与瑞士以 2∶2 握手言和之后，他们先后痛宰了瑞典和西班牙。最后对手只剩下乌拉圭——小国乌拉圭。巴西国家足球队占有一分的优势。根据当时的规则，只要在最后一场比赛踢成平手，巴西就能赢得世界杯冠军。

比赛之前，里约市长通过先进的大众广播系统向球队发表演说。

"你们将在几分钟内成为世界冠军,你们天下无敌,我已经视你们为优胜者……"

巴西举国上下全神贯注地聆听这段演说。这座体育场可容纳17万人,但当天看台上挤进了20万人左右,相当于当时里约人口的10%。其中可能有300名乌拉圭球迷。数千名卡里欧卡围聚在体育场外,他们专注聆听,希望贴近比赛;数百万人则在家中收听广播。

"……我信守承诺,兴建了这座体育场。"市长总结道,"现在请完成你们的任务,赢得世界杯。"

那一刻深深烙印在当年12岁的莱奥·拉贝罗(Léo Rabello)的记忆中。他密切注意着1950年世界杯的每个重大时刻。当我们在64年后见面时,他还能背出球员的名字和比分,娓娓道来每场比赛的紧张时刻。

他的军人父亲是捐款者之一,在体育场里买下一个永久座位。数十年之后,从他的声音中依然听得到那个12岁足球迷的欣喜之情。莱奥还记得决赛当天的点点滴滴。

他和父母搭乘电车,加入涌向马拉卡纳体育场的大批人潮。看台上满满全是人,他们找到自己的座位。引颈期盼的心情让他的喉咙紧缩。莱奥、他的父母、球队、全巴西无不屏息以待,等着裁判吹响尖锐的哨声。

比赛开始。在接下来45分钟里,群众看到一场双方得分挂零的紧凑比赛。气氛愈来愈紧张,巴西只要踢平就能夺冠,但是双方势均力敌,让人无法放心。下半场开踢两分钟后,巴西得分——1∶0。

群众集体松了一口气,接着爆出一阵烟火。

"我们觉得一切都尘埃落定了。"莱奥说,"那是一种极致的狂喜之感。"

下半场的时间逐渐过去,每过一分钟,都让巴西更接近胜利。到了第60分钟,乌拉圭得分,比数来到1∶1。巴西人的信心开始动摇,但是比赛即将结束。巴西队只要维持平手即可。随着得分僵持不下,时间飞逝,国际足联主席朱尔斯·雷米(Jules Rimet)离开了座位,前去视察巴西胜利庆祝活动的情况。等到他几分钟后回来,迎面而来的却是一片恐怖的静默。

乌拉圭又得了一分。

"当时仿佛世界末日降临。"莱奥说，"连葬礼守灵都没那么安静，现场20万人鸦雀无声。"

从画质粗糙的黑白影片上，还能看到当时那一刻的震惊在成千上万张脸孔上化成哀伤。背景各异的巴西人此时合而为一，陷入彻底的悲痛。梳着完美发型、戴着珍珠项链的妇女头转向一侧，试图掩饰泪水；身穿无袖上衣的男性工人将关节厚实的双手举在面前，眼中含泪，或是任肌肉发达的手臂无力地垂在身旁。莱奥第一次看见父亲哭泣。

那天，巴西输掉的不只是一场比赛。由于国家认同感强烈，那场失败的打击巨大无比，公然粉碎了巴西的自尊与憧憬。它让巴西人对自己作为一个民族与国家的价值产生了怀疑。

巴西国家足球队丢掉那天穿的白色球衣，从此再也没穿上。媒体原本称赞巴西队的多种族阵容和独特球风反映了巴西最好的一面，赛后此时却将这个神话彻底翻转，把黑人球员，尤其是守门员，当成失败的替罪羔羊。此后45年，巴西队再也没有出现过黑人守门员。

"那场失败无法逆转。我们的伤痛始终没有复原。"莱奥说，"尽管巴西在其他地方得过冠军，但是那场失败是一个无法愈合的伤口。"

这一点他应该非常清楚。莱奥将一辈子奉献给足球，因而成就了自己的事业。在他自己的球队弗拉门戈一路爬升到最高管理职位之后，他认识到了巴西杰出球员的市场潜力。这些人在球场上可能是天才，但对于合同洽谈与建立品牌往往一窍不通。莱奥后来成为国际足联第一位合格的经纪人，他的登记编号是001。多年来，他在巴西以及世界各地不同的足球队中带领一代又一代的足球队员，看着他热爱的足球发生深刻的转变。

原本在地方成长、备受当地人喜爱的球员，后来成为全球性的商品；足球运动的经济规模高达数十亿美元。马拉卡纳体育场也有了重大的改变。随着时间流逝，它的亲民本质早已不再；一连串的改革措施取消了低价的站位区，增设贵宾包厢，也拆除了所有内部构造。露天的混凝土看台改成对号塑料座椅,仅能容纳78000多名球迷,比原本的人数少了将近10万。

到了2014年,足球运动与马拉卡纳体育场都有了不少改变,但是世界杯在巴西的象征地位依然不动如山。应该说,巴西国家足球队的责任更沉重了。在那场留下创伤的失败过后64年,足球再度受到召唤,担负起在球场以及其他领域提振巴西地位的任务。2014年世界杯足球赛的决赛将在马拉卡纳体育场进行。巴西终于有机会在至今仍是足球圣地之一的地方赢得胜利,抚平昔日的伤痛。

听来难以抗拒,是吧?

虽然谁都没有想过迈向2014年世界杯的过程会一路平顺,将世界杯主办权交给巴西的国际足联官员没想过,接下重任的卢拉总统也没这么想过。可是,整个过程却比所有人预期的都还悲惨,从一开始,世界杯年就令人感到紧张且危险——在足球王国,那原本应该是充满欢乐与希望的一年。

2014年的最初几个月,沉闷热气笼罩着里约热内卢,阻挡了清凉的南方微风,让所有云朵都失去了生气。如诅咒般残酷无情的太阳烘烤着街道,导致电力吃紧,植物仿佛也快被烧焦。那是半个世纪以来最热的夏季,天气毫无降温的迹象:海洋表面的水摸起来是温热的。一大片宽达500英里的死海宛若恶兆,停留在沿岸外海。

令人窒息的温度让卡里欧卡心浮气躁,日常生活对话都失去了耐性。但糟糕的不只是天气。几年前里约出现长足改善或充满希望的生活层面——经济、环境、夜间走在街上的安全感——近期却出现逆转,或以失败收场。大众的期望感被拉得太高太远。"想象一下世界杯期间的状况!"这原本是一个笑话中的妙句,如今却成了充满嘲讽意味的真言。想象一下世界杯期间的状况。要是巴西在举世瞩目下瓦解呢?

经过多年增长停滞之后,巴西经济开始出现强大压力的迹象。联邦政府刻意压抑燃料与电力的价格以控制生活成本的措施,逐渐显露出其本质:此举只是临时替代方案,意在让巴西撑到10月的总统大选,相关的代价与后果则留到未来再面对。

国有的巴西石油公司预估，巴西如果依赖补贴燃料，那么它在2014年必须支出188亿美元。电力部门靠着一笔政府操作的54亿美元贷款维持运作，但是来年得通过大幅调高利率来偿还这笔债务。

这些做法都无法阻止通货膨胀率冲破预期的天花板。经济学家预估，经济增长率非常低的时间还有一年，他们也提出了"衰退"这样难堪的字眼。

随着关键物价飙涨，巴西人也感同身受：教育、饮食、交通以及住宅是当中最主要的支出。随着消费债务创下历史新高，银行调高利率，新中产阶级的负担也更加沉重。每次生活开支调涨，一般家庭就更无力支付孩子的牙套、青少年儿女的英语课，还有父母的新大众汽车的费用。

就连传统上卡里欧卡用来纾解压力的足球和海滩等休闲活动，费用也高涨到难以负担的地步。我在整修过后的马拉卡纳体育场看的第一场比赛，最便宜的票要价30美元，大约是平民每月最低工资的十分之一。海滩小贩卖的清凉椰子每颗要价3美元，一件时髦的比基尼泳装则从令人咋舌的200美元起价。当2013年的抗议车票调价成为过往云烟之后，现在就连公交车票价也逐步上涨。

只要仔细看报纸，就能发现政府支出逐步增加，股市表现低迷不振，贸易收支不尽理想。到了夏末，标准普尔将巴西调降至最低的投资等级。没有人意外。

巴西的风光时刻可能尚未出现便宣告结束，里约便充分展现了这一点。数十年来，里约一直渴求投资。卡里欧卡满怀希望，期盼从泛美运动会开始的国际赛事能带来相关措施，改善长期拥堵、污染以及暴力的问题。

但是他们在付出惨痛代价之后，却逐渐认识到，大型运动赛事的短期目标和紧凑的期限，与长期的都市规划目标并不契合。在里约，工程合同将资源都用来满足外部组织的需求，造成长久的例外状况，导致没有辩论的空间或时间，无法考虑更广大的需求，或是改善有问题的制度。相对地，这些压力还会强化既有的阶级；急着开工或开赛更进一步将权力集中的情

第十七章　足球王国

形合理化,也缩短了决策过程。

这四年来,我在缺乏正当程序的贫民窟拆除行动中,在报废的环境评估中,在以街头摊贩、娼妓、瘾君子与游民为下手目标的社会净化政策中,在依然缺乏责任担当的警力进一步武装化当中,都看到了这一点。城市中产阶级化(Gentrification)导致原本已经很严重的住宅危机更加恶化,即使像"卡里欧卡生活"那样的贫民窟升级计划,如今也完全取消。

在距离世界杯开幕仅剩两个月、奥运会还有两年的时候,许多已经展开的计划都证明成效不大或是规划不当;这些计划预算超支、进度一再延迟,而且付出了预料之外的社会或环境成本。

以交通为例,提高流动性被视为是主办这些运动赛事应留下来的重要成果,但最早半途而废的工程之一,就是连接里约与圣保罗之间的子弹列车。在12个举行世界杯赛事的城市,只有一半的运输计划及时完工,未完工的工程占了三分之一。这些建设有许多停工荒废,但批评者指出那不尽然是坏事,因为这些构想从一开始就很糟糕。

公共交通建设不足、大量的工程,以及联邦税制持续提供买车的诱因,一次又一次地都让里约恶名昭彰的交通状况从令人沮丧变成无法忍受。对卡里欧卡而言,这意味着时间和汽油都白白浪费了;根据里约热内卢产业联盟(Rio de Janeiro Federation of Industries,简称FIRJAN)的统计,光是在2013年,司机们就因此损失了逾130亿美元。难怪汽车司机会猛按喇叭,好发泄他们的怒气。

原本公共服务系统的负担就已经过重,随着使用者愈来愈多,环境也持续跟着受害。人孔盖因为地下煤气外泄而爆开,庞大的总水管破裂,冲毁民宅,导致居民溺毙;我居住的社区水沟里淤塞的污水管冒出泡泡,这也见怪不怪了。

清理水道的进度严重落后,到了当年夏天形同已被放弃。当初政府保证会处理流进湖泊与海湾的八成污水,但是瓜纳巴拉湾依然肮脏不堪,州政府也承认,当初承诺兴建污水处理厂所需的40亿美元经费,只有不到

15%到位。

那年夏天,每个里约人心中都挂念着垃圾——鼻子也闻到了。里约的清洁工在狂欢节期间发动罢工,要求月薪提高到360美元。堆积如山的垃圾在太阳底下腐烂,让平时就是满城废弃物的情况更加恶化,导致不少区域发出令人作呕的恶臭。

罢工期间,市长在一个政治活动上被人拍到随手乱丢吃了一半的水果。此举传递出来的信息很清楚:就连里约市禁止乱丢垃圾宣传活动的代言人也改不了他的坏习惯。

气味从海湾飘散出来,垃圾袋周围苍蝇纷飞,物价上涨,还有毫不留情的炎热——这一切都让卡里欧卡恼怒不已。不过,最令人失望的或许是治安。2014年夏季,几起显然是警方施暴的案件,让人开始怀疑全州最贪腐的机关是否有可能改善。

贝特拉米在接任州治安部门首长之后,便着手推动改革,希望让警方更专业、更尽责,并且降低其残暴程度。到了2010年,里约街头的安全程度已经是多年来之最。犯罪率下降,但同样重要的或许是,民众开始相信治安改善是有可能的。根据2012年一项民调结果,在贫民窟内设置维和警察队UPP的实验,让74%的里约居民觉得生活更安全。然而,这种实际上与认知上的安全感却充满瑕疵:它并不扎实,而且不公平;持续保护某些人和某些区域,却忽略了其他人。不过,它还是提高了民众的期待,满足了大众的需求,即便没被照顾到的人也不例外。

这些改变起于真实的承诺。2011年初,在阿莱芒街区被攻占后的那几个月,执法机构正视了自己最明显的缺点,调查行动揭露了基层人员与领导阶层的贪腐、谋杀以及包庇等罪行。

警察队长杜尔特曾经保证,绝对不能容忍警方内部违法乱纪,也就是他说的"瘟疫"。他在任内开除了数十名贪污警察,其中包括一些UPP队长。然而,警方骇人罪行的证据持续浮现,让这位指挥官压力日增。他全部——解决——直到 2011 年 8 月,情势竟然照着黑帮的剧本走,有了意外的转折。

一名以对恶警严厉执法闻名的州法官,在自己家面前被人用 21 颗警用子弹射杀。帕特丽夏·阿西欧里(Patricia Acioli)法官受害的这起命案被视为是对整个执法体系的一记警告。后来,圣贡萨洛市(São Gonçalo)的 11 名警察被捕,以谋杀法官的罪名遭到起诉。其中有一人是克劳迪奥·欧立维拉(Cláudio de Oliveira),当时他担任圣贡萨洛警察大队队长,是个人的第一项官职。提名他担任这个职位的,正是他在精英特殊任务分队 BOPE 受训时的老友杜尔特。

警方指出,这种内部整肃行动宛如"割我们自己的肉"。杜尔特任内经常拿起刀子割别人的肉。当他面临对自己的朋友及任用者不利的指控,他则拿刀割自己。身为州警首长,所有人事提名都是他的责任。于是他承担责难,辞职下台。结果在这起法官命案中,11 名警察全数被判有罪,包括警察大队队长克劳迪奥·欧立维拉。在 2014 年夏季步入尾声之际,相关涉案人员被判处最高达 36 年的有期徒刑。

卡里欧卡上次见到他们的警察队长,正是他最意气风发之时;他在装甲车上对着部队发表谈话,在电视上宣称成功制伏了山丘上的敌人。现在,他们眼看着这个人因警方最大的挑战——内部敌人、腐败警察——而下台。

这个案子葬送了杜尔特的事业。这位警察中的警察接下一个内勤职务,闲暇时间就写作,或帮太太照顾那对双胞胎孩子。拥有线条分明的轮廓、固执的是非观,还有对落难朋友坚定不移的忠诚,杜尔特活生生体现了州警内部人员身上精神分裂的倾向。里约的罪犯与警察之间的关系紧密且复杂,试图拆散两者可能严重动摇警方的结构;就连最投入工作的人都可能受害。

卡里欧卡对 UPP 计划的信任也因为越来越多不诚实与残暴行为的证据——出现,开始逐渐动摇。有一起案件可代表它的失败:罗辛纳贫民窟一个名叫阿马里尔多·苏扎(Amarildo de Souza)的建筑工人失踪。经过调查后，25名UPP警察受到起诉，这些警察涉嫌绑架、在基地内对他凌虐，以及将他杀害。2014年夏天，州政府发出声明，正式推定苏扎已死亡。苏扎的妻子和七个小孩只等到这份声明，却始终没有领到遗体能将之安葬。

面对警方的可信度下降，那年夏天，黑帮分子在里约各地对UPP基地发动协同攻击；枪战之中，里约的主隧道关闭，6名维和警察死亡，其中4人是在阿莱芒街区丧命。

那个占地广阔的小区再次成为里约受苦的代表。突击部队在那里加强巩固战略点，居民遭到搜查，行动受限。枪战造成数千名儿童停课，曾由总统在华丽的启用典礼上剪彩的缆车也被迫停驶数日。阿莱芒街区的小区卫生中心遭到攻击，里面的电脑和设备受损，医生只好离开。

它的边界原本已经对像我这样的外来者开放，此时又再次关闭。走在街巷间，我感受到那种熟悉的感觉，一般人又沉默下来，不愿意对陌生人畅所欲言。由于警方遭受攻击，加上谁是山丘之王的不确定性，当地人惶惶不安。

"警方刚到的时候，我是站在这里、从窗里向外挥舞白旗的人之一。"一名男子说。他是一家不起眼的纸用品店老板。他摇摇头，仿佛在责怪自己几年前竟然那么天真。"现在，如果警方连自己都保护不了，我们该如何相信他们？"

如果有人从这个实验中有所收获，那么那个人就是已经自首的红色指令毒贩迪亚戈。曾经作奸犯科的他重新做人，洗心革面，即使曾经指挥逮捕他的警察队长已经下台，曾是家园的贫民窟也陷入一片混乱。

迪亚戈的谋杀罪名没有成立，他在坐牢一年后获释出狱。他找到一份工作，在一个协助毒贩戒毒的非营利组织内担任摄影师，而且还发现自己有运动细胞，适合打越来越受欢迎的橄榄球。这位曾经担心被捕或死在警方手下，因而无法离开阿莱芒街区的年轻人，如今正在博塔福古猛犸象队（Botafogo Mamutes）担任中线卫，在全国各地比赛巡回。

他的母亲尼尔札依然忧心忡忡。当母亲的都这样。在和他号称 M 先生的时期相比，如今的迪亚戈收入少得可怜；尼尔札不知道这孩子会不会厌倦循规蹈矩的日子。此外，阿莱芒街区暴力横行的情况再次出现。他儿子会不会因为想报复或纯粹只是嫉妒，又被牵扯进去？即使继续经营厢式车生意，为司机提供餐点，尼尔札还是紧盯着她的迪亚戈。她说，她还有 9 个小孩，但这一个最需要她。

在阿莱芒街区外面，谋杀、街头盗窃以及公共运输系统上的抢劫案件逐渐增加。卡里欧卡又回到了在午休时间及周日烤肉时互诉可怕故事的那种日子。

街头又出现穿着破烂短裤和人字拖的小孩成群游荡，他们就像当初拿着碎玻璃刺我肋骨、试图抢我零钱的那个小孩的新一代翻版。这种小孩非常多，有的年纪小一点，有的大一些，大多是男生，有时是女孩，各个眼光锐利、骨瘦如柴、作风强悍。他们不太在乎自己的死活，行动大胆无惧，让人既心痛却也不寒而栗。我看着他们脸上带着发癫般的笑容，通过车辆疾速行驶的八线大道，只为了去找可能的目标下手，抢劫骑车的人。在我住的区域里，小型抢劫案在一年内暴增了超过 60%。

紧张气氛像一股电流，在喧嚣繁忙的城市生活底下奔窜。当它爆发时，伤害远比任何人所预料的都还严重。

里约再次成为非执勤的武装警察杀害无家小孩的那种地方。最骇人的一起案例发生在 1993 年，警方肆意射击在市区坎德拉里亚大教堂（Candelária Cathedral）前面睡觉的大约 60 个小孩，在他们仓皇爬走之前打死了其中 8 人。喷漆在人行道上标绘出小孩尸体的轮廓，构成一种负面的里约明信片景象，一幅时代的写照：背景是高耸的教堂，象征了我们的渴望；前景的景象则提醒我们自己最深的罪孽。

我回到里约那时，我的诸多期望当中包括一个愿望，那就是期盼这种懦弱已成过往。2014 年夏天，它又出现了，只是这次当事人不是警方。卡里欧卡开始逮到小孩涉嫌在街头抢劫,或是像某个案例,在超市偷食物,于是便出手执行自己的正义。

这种类型特殊的残酷,在1月的最后一夜与我的日常活动有了交集。它发生在一个年轻黑人男子身上,他还是个少年,被人殴打,衣服被扒光,人被锁在一块街道指示牌上。

邻居看到他时,他的手指正抓着单车U形锁的弧形部分,喉咙被那副锁铐在金属柱上。有人打电话给伊芳·迪梅罗(Yvonne de Mello)。她就住在附近,平常负责协助受伤的孩子。当年,她是最早对坎德拉里亚教堂大屠杀做出回应的人。20多年后,她又坐在这个年轻人身旁,打电话向消防队求救。在等待救援过来时,那孩子告诉她,自己17岁,来自马拉尼昂州(Maranhão),接近赤道的东北海岸。消防队员不得不用割枪开锁。这名少年随后被送往医院治疗,可是隔天凌晨就逃跑了,仿佛知道接下来会发生什么事。

仅仅24小时后,这名17岁少年的照片和此案的详情已经通过报纸和社交媒体平台大肆流传。在讯息向外扩散之际,迪梅罗也开始收到死亡威胁。邻里守望互助网站和在线论坛涌入大量留言,有人呼吁冷静,有人则赞扬那些暴力分子的做法,煽动更多暴力。

"醒醒吧,你们这些白痴……弗拉门戈的人都知道他是个贼,每天抢劫老太太和妇女。他们下手还不够狠,他们需要酒精和打火机,帮那个少年犯'消毒'。"一名男子如此写道。

"可惜我没带我的斗牛犬经过,不然它就可以好好玩一下。那个强盗死得好。"另一个人写道。

这件事就发生在我住的街区尽头,那是个美丽的住宅区,高大的绿树成荫,还点缀着兰花与菠萝花。我每天早晨都在那个角落稍做停留,等待车流出现空档,然后冲进公园跑步。我就是在那里第一次见到甜面包山崎岖的面貌。

那年1月之后,人行道上的那个案发地点每天都提醒着大家,我的邻居当中有人将U形锁套在一个少年细瘦的脖子上,让他就这么地在大街上流着汩汩鲜血。那些人也是在超市结账队伍中站在我身边,聊着价格和天气的人,也是慢跑时经过我身旁,对我点头道早安的人。

那是2014年初的里约热内卢。

第十八章

世界杯中的世界杯

巴西的世界杯感觉就像是一场步步逼近的灾难。

2014年6月12日,开幕倒数的计算单位从月变成星期,全国各地仍持续爆发罢工和小型冲突。圣保罗的地铁员工发动罢工,警方出动镇压,该市交通为之瘫痪。"居住正义"维权者闯入建设公司办公室,抗议政府将经费投入兴建体育场。在里约,公交车司机的罢工行动染上暴力色彩,造成近500辆公交车受损。东北部福塔莱萨(Fortaleza)的街道清洁工和萨尔瓦多(Salvador)的公务员也展开罢工。联邦警察同样威胁要辞职,关闭了移民和边境检查站。

我在世界杯开幕赛前两星期经过里约国际机场航空楼时,亲眼目睹天花板的一大块方形瓷砖松脱,随后砸在刚下机的乘客头上。接下来的画面就像卡通片,瓷砖击倒一片围篱,让后面惊恐的建筑工人出现在众人眼前。机场的整修工程已经落后两年。即使是世界杯最重要的设施,也就是体育场,进度也严重落后。圣保罗球场的施工进度拖延得非常夸张,这个场地的测试赛就是正式比赛——巴西对克罗地亚的开幕战。

这些状况让国际足联的官员非常紧张。从一开始,这个位于瑞士的组织就与巴西动作慢吞吞的世界杯筹备机构冲突不断。国际足联秘书长杰罗姆·瓦尔克(Jérôme Valcke)在2012年不客气地说,巴西需要"一记当头棒喝"才会加快筹备脚步,结果此话惹恼了巴西上至总统的各级官员。瓦尔克后来表示道歉，不过在紧张的筹备过程中，国际足联官员和巴西领导阶层始终针锋相对。罗赛夫总统指称国际足联官员有如"芒刺在背"，瓦尔克也曾在瑞士的一场辩论中发泄不满，表示跟巴西人交涉"生不如死"。

虽然不想从他人口中听到如此批评，但巴西当局也很担忧。他们许多人赌上了自己的政治前途，世界杯成功，他们的未来才有希望。他们决心将这场比赛办得愈顺利愈好，一堆意在预防各种问题的决策从此出现。

为了确保观光客、重要贵宾以及球队转场顺畅，64个比赛日程在各主办城市均成为全天或部分休假日。里约市长取消了所有与世界杯无关的公开活动，而且要求城内各工程计划停工两个月。

在世界杯之前，科帕卡巴纳的游民就已不见踪影。长达1个月的比赛结束后，他们会再度出现；州检察官会废止强迫游民迁徙的命令，但是在世界杯期间，科帕卡巴纳海滩看不到任何乞丐，这里准备好好扮演主办者的角色。

世界杯比赛期间不容许任何干扰出现——这是总统亲自发出的讯息。为了防止抗议活动，里约警方在比赛开始前逮捕了十几名积极分子。警察获得新的防弹衣、头盔、防毒面具、附有电击棒的腰带、手枪、额外弹药、警棍，以及手铐——重达10公斤的装备让街头警察宛如电影《星球大战》中吓人的黑武士。联邦政府准备由21 000名兵力执行维稳工作。

尽管做了这些筹备工作，仍有许多迹象显示情况很可能出乎意料，出现令人难堪的差错。比赛开始前两星期，一辆载着巴西足球队前往训练基地的公交车被一群罢工的公立学校教师包围。当警方以警棍对付那些教师时，一向受到高度尊崇的足球员们震惊地盯着眼前的景象，或用手遮住脸，不敢直视。教师抗议横幅上的要求是提高教育经费，减少体育场的开支。

6月，就在世界杯开战前夕，这个足球王国陷入了深深的矛盾情绪。皮尤民调研究中心（Pew Research Center）的一项调查发现，有三分之二的巴西人不满国家和经济的状况。大多数人觉得世界杯抢走了基本公共服务的资源，使得情况更加恶化。

对于那些将前途赌在世界杯的成功上的政治人物而言,这是梦魇般的大逆转。要是这种晦暗、不满的情绪延续下去呢?更糟糕的是——要是数百万人走上街头,示威运动染上暴力色彩,催泪瓦斯飘进体育场,惊恐的观光客躲在饭店里头呢?

与其坐等情势发生变化,不如主动出击,联邦政府展开了一项全国性的宣传计划。它的目标是:向巴西人推广世界杯足球赛。这听起来荒唐可笑、不可思议,但它还是发生了。球王贝利让一项政府赞助的竞赛使用他的肖像,该比赛要选出布置最别出心裁的街道。地铁站里的海报呈现出以绿色与黄色花彩装饰的街道,开心的儿童就在街上踢足球;一部长达1分钟的广告片里有巴西人疯狂地打鼓、跳舞、尽情欢笑,而且强调赛事结束后,大家可以获得工作机会、观光收益,还有改善过的公共交通系统。广告片结尾出现宣传计划的标语:"这是我们的世界杯,它是世界杯中的世界杯。"

为了迎接这一时刻,巴西已经筹备了好几年;如今比赛即将来临,却没有任何一件事符合预期。正如同没有人料想到会出现这种局面,也没有人能预测接下来的发展。这件事的效应着实令人不安。

这段广告只突显了整件事的奇特性。需要宣传活动来点燃人民对足球的热情,这样的巴西可谓闻所未闻。

在这样的情况下,唯一令人安慰的元素是巴西国家足球队:大部分巴西人依然相信,他们的代表队会让大家骄傲。

前一年,巴西连续第3年勇夺洲际国家杯冠军。踢进世界杯时,巴西队拥有几位在国际足坛上身价最高的后卫。此外,还有足球金童内马尔(Neymar),身材精瘦结实的他运球时动作轻巧,曾当选洲际国家杯最佳球员。只要在世界杯的进球数居冠,他就能登上足球界的巅峰。

就连沉默寡言、总是板着一张脸的教练刘易斯·菲利佩·斯科拉里(Luiz Felipe Scolari)也都自信满满:"我们即将成为世界冠军。"巴西在失败中过了将近64年,实在太久,该是收复马拉卡纳体育场的时候了。

第一场比赛在圣保罗进行。雨水让这座灰色城市覆上了一层银色光泽，洁净的冬季日光直接射下，让角度分明的新体育场轮廓更显鲜明锐利。

对于世界各地的体育迷来说，巴西与克罗地亚之战象征了接下来紧张的4个星期正式展开；对巴西人而言，那则是一段漫长煎熬的最低点。在那段期间，乐观已凝结成失望，凝结成他们对政府和国际足联的愤慨，甚至凝结成悔恨。

接着，在6月12日，出现了这个场景：明亮天空下有一座清新的体育场，拥挤的群众发出嘈杂声，看台上闪着鲜艳色彩。克罗地亚队的红白方格球衣仿佛格子桌巾，与鲜黄色的巴西队球衣形成强烈对比。

巴西国家足球队排成一排，肩并肩，手勾手。太阳已经西下，泛光灯在草地上刻画出每位球员的轮廓。巴西国歌的旋律一响起，全场便齐声合唱，歌声响彻整座体育场。内马尔的脸埋在手中，克制激动的情绪。等他抬起头，双唇已抿成一条紧闭的白线。球员无不极力控制自己的情绪，有人紧闭双眼，若有所思；有人望向天空，舒缓自己。后卫戴维·刘易斯（David Luiz）展现圣战士般的热忱，清楚唱出歌词中的每个字；队长蒂亚戈·席尔瓦（Thiago Silva）皱着眉，闭上双眼，身后则是数千万人一起合唱的轰隆歌声与波涛汹涌的情绪。

巴西球员们责任重大——必须在普遍质疑他们能否举起胜利金杯，却又依然期望巴西国家队能获胜的国人面前赢得比赛。或许是因为球员脸上自然流露的表情，也或许是为世界杯而团结一致的老习惯，当国际足联规定的一段国歌片段一结束，看台上的巴西人不管相关规定，继续在没有伴奏的情况下，以雷鸣般的歌声唱完国歌的后面三段。

那就像是某种紧绷的东西在体育场内释放了开来。即使在开赛前的那几个月里，巴西还是有抗议、对峙、分歧与暴力事件。但这是世界杯足球赛，而且在巴西举行。随着歌声在体育场里回荡，过去一年逐渐累积的担忧也烟消云散。放眼望去净是鲜黄色与绿色，其他的颜色都已褪去。在那一刻，以及接下来4个星期，全世界都会绕着一个足球旋转。

但比赛一开始就不吉利。开赛10分钟，巴西队的马塞洛（Marcelo）射进世界杯第一分——却是为克罗地亚建功。他的失误让全场陷入一片哀伤的静默，他双眼迷惘地扫视群众，一秒钟，两秒钟。这一幕的象征意义显而易见：巴西，这个始终放眼未来，却也老是无法善用资源、发挥潜力的国度，再次面临厄运，以自我破坏的方式为世界杯中的世界杯揭开了序幕。几分钟后，这种感觉更加强烈——一排排的泛光灯突然熄灭，让整座体育场有一半陷入黑暗。有那么几分钟，发生一场灾难的可能性再度隐隐浮现。

接着，灯光又亮了起来，内马尔迅速打起精神，以弹到门柱的一球建功，将比赛逼成平手。后来巴西奋起直追，以3:1拿下胜利；世界杯足球赛战火正式点燃。

每场比赛，忧虑都被欢欣鼓舞所取代，因为最重要的是，世界杯在根本上关乎足球……比赛过程也令人惊奇。竞争激烈、节奏快速、高得分的比赛让球迷为之疯狂，它们充满戏剧性的转折，往往必须进入加时赛，甚至以点球大战决定生死。

由于一天有三场甚至四场比赛，足球爱好者可以尽情观赏世界级的赛事。十六强比赛的时间长度是世界杯史上之最：那八场比赛总共加时了两个半小时。当球在球场上滚动时，大家关注的焦点是足球，而非无法进行的抗议游行，也不是包围在体育场周围，以防抗议者改变心意的武装警察。

赛事进行不久就出现了黑马，包括哥伦比亚、哥斯达黎加，以及扳倒西班牙的智利。墨西哥以0:0霸气逼和巴西，感觉上却有如获胜一般，守门员奥乔亚（Guillermo Ochoa）表现出色，功不可没。

比赛过程中看得到一些优异的表现，例如美国队的守门员霍华德（Tim Howard）从比利时队脚下救下16球，或是荷兰队的罗本（Arjen Robben）令人屏息的全速冲刺。此外也出现一些趣味画面，像是墨西哥队教练赫雷拉（Miguel Herrera）完全不顾形象地怒吼、握拳，甚至开心地狂跳，连领带和外套都飞了起来。还有令人瞠目结舌的一刻，乌拉圭队球员苏亚雷斯（Luiz Suárez）……他真的用牙齿狠咬了那个意大利球员吗？无论那是愤怒或搞笑，众人纷纷深入研究那惊天一咬，为此争辩了好几天。

无论出现什么最新转折，赛事均显得精彩动人。就连批评巴西最卖力的国际足联秘书长瓦尔克都承认："就足球本身来看，这是最棒的一届世界杯。"

球场之外，后勤工作的运作正常。交通顺畅，64个策略性休假日发挥了作用。由于商务旅行减少了15%，机场的表现恰如其分。期望一旦不高，就容易满足。在其他国家可能被视为灾难的严重失误，在巴西仅被当成小差错——开幕战的照明灯闪个不停、体育场媒体室里的网络联机不稳定，还有安全出现漏洞，导致将近100名的智利球迷闯入马拉卡纳体育场。

就连贝洛奥里藏特市（Belo Horizonte）一座天桥坍塌，造成两人死亡的事件都没有引起多大注意。该市市长对此置之不理，表示"意外难免发生"，仅此而已。既然没有体育场发生重大的倒塌意外，也没有观光客在凶残的暴动中丧生，谁都不想听到坏消息。

在里约，城市的美景让外国记者与观光客心醉，当地人的亲切魅力也让他们为之着迷；因为市民常举办来者不拒的街头聚会，而且几乎和任何人都能开心畅谈，尤其是聊到足球的时候。温暖的人情味（几乎）弥补了偶尔取消的班机、扒手横行，或是价格令人咋舌、网络联机不稳、热水供应不足的饭店房间等缺点。没有人像巴西一样，能在最后一刻办成如此盛会，世界杯顶多就是一个范围遍及全国、时间长达1个月的狂欢节海滩假期。谁会针对那些小细节发牢骚呢？

这场疯狂盛会的中心点是科帕卡巴纳。不分日夜，它都挤满了酣醉程度不一的开心足球迷，他们可能盛装打扮——穿戴国家的代表色、吉祥物服装、可笑的假发——或衣不蔽体，一般观光客也在温和的卡里欧卡冬日里寻欢作乐。这种欢乐时光开始两个星期之后，显而易见，巴西的世界杯将会令人难忘。原因并非是一切顺利，而是在比赛进行、阳光闪耀时，它是唯一值得前往的去处。

我在科帕卡巴纳遇见一名被阳光晒黑的英国人，他总结了这一切。当时我沿着海边走，想在人群里找我的朋友。他涉水走到岸上。活泼、丰满，金色细发贴在头上，看起来就像一只穿着湿漉漉的及膝短裤、浑身湿透的小鸭子。

他对我露出灿烂的笑容，我报以微笑。

"你喜欢这一届世界杯吗？"我问。

他举起手上的啤酒罐，摇一摇，表示里面是空的。

"我身在阳光下，下半身泡在水里，喝着啤酒，观赏足球赛。"他说，"为什么不喜欢？"

说得没错。几分钟后，我在国际足联球迷庆典（FIFA Fan Fest）的大型屏幕前方找到一个满意的位置。我靠在一棵棕榈树上，双脚踩在温暖的沙子里，准备观赏巴西与喀麦隆之战。那是我和群众一起观赏的第一场比赛，气氛十分热闹：大家口中哼着歌，现场听得到各种不同的快乐口音。在我们身后有一群二十几岁的年轻人对着屏幕大叫，他们彼此勾肩搭背，只要巴西队一出现射门机会就高兴得蹦蹦跳跳，同时还趁机跟各个困惑的欧洲人眉来眼去。

到了上半场结束，内马尔已经射进两球，喀麦隆只得一分。我自己激动得无以复加。巴西人尽情欢呼，大肆展现他们的欣喜之情。有人跪在地上，乞求或感谢上苍，向众神许愿。有人咒骂、威胁、跺步，不肯接受那些不可原谅的失误。有人在关键时刻走开，无法承受那种巨大的压力。许多人则是眼睛盯着比赛不放，沉默不语、全神贯注，仿佛他们个人必须为球队负责，只要一分神就可能赔上比赛。

巴西队后来又攻下两分，让喀麦隆队打道回府。可是比赛本身不够过瘾，单调乏味。这是一届充满惊喜的世界杯，巴西国家足球队的表现正是其中的意外之一。在赛前充满不确定感的几个月里，他们是巴西全国的情感支柱。现在，即使比赛开始，全队踢起球来却依然毫无章法，呆板笨拙，让球赛难看至极。他们在球场上的表现几乎毫无创意或优雅可言，赢球也赢得非常吃力，就连对上喀麦隆亦是如此。内马尔不断得分，可是整体看来他们实在不像一支球队。

此外也有迹象显示，球员们在压力之下逐渐崩溃。没有人知道在家乡打世界杯的压力有多大，从愤怒的罢工教师摇晃他们的公交车那一刻起，这届比赛就让他们情绪产生极大的震荡。他们尚未夺得世界杯，却被赋予一项任务，要让巴西人觉得这场大胆豪赌是值得的。这样的要求是不是太过分了？

下一场对智利的比赛让球队情绪的裂痕更加扩大。

一开始相当不错。又激动地唱了一次国歌之后，巴西队保持冷静，让比赛在常规的90分钟之内顺利进行。延长赛就令人神经紧绷了，直到第120分钟，智利队的最后一次射门甚至碰到了球门的横梁，只差几英寸就能把巴西队淘汰出局。球员精疲力竭到浑身颤抖，但是比分是1∶1，必须进入点球大战。

巴西队守门员塞萨尔（Júlio César）准备就位时，突然哭了起来。等到他恢复镇定时，却轮到队长情绪崩溃。席尔瓦走向教练，要求自己排在最后一个射门。接着他背对队友，坐在那个足球上，低下头，将自己封闭起来——那可能是祈祷、恐惧，或否认现实。没有人知道答案，而且那也不重要。他崩溃的时间，正是他必须为球队奋力一战时，也是球队必须为巴西奋力一战时。

每位球员依序射门时，忧虑写在他脸上。

戴维·刘易斯率先上场，专注而愤怒的他踢进了，1∶0。智利队没进球。巴西队的威廉（Willian）上场，他射门未进，倒在草地上啜泣。智利队第二球又没进。还是1∶0。

下一位是马塞洛，他弥补了自己在对克罗地亚时失去的那一分，2∶0。智利队再射门，这次终于进了，2∶1。巴西的下一球没进，智利则再下一城，比赛再度打成平手，2∶2。

内马尔上场。他的脸十分紧绷。他深深吸了一口气，吐气，慢慢跑起来。距离球不到一英尺的地方，他突然改成短促的曳步。这种步伐与速度的变化令人不安,可是发挥了效果,3∶2。

轮到智利队上场。看台上的观众全都站了起来。球迷呼喊巴西守门员朱利奥·塞萨尔的名字。此时成败都掌握在他手中。可是不……智利最后一记点球轰隆一声碰到球门横梁,弹了出去。

巴西队获胜,可是却仿佛瞥见了无底深渊。接下来的画面重点在于巴西国家足球队的状态,而非比分。比赛结束,内马尔扑倒在地,放声大哭。席尔瓦跪在地上,像个小孩一样倒在教练的怀里啜泣。球员集体崩溃,不是倒了下来,就是靠在彼此身上。那可不是为了表现做作的爱国情操而流的几滴泪;他们十分气馁,几乎濒临崩溃边缘。

点球大战的夸张情节引发了一阵疯狂讨论,批评者提出各种质疑,从巴西国家足球队的实力到球员们的男子气概都有。仿佛是要证明批评者的猜疑是错了似的,巴西队痛宰了下一个对手哥伦比亚队。那是此届世界杯最暴力的一场比赛。

哥伦比亚队原本是犯规大户,到了比赛结束时,巴西队却夺下这个头衔,他们犯规31次,而哥伦比亚队只有23次。巴西队不计代价全力求胜——包括席尔瓦领到第二张黄牌,导致他下一场比赛不准上场。

我和一群外国朋友一起观赏这场比赛。我忘了是谁先说:"有人要受伤了。"

事情发生时,看起来就像一场粗暴比赛里见怪不怪的摔跤事件:一名哥伦比亚球员想要抢下一记高飞球,在内马尔后面一跃而起。落地时,他的膝盖撞到了内马尔的背。内马尔是假摔高手,大家都知道他如果逮到机会,就会假装被对手绊倒。但这次跌倒不是事先计划好的,这位巴西队前锋在草地上痛苦地扭动,手脚摊开成奇怪的角度,嘴巴因为极度疼痛而成O形。他断了一块脊椎骨。

巴西击败了哥伦比亚,但这场胜利却让全国如丧考妣。22岁的内马尔以优雅的球技和沉着的态度托起了全国的希望。他是巴西的顶尖足球员,而且不只拥有优异的球技。在巴西国家足球队努力求胜之余,内马尔仍独自展现了古老的艺术足球风采。当他被人用担架抬出场时,巴西队夺冠的希望也随之破灭。

击败哥伦比亚之后，东道主队与冠军奖杯之间只剩下两场比赛之遥。面对与德国队的半决赛，巴西人的态度宛如一个走钢索的人，为了保持平衡，不敢往下看。一旦心生怀疑，偷瞄一眼，踏在坚实地面上的幻觉便会灰飞烟灭。

要全国上下都保持这种魔幻般的思考，需要盲目的信念与自信，加上一点走旁门左道的心态，认为任何事情都可以协调。在这方面，巴西独具天分。它是一个相信性灵的迷信国家，宗教信仰繁多，这里的天堂始终开门做生意：天主教圣徒接受信徒的奉献，接受他们许愿，非裔巴西人的神也接受留在十字路口的水果、鲜花、蜡烛，或是牲礼贡品。即使是渐受欢迎、独一无二的新教上帝，也接受信徒祷告。

随着半决赛的日子接近，质疑巴西队获胜的机会或是批评他们的表现，都被视为该遭天谴、不爱巴西，仿佛如果表达出不坚定的看法，你就等于妨碍了这种信念网络，允许难以置信的事从仅属可能的范畴落入现实。

走路到姐姐家看比赛时，我抬头仰望山顶基督像那熟悉的轮廓，它就坐落在矗立于她家大楼后方的花岗岩峰上。这位永远的卡里欧卡看来总是如此平静，是他对自己的信众充满信心，还是根本就对他们的命运漠不关心？

姐姐家大楼的门卫已经和其他门卫聚在警卫亭的电视机旁，不过他陪我走到大门，开锁，按下电梯按钮。

"你有什么看法？我们少了内马尔还能赢球吗？"等电梯时，我问他。

"我们有两亿人。只要所有人坚定信念，尽一份力，就能获胜。"他十分严肃地说。

最好是。

在楼上的公寓里，我姐姐全家已经坐在电视机前。她的三个小孩到处蹦蹦跳跳，其中那对双胞胎穿着相配的黄色球衣，丝毫没注意到我们感受到的紧张压力。唱国歌时，守门员塞萨尔和刘易斯举起内马尔的球衣，仿佛那是一件圣物。

"这太夸张了吧？那个人还没死啊。"有人说。

巴西队的紧张情绪已经起起伏伏了好几个星期。由于内马尔受伤缺席，他们陷入一种疯狂状态，让人想起莱奥·拉贝罗口中所描述的、多年前那场决赛之前的马拉卡纳体育场。球员、民众、评论员全都困在同样的狭隘执迷中。这是我们的世界杯，世界杯中的世界杯；可能出现的结果只有一种。

比赛开始。巴西队一开始冲劲十足，但有点浮躁。德国队的战术完整且富有弹性，阵式变化自如，兼具速度与精准度。德国队不到10分钟就破门得分，几分钟之后再下一城，2∶0。所有人陷入静默——体育场内的观众、客厅里我的兄弟姊妹。姐姐的小孩抬头看看大人，察觉到气氛突然变了。

巴西队可以扳回一城，还有时间。可是德国队进了第二球之后，巴西国家足球队信心突然瓦解，就像一部发条上得太紧的机器顿时停摆。他们从一支运作正常的队伍变成十一个惊慌失措的球员，困在球场上，因恐惧而失去联系，孤立无援。

德国队发动猛烈攻势，快速射进三球：一分钟、两分钟，得分；三分钟、四分钟，得分；五分钟，得分5∶0。

我姐姐陪着小孩坐在地板上，她转向我，露出不可置信的表情："什么？怎么回事？那是回放吗？那样算得分吗？"

算，全都算。就这样，巴西队的世界杯之旅画下句号：这一届世界杯，我们在世界杯中等待的折磨、全国的恐惧与渴望告一段落。结束了。屏幕上，球迷的脸从困惑转为震惊，再变成悲伤。镜头给了一名小男孩特写，他跟身边的父亲一起哭泣。依然穿着鲜黄色服装的巴西人纷纷起身，蹒跚走出体育场。

在我姐姐家里，有两个人离开了客厅，躲到房子后面。如果那是一场拳击赛，如此的重击会让比赛终止：击倒，结束。不过这是足球。巴西队必须在中场过后费力地回到场上，踢完剩下煎熬的45分钟。

一边倒的比赛继续进行，我们开始陶醉在其中的荒谬。所有的建设、自大，为史上最昂贵世界杯砸下数十亿美元，就是为了这个？巴西队又被攻下一分，6∶0。当我们已经没有什么好期待的，那种幽默感便油然而生。在看台上，凄苦的巴西人又开始欢呼了——为了德国队。在我姐姐家的客厅里，我们的心情也从不敢置信转为彻底放弃希望。

大人紧张地笑了出来，不确定发生了什么状况。在我们脚边玩耍的一对双胞胎抬头看看大人，咯咯傻笑。在体育场里，球迷也沉浸在那场闹剧里，每当德国队突破不幸的东道主队的防守，便齐声喊赞。巴西队最后在终场前射进一球，7∶1。

比赛结束时，我们已经失去方向感，有点恶心想吐，就像蒙起眼睛转圈圈的小孩那样晕头转向。我们所有的假设整个翻转过来：巴西顺利完成世界杯的筹备工作，强化了基础建设，可是我们的国家足球队却成了不折不扣的灾难。如果失败的冲击没那么强，我们还会有可以坚守的信念、可以责怪的对象，以及前进的方向。这次失败却让我们倒地不起，无言以对。

每位球员都明白这一点。戴维·刘易斯步出球场时代表球员们说出心声。

"对不起大家……"他哽咽地说，"我只想给我的同胞一个开心的理由。"

即使对德国队来说，看到巴西国家足球队如此凄惨，心里也不怎么好受。他们的庆祝方式寂静无声，赛后访问更近乎懊悔。

我们目瞪口呆地看着每位球员和教练走向镜头，我们希望至少有人能说明一下发生了什么事。

惨败至此，它所产生的效应扩散到了比赛之外。它打破了巴西是足球的精神家园，还有巴西国家足球队是足球最佳化身的神话。这个国家输出的足球队员人数依然高居世界第一，但我们再也不是这项"*jogo bonito*——美丽运动"的主宰。数十年来，巴西国内的足球联盟饱受贪污、管理不当、球技水平低劣、观赛人数下滑等问题所累。巴西人在国内对艺术足球的怀念，就靠着编造过去的故事，以及在内马尔等球员身上寻找昔日的风采来满足。巴西依然拥有为数众多的足球人才，可是如今要让球技达到最高水平，也需要训练、战略、专业以及资金。那场7∶1的比赛让这些问题一举全都摊在阳光下。

巴西队还有一场比赛，一首不必要的、哀伤的结束曲，结果荷兰队在争执之中击败了他们，获得季军。无所谓，我们在那场 7 : 1 的比赛就输掉了所有重要的一切：比赛、世界杯、我们最喜爱的幻想。1950 年的失败不会有借口了，马拉卡纳体育场将举行德国与阿根廷争冠的决赛。

那场失败也迫使巴西在没有胜利的掩护下面对真正的现实。

跟莱奥·拉贝罗谈足球时，我问他是否渴望巴西队在拉卡纳体育场赢得一座世界杯，好抚平当年第一次惨败的伤痛。这个问题让他思考了一下子，他紧扣双手，手臂往我的方向张开，放在那张非常精细的书桌上。他打开的笔记本电脑因而旋转了一下。

"那样对足坛会有很大的帮助。"他说，"对民众来说，那会是美丽的一刻，但船过水无痕。所以，我希望巴西赢球吗？希望。但除此之外，我也希望足球不再成为一个借口，让大家对问题视而不见。"

经过悲惨的半决赛之后，我回想莱奥所说的话。我们主办了一届惊心动魄的世界杯足球赛，过程中没有重大灾难，庆祝活动精彩无比。尽管经费超支，工程拖延，但巴西的名声完整无损。如果巴西也赢得世界杯，无疑会更让人兴奋与骄傲。

只是，我们以 7 : 1 输掉半决赛，这不仅暴露了许多问题，更将问题赤裸裸地摊在阳光下，让巴西在球场内外的抱负与自身实力之间的差距完全曝光。迈向世界杯的路上充满了浪费与被人挥霍的机会。我们花费了 116 亿美元——超过其他任何主办国家，比德国与南非的经费总和还要高。我们因此获得什么？值得吗？这些与足球相关的问题将无法逃避。

在里约，几项原本可能为这座城市带来正面影响的工程却让经济与社会不平等更加恶化。这些工程完成后，让人对我们的民主进程以及建构的社会产生了疑问。如同国内足球的惨况，这些现象亦非一日之寒。这次足球的重大失败让它又成为众人瞩目的焦点。

我姐姐家的聚会也结束了。看过赛后访问后，我们无事可做，只好回家消化德国踢进的那 7 分。经过了情绪激动的几个小时后，我们难免担心暴动与示威再起。我们道别、回家,然后待在家里,不确定当天晚上会发生什么事。评论员与记者也开始推测。

结果,那一夜安然度过。第二天,卡里欧卡捡起报纸,看到斗大的头条标题——遗憾、难堪、蒙羞——下方则是戴维·刘易斯跪在草地上,把脸埋起来的照片。然后他们出门上班。他们穿上便鞋、工作靴、Havaianas人字拖;他们搭上公交车,走进教室、会议室、工厂;他们打开电脑、发动他们的出租车、打开炉子,回到正常的生活作息。

我们巴西人输掉了比赛、世界杯,还有我们的幻觉。那留给我们什么?其实是其他所有的一切。

许许多多个世代以来,我们用古老的三大支柱来维持国家形象:桑巴、足球、狂欢节。中间那一项已然消失,但或许时间也到了。我们已经成熟,不再适合老旧的刻板印象。那场7:1的比赛迫使我们无论好坏都要看清这个事实,继续往前走。

大多数巴西人只记得戴维·刘易斯令人心碎的道歉,但是访问并非在那里结束。他说,球队尽管输了,但是巴西人的团结中存在着力量。

"我希望球迷和民众利用这股力量、国家足球队和这种紧密感,去追求生活中的其他目标,而不只是专注于与足球相关的事物。"他说。

2013年的抗议浪潮显示,民众对国家的期望提高,今非昔比。该是面对大众提出的问题的时候了。巴西在3个月后将举行州级与全国大选,里约在2016又将举办奥运会。该是探讨治理、住宅、交通、治安、医疗以及教育等议题的时候了——擘画出我们理想的国家蓝图,提出我们的目标。当我们不再是足球王国,我们是谁?我们的极限何在?雄心何在?

巴西人眼前有许多工作要做。经济衰退、国家足球队溃不成军,基督像则一如既往,显得淡漠无情。无论是依靠卢拉或内马尔、圣徒、私下交易,甚或我们恶名昭著的旁门左道,奇迹般的救援都不会出现。

但是没有关系。巴西人最强的就是恢复力,他们能够努力拯救自己。他们目前就在这么做——每天、慢慢地拯救自己。

致谢

我回到里约之后的日子是一段有时虽叫人勃然大怒,有时却又令人难忘的美好旅程;在一段充满危机而且出现剧烈转变的时期撰写一本关于这座城市的书,加深了我和这个地方的连结,事实更证明,它是我收获最丰硕的经验之一。我深深感激让本书得以成真的那些人,以及耐心回答我的问题、慷慨贡献他们的时间,还有总是愿意倾听的所有人——包括好友、家人、同事,以及素昧平生的陌生人。虽然登在封面上的是我的名字,但这部作品的成果与功劳属于许许多多人。

首先我最要感谢的是我的文学经纪人戴维·哈尔波恩(David Halpern),从我只带着一个概念走进他的办公室那一刻起,他就对这本书充满信心。他非常专业,在危机时愿意倾听,而且一向慷慨大方,不吝贡献他的时间、智慧与忠告。

我也很幸运拥有米歇尔·豪里(Michelle Howry)这样的编辑,以及试金石/西蒙·舒斯特出版公司的优异团队协助。米歇尔思虑缜密的建议让初稿的质量大大提升,将冗长的篇幅整理成可读性高的文章,并引导我顺利完成写作过程。对于校对者、封面设计、地图绘制师,以及试金石公司所有投入本书、让制作过程如此顺利的人,在此献上最真诚的感谢之意。

在试金石公司之外,许多体贴的读者也对本书的诞生功不可没,让它在每个关键时刻变得更好。我最要感谢可爱的吉儿·艾琳·莱利(Jill Ellyn

Riley），她陪我走过最艰难的几个月，阅读初稿与第二稿，提供支持与洞见，让我镇定，随时通过漫长的 Skype 对话和质量糟糕的电话信号，拉近纽约与里约之间的距离。谢谢你所有的协助。

其他朋友与同事也奉献了他们的专业能力与时间阅读某些篇章，提供回馈。谢谢你们，尤其是热爱里约的一切、对语言具有敏锐眼光的乔丽·哈恩（Joelle Hahn），谢谢你付出的时间与善意；也感谢莫琳·盖夫尼（Maureen Gaffney）的专注与详尽意见。

我非常幸运，能与一批优秀的特派记者一同书写里约。他们是我的同伴与导师，我在工作与生活上都仰赖他们，彼此的友谊也在截稿日与杯觥交错之间更为加深。许多人给了我直接的帮助——感谢胡安·帕布罗·史宾涅托（Juan Pablo Spinetto）、塔里克·潘加（Tariq Panja）、朱莉亚·迈克尔斯（Julia Michaels）、亚杜罗·利兹坎诺（Arturo Lezcano）以及汤姆·菲利普斯（Tom Phillips）的意见，还有西蒙与卡萝·罗梅洛（Simon and Carol Romero）、强·华特斯（Jon Watts）、珍妮·巴奇菲尔德（Jenny Barchfield）、马塞洛·雷萨（Marcelo Lessa）、西希丽亚·奥利瓦伊拉（Cecilia Olliveira）与安德鲁·费希曼（Andrew Fishman）在各层面上给我忠告。泰勒·巴恩斯（Taylor Barnes）与凯瑟琳·奥斯朋（Catherine Osborn）做了一些困难的研究工作，如果少了孜孜不倦的蓝娜·雷提（Lanna Leite）与佐薇·罗勒尔（Zoe Roller），那些数量惊人的访谈内容就无法抄写下来。曼纽拉·安德雷奥尼（Manuela Andreoni）是一位查证事实的高手——她本身是位可敬的记者，对里约了如指掌，对细节的专注无人能出其右。其他的朋友——阿尔伯托·阿曼戴利兹（Alberto Armendariz）、哈维尔·杜瓦尔（Javier Tovar）、劳拉·波尼拉（Laura Bonilla）、杰拉尔多·李萨迪（Gerardo Lissardy）、弗洛拉·夏尼尔（Flora Charner）、菲利佩·戴纳（Felipe Dana），以及美联社团队的其他成员，我亲爱的丹尼尔·席尔瓦（Daniel Silva）与迪亚戈·加莱亚诺（Diego Galeano）——都是我生活中不可或缺的伙伴，帮助我形成看待里约的观点。谢谢你们的陪伴以及温暖友谊。

如果没有那些开放他们的生活、告诉我他们故事的那些人，本书就不可能完成。其中包括故事出现在书中的那些人，可是因为篇幅有限，许多人的故事并未纳入。我尤其要感谢小欧塔维奥（Otávio Júnior）、雷尼·席尔瓦·桑托斯（Rene Silva Santos）、梅康·布鲁姆（Maycom Brum）与佛拉瓦·费罗斯（Flávia Froes）帮助我了解阿莱芒街区以及那里所发生的事。茵娜娃·曼德斯·布利托（Inalva Mendes Brito）多年来研究维拉奥托多摩的内部状况，并时常分享她的经验。衷心感谢你。

　　有些专家协助我认识里约某些层面。这些为本书做出贡献、名字未在其他地方提及的人包括里约暴力的重要研究者伊格纳西奥·卡诺（Ignacio Cano），孜孜不倦的贫民窟研究者与保护者泰瑞莎·威廉森（Theresa Williamson），致力于改善里约自然环境数十年的生物学家马里欧·摩斯卡提利（Mário Moscatelli）与马塞洛·梅罗（Marcelo Mello），卡洛斯·亚摩林（Carlos Amorin）对里约犯罪史的了解，尤其是对"红色指令"，无人能及，还有巴西石油公司的阿达尔伯托·米迦尔（Adalberto Megale）与克丽丝丁娜·皮尼奥（Cristina Pinho），他们帮助我深入探究盐层下石油探勘与巴西港口整建之间的关系。少了上述各位的耐心与慷慨，这本书的内容将贫乏不堪。

　　我有太多感谢要向我的家人表达——我的父母罗莎与阿米尔·芭芭莎（Rosa and Almir Barbassa），我的手足塔帝亚娜（Tatiana）与吉列尔梅（Guilherme），他们的伴侣亚伊姆（Jaime）和露西安娜（Luciana），以及他们的孩子，我最爱的小卡里欧卡。他们是我与这座美丽疯狂城市的情感所系，也是我如此关心它的发展的原因。他们是我坚定的支持者，除了支持这本书，更支持我，这点是最重要的。

　　最后，我亏欠最多的是克里斯多福·盖夫尼（Christopher Gaffney）。他是我的挚爱与伴侣、最犀利的批评者、最忠实的读者，也是我最忠诚的伙伴。当我在撰写这本书的过程中，以及在这座难熬的城市里生活时面临难题，他的机智与道德判断是不可或缺的明灯。谢谢你。

专有名词

Arrego：固定交给警察的贿款，以继续从事非法活动。

Bala perdida："迷途子弹"，在指击中无辜受害者的流弹。

Banda podre："腐败的半数"，指警察当中贪腐的那些人。

Bandido bom é bandido morto："好的罪犯就是死罪犯"，用来替对涉嫌犯罪者施暴的人辩解的谚语。

Barraca 与 barraqueiro：海滩上贩卖饮料、出租遮阳伞或海滩椅的简陋棚屋，及其经营者。

Cartório：注册公证处。

Caveirão：里约精英特殊任务分队 BOPE 所使用的装甲车，俗称"大骷髅"，因为它是黑色的，而且侧边通常都绘有该分队的骷髅头与匕首图案。

Chimarrão：浓烈、不加糖的热马黛茶，在巴西南部传统上是装在葫芦里饮用。

Chopp：一种清淡的生啤酒，通常盛装在细高的玻璃杯中，在冰凉时饮用。

Cidade Maravilhosa：里约热内卢的非正式市歌，意思为"美妙城市"。这个词汇经常拿来指称里约。

Comunidade："社区"，往往用来代表贫民窟。

Condomínios：有门禁的住宅区。

Convivencia：共存。

Copa do Mundo：世界杯。

Copa das Copas：意指"世界杯中的世界杯"的说法，是一项向巴西人宣传世界杯的广告企划案中所提出的标语。

Custo Brasil：巴西成本，在巴西经营事业所付出的隐形成本，例如贫乏的交通基础建设或高税赋负担。

Deus dará：原意为"上帝会赐予"，通常用来形容无能为力的情况。

Favela："贫民窟"，低收入小区，通常都是从缺乏基本民生服务的非正式聚集区所发展出来的。

Futebol：足球。

Futebol arte：艺术足球，用来指称一种具有独特巴西风的踢球风格。

Havaianas：在巴西随处可见的人字拖品牌。

Imagina na Copa："想象一下世界杯期间的状况。"

Jeitinho：旁门左道，面对各种状况时的弹性做法，被认为是典型的巴西作风，在不破坏规定的原则下钻漏洞。

Jogo bonito："美丽运动"，指足球。

Jogo de cintura：原意为摇摆臀部，指在人际交往上圆滑机敏。

Lanchonete：巴西式快餐店。

Mate：里约的一种茶，通常喝冰的，并加入柠檬和糖。海滩小贩经常带着一桶茶和一桶柠檬，再根据顾客的要求加以混合。

Mensalão：一笔非法的竞选贿赂基金，用金钱换取国会选票的阴谋，在2005年爆发，差点让卢拉政府下台。此案俗称"大型月费案"，这个词指为了交换国会议员合作而固定支付的回扣。

Meu amor："我的爱"，巴西众多表示亲昵的称呼之一，就连陌生人之间也这么叫。

País do futebol：足球王国，用来指称巴西。

Porteiro：门卫。

Querida/querido："亲爱的"，常见的亲昵称呼。

Seleção：巴西国家足球队。

Surdo：苏豆，桑巴必备的低音鼓。

Traficantes：走私贩。

Volta mais tarde："晚一点再来。"

参考文献

Abreu, Maurício de A. *Evolução urbana do Rio de Janeiro*. Rio de Janeiro: IPP, Instituto Municipal de Urbanismo Pereira Passos, 1988.

Abreu, Sabrina, and Rene Silva. *A voz do Alemão: como Rene Silva e outros jovens ajudaram a mudar a imagem da comunidade*. Rio de Janeiro: nVersos, 2013.

Amaral, Ricardo Batista. A Vida Quer É Coragem: *A Trajetória de Dilma Rousseff, a Primeira Presidenta Do Brasil*. Rio de Janeiro: Primeira Pessoa, 2011.

Arago, Jacques. *Narrative of a Voyage Round the World, in the Uranie and Physicienne Corvettes, Commanded by Captain Freycinet, During the Years 1817, 1818, 1819, and 1820*. London: T. Davison, Whitefriars; and Howlett and Brimmer, Faith Street, Soho, 1823.

Arias, Enrique Desmond. *Drugs and Democracy in Rio de Janeiro: Trafficking, Social Networks, and Public Security*. Chapel Hill: University of North Carolina Press, 2006.

Batista, Eike. *O X da Questão*. Rio de Janeiro, RJ: Primeira Pessoa, 2011.

Beltrame, José Mariano. *Todo Dia É Segunda-Feira*. Rio de Janeiro: Sextante, 2014.

Brum, Mario. "Favelas e Remocionismo Ontem e Hoje: da Ditadura de 1964 aos Grandes Eventos." *O Social em Questão* 16, no. 29 (2013): 179–208.

Cano, Ignacio. "Uso da Força Letal pela Polícia do Rio de Janeiro: Os Fatos e o Debate." *Archè Interdisciplinar Crime organizado e política de segurança pública no Rio de Janeiro* 19 (1998): 201–29.

Cano, Ignacio, Doriam Borges, and Eduardo Ribeiro, eds. *Os Donos do Morro: Uma Análise Exploratória das Unidades de Polícia Pacificadora (UPPs) no Rio de Janeiro*. 1st ed. Rio de Janeiro: Fórum Brasileiro de Segurança Pública, 2012.

Cavalcanti, Nireu Oliveira. *O Rio de Janeiro Setecentista: A Vida e a Construção da Cidade da Invasão Francesa Até a Chegada da Corte*. Rio de Janeiro: J. Zahar, 2004.

Coaracy, Vivaldo. *Memórias da Cidade do Rio de Janeiro*. Vol. 88. *Coleçao Documentos Brasileiros*. Rio de Janeiro: Libraria José Olympio Editora, 1955.

Darwin, Charles. *Charles Darwin's Beagle Diary*. Cambridge and New York: Cambridge University Press, 1988.

De Paula, Marilene, and Dawid Danilo Bartelt. *Copa para Quem e para Que? Um Olhar sobre os Legados dos Mundiais no Brasil, África do Sul e Alemanha*. 1st ed. Rio de Janeiro: Fundação Heinrich Böll, 2014.

De Souza, Pedro H.G. Ferreira. "Poverty, Inequality and Social Policies in Brazil, 1995–2009 (Working Paper)." *International Policy Centre for Inclusive Growth* 87 (February 2012): 28.

Duarte, Mário Sérgio. *Liberdade para o Alemão-O Resgate de Canudos*. Rio de Janeiro: Editora Ciência Moderna, 2012.

Esteve, Albert, Joan García-Román, and Ron Lesthaeghe. "The Family Context of Cohabitation and Single Motherhood in Latin America." *Population and Development Review* 38, no. 4 (2012): 707–27.

Esteve, Albert, Ron Lesthaeghe, and Antonio López-Gay. "The Latin

American Cohabitation Boom, 1970–2007." *Population and Development Review* 38, no. 1 (2012): 55–81.

Esteve, Albert, Luis Ángel López——Ruiz, and Jeroen Spijker. "Disentangling How Educational Expansion Did Not Increase Women's Age at Union Formation in Latin America from 1970 to 2000." *Demographic Research* 28 (January 2013): 63–76.

Ferrari, André Luiz, M. V. Serra, and Maria Teresa F. Serra, eds. *Guia de História Natural Do Rio de Janeiro*. Rio de Janeiro: Cidade Viva, 2012.

Fischer, Brodwyn. *A Poverty of Rights: Citizenship and Inequality in Twentieth-Century Rio de Janeiro*. Stanford: Stanford University Press, 2011.

Freire-Medeiros, Bianca. "Selling the Favela: Thoughts and Polemics about a Tourist Destination." *Revista Brasileira de Ciências Sociais* 22, no. 65 (2007): 61–72.

Gaffney, Christopher. "Between Discourse and Reality: The Un-Sustainability of Mega-Event Planning." *Sustainability* 5, no. 9 (2013): 3926–40.

Gaffney, Christopher. *Temples of the Earthbound Gods: Stadiums in the Cultural Landscapes of Rio de Janeiro and Buenos Aires*. 1st ed. Austin: University of Texas Press, 2008.

Galvão, Jane. "Brazil and Access to HIV/AIDS Drugs: A Question of Human Rights and Public Health." *American Journal of Public Health* 95, no. 7 (2005): 1110–16.

———. 1980–2001: *Uma cronologia da epidemia de HIV/AIDS no Brasil e no mundo*. Rio de Janeiro: ABIA, 2002.

———. AIDS No *Brasil: A Agenda de Construção de uma Epidemia*. 1a ed. Rio de Janeiro and São Paulo: Associação Brasileira Interdisciplinar de AIDS; Editora 34, 2000.

Garrido, Atilio. *Maracanazo, a história secreta. Da euforia ao silêncio de uma nação*. Rio de Janeiro: Livros Ilimitados, 2014.

Goldblatt, David. *Futebol Nation: The Story of Brazil through Soccer.* New York: Public Affairs, 2014.

Gomes, Laurentino. 1808: *Como uma Rainha Louca, um Príncipe Medroso e uma Corte Corrupta Enganaram Napoleão e Mudaram a História de Portugal e do Brasil.* São Paulo: Editora Planeta do Brasil, 2007.

—————.1822: *Como um Homem Sábio, uma Princesa Triste e um Escocês Louco por Dinheiro Ajudaram D. Pedro a Criar o Brasil———: Um País que Tinha Tudo para Dar Errado.* Rio de Janeiro, RJ, Brasil: Nova Fronteira Participações, 2010.

—————. 1889: *Como um Imperador Cansado, um Marechal Vaidoso e um Professor Injustiçado Contribuíram para o Fim da Monarquia e a Proclamação da Republica no Brasil.* São Paulo: Globo, 2013.

Green, James. " 'Mais Amor e Mais Tesão': A Construção de um Movimento Brasileiro de Gays, Lésbicas e Travestis." http://www.bibliotecadigital.unicamp.br/document/?down=51350?.

Green, James Naylor. Beyond Carnival: *Male Homosexuality in Twentieth-Century Brazil.* Chicago: University of Chicago Press, 2001.

Instituto Brasileiro de Economia. *Rio de Janeiro: Um Estado em Transição.* Edited by Armando Castelar Pinheiro, Fernando Veloso, and Adriana Fontes. 1a. edição. Rio de Janeiro: IBRE Editora, 2012.

Júnior, Otávio. O *Livreiro Do Alemão.* Rio de Janeiro: Panda Books, 2012.

Lage de Sousa, Filipe, ed. BNDES 60 *Anos: Perspectivas Setoriais.* 1st ed. Vol. 1. Rio de Janeiro: BNDES, 2012.

Lauderdale Graham, Sandra. House and Street: The Domestic *World of Servants and Masters in Nineteenth-Century Rio de Janeiro.* Austin: University of Texas Press, 1992.

Leitão, Miriam. *Convém Sonhar*. Rio de Janeiro: Editora Record, 2010.

――――. *Saga Brasileira: A Longa Luta de um Povo por sua Moeda*. Rio de Janeiro: Editora Record, 2011.

Lemgruber, Julita, Barbara Soares, Leonarda Musumeci, and Silvia Ramos. "O Que Pensam os Policiais das UPPs." *Ciência Hoje* 49, no. 294 (2012): 34–39.

Levine, Robert M. *Brazilian Legacies. Perspectives on Latin America and the Caribbean*. Armonk, NY: M. E. Sharpe, 1997.

McCann, Bryan. *Hard Times in the Marvelous City: From Dictatorship to Democracy in the Favelas of Rio de Janeiro*. Durham, NC: Duke University Press, 2013.

Meade, Teresa A. *"Civilizing" Rio: Reform and Resistance in a Brazilian City, 1889–1930*. University Park: Pennsylvania State University Press, 1997.

Moura, Roberto. *Tia Ciata E a Pequena Africa no Rio de Janeiro*. 2a ed., rev. pelo autor. Coleção Biblioteca Carioca; Série Publicação Cientí"ca, vol. 32. Rio de Janeiro: Prefeitura da Cidade do Rio de Janeiro, Secretaria Municipal de Cultura, Departamento Geral de Documentação e Informação Cultural, Divisão de Editoração, 1995.

Osborn, Catherine. "A History of Favela Upgrades: 1897–1988." 2012. RioOnWatch.org. http://rioonwatch.org/?p=5295.

――――. "A History of Favela Upgrades Part II: Introducing Favela-Bairro (1988–2008)." RioOnWatch. http://www.rioonwatch.org/?p=5931.

――――. "A History of Favela Upgrades Part III: Morar Carioca in Vision and Practice (2008–Present)." RioOnWatch. http://rioonwatch.org/?p=8136.

Pereira, Júlio César Medeiros da Silva. *À Flor da Terra: O Cemitério Dos Pretos Novos no Rio de Janeiro*. Rio de Janeiro: Garamond Universitária, 2007.

Perlman, Janice E. *The Myth of Marginality: Urban Poverty and Politics in*

Rio de Janeiro. Berkeley: University of California Press, 1979.

Samara, Tony Roshan. "Policing Development: Urban Renewal as Neo——Liberal Security Strategy." *Urban Studies* 47, no. 1 (2010): 197–214.

Schlee, Mônica Bahia. "Transformações na Paisagem e Seus Efeitos na Qualidade Ambiental da Bacia do Rio Carioca." *Coleção Estudos Cariocas, no.* 20030201 (February 2003): 1–46.

Serra, M. V., and Maria Teresa Serra, eds. *Guia de História Natural Do Rio de Janeiro*. 1st ed. Rio de Janeiro: Editora Cidade Viva, 2012.

Sevcenko, Nicolau. *A revolta da vacina: mentes insanas em corpos rebeldes*. São Paulo: Cosac Naify, 2010.

Soares, Luís Carlos. *Prostitution in Nineteenth——Century Rio de Janeiro*. London:University of London, Institute of Latin American Studies, 1988.

Soares, Luiz Eduardo. *Meu Casaco de General: 500 Dias no Front da Segurança Pública do Rio de Janeiro*. São Paulo: Companhia das Letras, 2000.

Vidal, Laurent, and Maria Alice Araripe de Sampaio. *As lágrimas do Rio: o Último Dia de uma Capital, 20 de abril de 1960*. Rio de Janeiro: Martins Fontes, 2012.

Zaluar, Alba, and Marcos Alvito, eds. *Um Século de Favela*. 1a. ed. Rio de Janeiro: Fundação Getulio Vargas Editora, 1998.